모든 것을 본 남자

모든 것을 본 남자

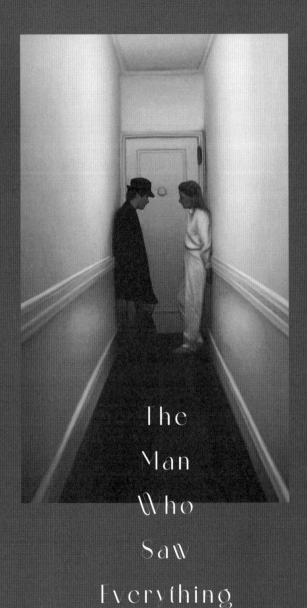

데버라 리비 장편 소설 • 홍한별 옮김

The
Man
Who
Saw
Everything

민음사

시적인 생각은, 뿌리 없는 난과 달리, 온실에서 자라지도 않고

현재의 트라우마를 마주한다고 시들어 버리지도 않는다.

카렐 타이게, 『사격장(The Shooting Gallery)』(1946)

차례

이런 거야, 솔 애들러.

스물세 살 때 나는 네가

내 몸을 만지는 게 좋았어.

하지만 오후가 방 안으로 기어 들어오고

네가 내 안에서 빠져나가고 나면

너는 벌써 다른 사람을 찾고 있었지.

아니야, 이런 거야, 제니퍼 모로.

난 너를 밤마다 날마다 사랑했어.

하지만 너는 내 사랑에 겁을 먹었고

나도 내 사랑에 겁을 먹었지.

아냐, 그녀가 말했다.

나는 네 사랑보다 더 큰 네 질투에

겁을 먹었어.

잘 들어, 솔 애들러. 집중!

왼쪽 오른쪽을 보고

길을 건너 저편으로 가.

1

런던 애비 로드, 1988년 9월

나는 제니퍼 모로가 나에게 절대로 자기 미모를 묘사하지 말라고, 자신한테든 다른 사람한테든 그런 말은 하지 말라고 했던 것을 생각하고 있었다. 왜 묘사하면 안 되냐고 묻자 제니퍼는 이렇게 대답했다. "너는 나를 낡은 말로만 묘사할 테니까." 내가 보행자가 길을 건널 수 있도록 모든 차량이 일단 멈춰야 하는 검은색과 흰색 줄무늬 횡단보도에 내려섰을 때, 그 말이 내 머릿속에 있었다. 차 한 대가 나를 향해 다가왔는데 멈추지를 않았다. 나는 뒤로 펄쩍 뛰었고 손을 짚으면서 엉덩방아를 찧었다. 차가 멈추고 운전자가 창문을 내렸다. 흰머리에 짙은 색 눈, 가는 입술, 육십 대로 보이는 남자였다. 남자는 나한테 괜찮으냐고 물었다. 내가 대답하지 않자 남자가 차에서 내렸다.

"미안합니다." 그가 말했다. "그쪽이 횡단보도로 걸어오길래요." 남자의 눈가가 파르르 떨렸다. "그랬다가 갑자기 또 횡단보도로 뛰어들었잖아요."

그가 속 보이게도 자기한테 유리하게끔 사실을 교묘히 재구성하는 것을 듣고 나는 웃었다. 남자는 차가 망가지지 않았는지 확인하려고 슬쩍 자기 차를 보았다. 사이드미러가 부서져 있었다. 남자는 가는 입술을 벌리고 슬픈 듯 한숨을 쉬며 밀라노에서 주문한 부품이니 뭐니 하고 웅얼거렸다.

나는 남성 독재자의 심리에 대한 강의를 준비하느라 밤을 새운 참이었다. 스탈린이 정찬 테이블에서 여자들한테 빵을 던지며 추파를 던졌다는 이야기를 서두로 삼았다. 종이 다섯 장에 적은 강의 원고가 가죽 슬링백에서 쏟아졌고 당혹스럽게도 콘돔 한 개도 같이 떨어졌다. 나는 바닥에 떨어진 것들을 주섬주섬 주웠다. 땅에 납작한 직사각형 모양의 물건도 떨어져 있었다. 따뜻하고 손에서 진동하는 것처럼 느껴지는 그 물건을 운전자 것이겠거니 하고 건네줬더니 운전자가 내 손등을 쳐다봤다. 손가락 사이로 피가 흐르고 있었다. 손바닥이 까졌고 왼손 마디 위 살갗도 찢어졌다. 내가 입으로 상처를 빠는 모습을 그는 역력히 불편한 기색으로 쳐다봤다.

"어디로 태워다 줄까요?"

"괜찮아요."

남자는 '상처를 씻을 수 있게' 약국에 데려다주겠다고 말했다. 내가 고개를 젓자 그는 손을 뻗어 내 머리카락을 어루만졌는데 희한하게도 그 손짓이 마음을 달래 주었다. 그가 나에게 이름이 뭐냐고 물었다.

"솔 애들러요. 그냥 좀 까진 거예요. 원래 피부가 얇아서 피를 잘 흘려요. 별거 아네요."

그는 왼팔을 이상하게 들고 오른팔로 감싸 안고 있었다. 나는 콘돔을 주워 재킷 주머니에 넣었다. 바람이 불었다. 쓸어서 나무 밑에 쌓아 놓은 낙엽이 바람에 날려 길 위에 흩어졌다. 남자가 런던에 시위가 있어서 도로가 봉쇄되었다며 그래서 애비 로드도 차단되지 않았을까 생각했다고 했다. 그런데 우회로를 안내하는 표지판을 못 봤단다. 로드스 크리켓장에 가느라 이 길을 자주 다니는데 왜 길을 헷갈렸는지 잘 모르겠다고 했다. 그렇게 말하면서 그는 손에 든 직사각형 물건을 보고 있었다.

그 물건에서 말소리가 났다. 분명히 그 안에서 남자 목소리가 들렸다. 화를 내며 욕을 하는 소리였다. 우리 둘 다 그 소리가 안 들리는 척했다.

꺼져 꼴 보기 싫으니 집에 오지 마

"소얼, 나이가 어떻게 돼요? 어디 살아요?"

차에 치일 뻔한 건 난데 십년감수한 사람은 그쪽인 모양이었다.

나는 스물여덟 살이라고 말했는데 그는 내 말을 못 믿겠는지 재차 물었다. 남자는 상류층 말투로 입천장과 아랫입술 사이에 작은 돌이라도 문 것처럼 내 이름을 발음했다. 회색 머리카락은 반짝이는 제품을 발라 말끔하게 뒤로 빗어 넘겼다.

나도 그 사람한테 이름이 뭐냐고 물었다.

"울프강." 그는 내가 자기 이름을 기억하기를 바라지 않는 듯 아주 빨리 대답했다.

"모차르트하고 같네요." 내가 말하고는 그네에서 떨어지고 나서 아버지한테 다친 데를 보여 주는 아이처럼 손등의 상처를 가리켜 보이며 나는 괜찮다고 거듭 말했다. 그의 걱정스러운 말투 때문에 눈물이 핑 돌 것 같았다. 나는 그가 나를 내버려 두고 빨리 가 버렸으면 싶었다. 어쩌면 눈물이 나는 이유가 최근에 우리 아버지가 돌아가셨기 때문일지도 몰랐다. 아버지는 반짝이는 은발의 울프강처럼 말끔하지도 다정하지도 않았지만. 울프강을 빨리 보내려고 나는 곧 여자친구가 오기로 되어 있다고, 그러니 이제 가 봐도 된다고 말했다. 내가 비틀스 앨범 사진처럼 횡단보도를 건너는 모습을 여자친구가 카메라로 찍기로 했다고 말했다.

"무슨 앨범이요, 소얼?"

"「애비 로드(Abbey Road)」 앨범이요. 유명한 건데. 어디 외국에서 살다 오셨어요?"

울프강은 웃었지만 서글퍼 보였다. 어쩌면 손에서 웅웅거리는 물체에서 쏟아져 나오는 욕설 때문인지도 몰랐다.

"여자친구는 몇 살이에요?"

"스물셋이요. 사실 「애비 로드」는 저기 EMI 스튜디오에서 비틀스가 함께 녹음한 마지막 앨범이에요." 나는 길 건너편에 있는 흰색 건물을 가리키며 말했다.

"아, 당연히 알죠." 그가 슬프게 말했다. "버킹엄 궁만큼 유명하니까." 그는 웅얼거리며 자기 차로 돌아갔다. "몸조심해요, 소얼. 그렇게 어린 여자친구가 있다니 좋겠네요. 그나저나 무슨 일 해요?"

울프강의 말이 슬슬 짜증을 불러일으켰다. 베이지색 캐시미어 코트 어깨에 세상의 무게를 다 짊어지기라도 한 것처럼 한숨을 내쉬는 것도 마음에 안 들고. 나는 내가 역사가이고 동유럽 공산 국가를 연구한다는 말은 하지 않기로 했다.

내가 다시 인도로 올라가는데 자동차 엔진이 짐승 울음처럼 으르릉거리는 소리가 들리길래 잘됐다고 생각했다.

나를 거의 칠 뻔한 사람이 그 사람이니, 조심해야 할 사람은 내가 아니라 그 사람일 듯싶었다. 나는 그에게 손을 흔들었는데 그는 마주 흔들지 않았다. 그건 그렇고 어린 여자친구라니, 내가 제니퍼보다 고작 다섯 살 위인데 무슨 소리를 하는 걸까? 왜 여자친구 나이를 궁금해했지? 내가 '뭘' 하는지는 또 왜 묻고.

어쨌거나. 나는 (여전히 피가 흐르는) 손으로 강의 원고를 들고 읽었다. 스탈린의 아버지가 알코올 중독자였고 가족을 학대했다는 이야기를 적어 놓은 부분이었다. 스탈린의 어머니는 남편한테 목 졸려 죽을 뻔한 다음에 아들 이오시프를 보호하려고 그리스정교 사제 학교로 보냈다. 내가 쓴 글씨를 알아보기 힘들었는데 스탈린이 사람들의 의식적인 죄뿐 아니라 무의식적인 죄도, 예를 들면 당에 대한 반역적인 생각까지도 처벌했다는 부분에 밑줄이 그어져 있었다.

왼쪽 골반이 욱신거렸다.

몸조심해요, 소얼. 고마워요, 울프강.

다시 강의 원고로 눈을 돌렸는데 손등에서 흐른 피 때문에 종이에 손자국이 생겼다. 이오시프 스탈린은 (내가 어젯밤에 쓴 내용

15

이다.) 누군가를 벌주기를 좋아했다. 자기 아들도 어찌나 잔인하게 괴롭혔던지 아들이 권총 자살을 시도했을 정도였다. 스탈린의 아내도 자기 머리에 총을 쐈는데 아들과 달리 성공했다. 아들은 자살에 실패하고 살아남아 계속 아버지한테 괴롭힘을 당했다. 나의 돌아가신 아버지는, 엄밀히 말하면 나를 괴롭혔다고 할 수는 없다. 아버지는 나를 괴롭히는 일은 언제나 기꺼이 잔인한 짓을 하려 하는 내 동생 매슈에게 맡겼다. 스탈린처럼, 매슈도 새로 가정을 꾸리고 자기 식구들을 들들 볶아서 그들도 나중에 대를 이어 자기 가족에게 그렇게 하게 만들었다.

나는 EMI 스튜디오 바깥쪽 담장에 앉아 제니퍼가 오기를 기다렸다. 사흘 뒤에 나는 동독, 그러니까 독일민주공화국으로 건너가 훔볼트 대학에서 1930년대 파시즘의 부상과 그에 대한 문화적 반발을 연구하게 되어 있다. 나는 독일어를 그럭저럭 하는데도 통역사가 배정되었다. 통역사 이름은 발터 뮐러였다. 나는 동독에서 발터 뮐러의 어머니와 누이 집에서 이 주 동안 묵을 예정이었다. 두 사람은 대학 근처에 있는 공동 주택에 사는데 나한테 방 하나를 빌려주겠다고 했다. 발터가 자기 여동생 카트린이 (식구들은 루나라고 부른단다.) 비틀스의 열혈 팬이라고 편지로 알려 줬다. 1970년대부터는 동독에서 비틀스와 밥 딜런 앨범을 발매할 수 있게 되었다. 50년대와 60년대에는 집권 사회당이 팝 음악은 젊은이들을 타락시키기 위한 문화적 무기라고 규정했기 때문에 불가능했던 일이다. 앨범 판매를 허가하기 전에 국가 기관에서 가사 내용을 전부 검토했다.

예 예 예."[01] 이게 대체 무슨 의미지? 무엇을 긍정하는 말이지?

내가 애비 로드 횡단보도를 건너는 모습을 사진으로 찍어 루나에게 선물하자는 것은 제니퍼의 아이디어였다. 일주일 전에 제니퍼가 독일민주공화국에 대해 설명해 달라고 했는데 내가 설명하는 도중에 정신이 딴 데 팔렸다. 그때 우리는 제니퍼가 사는 아파트 부엌에서 땅콩을 캐러멜라이즈하고 있었는데 설탕이 탔다. 끓는 설탕 시럽에 땅콩을 넣어 섞은 다음 오븐에 구워야 하는 꽤 복잡한 요리였다. 제니퍼는 한 나라 국민 전부를 벽 안에 가두고 나가지 못하게 한다는 게 가능하냐고, 이해가 안 된다고 했다. 내가 독일이 이데올로기적, 물리적으로 분리되고 장벽으로 나뉜 두 나라가 된 경위부터 설명하며 동쪽에는 공산주의 서쪽에는 자본주의가 들어섰고 동독 당국에서는 그 장벽을 '파시즘을 막기 위한 보호용 성채'라고 부른다는 등 주절주절 떠드는데 제니퍼의 손가락이 내 청바지 허리 안쪽으로 들어왔다. 나는 설탕을 태웠고 제니퍼는 내 말에 별로 귀 기울이는 것 같지 않았다. 우리 둘 다 독일민주공화국에 대한 관심을 잃었다.

제니퍼가 조그만 알루미늄 발판사다리를 들고 내 쪽으로 걸어오는 게 보였다. 제니퍼는 내가 포토벨로 로드에 있는 벼룩시장에서 사서 선물한 소련 공군 모자를 쓰고 있었다. 나는 제니퍼에게 입을 맞추고 무슨 일이 있었는지 간단하게 말했다. 제니퍼는

01 비틀스의 노래 「쉬 러브스 유(She Loves You)」의 가사.

미술 대학에서 사진전을 준비하고 있었는데, 그녀의 표현을 따르면 '출사'를 하려고 오후에 일부러 시간을 냈다. 제니퍼의 가죽 허리띠에 카메라가 붙어 있고 목에도 한 대가 걸려 있었다. 나는 차에 거의 부딪힐 뻔한 일을 자세히 이야기하지 않았는데 제니퍼가 내 손등의 상처를 발견했다. "넌 피부가 얇아." 제니퍼가 말했다. 나는 왜 발판사다리를 가져왔냐고 물었다. 제니퍼는 비틀스가 애비 로드 횡단보도에서 찍은 원본 사진은 1969년 8월 11시 30분에 찍은 것이라고 했다. 사진사 이언 맥밀런이 발판사다리를 횡단보도 한쪽 옆에 놓고 올라가 사진을 찍었고 경찰 한 명이 돈을 받고 차량을 통제해 주었다. 맥밀런은 십 분 안에 사진을 찍어야 했다. 하지만 나는 비틀스처럼 유명인이 아니니 단 오 분이라도 경찰이 협력해 주길 바랄 수는 없어 얼른 사진을 찍어야 했다.

"시위가 있어서 오늘 애비 로드가 통제된다던데."

내가 그 말을 하는 동안 차 세 대가 쌩하니 지나가고 뒤이어 검정색 콜택시, 오토바이, 자전거 두 대, 널빤지를 실은 트럭 한 대가 지나갔다.

"응 그래, 통제된 게 분명하네." 제니퍼가 카메라를 만지작거리면서 말했다.

"넌 비틀스보다 믹 론슨을 더 닮은 것 같아. 넌 머리가 검고 믹은 금발이지만."

어깨에 닿는 길이로 이틀 전에 제니퍼가 잘라 준 내 머리카락이 데이비드 보위의 리드 기타리스트 믹 론슨하고 같은 스타일인 건 사실이다. 제니퍼는 내 스타일이 록 스타 같다며 은근히 자랑스러워했고 나보다도 더 내 몸을 사랑했는데 그래서 나도 제니퍼를 사랑했다.

길에 차가 뜸할 때 제니퍼는 울프강이 차를 세웠어야 했을 위치에 사다리를 세웠다. 제니퍼는 사다리에 올라가 카메라를 조작하면서 큰 소리로 지시를 내렸다. "손을 재킷 주머니에 넣어! 아래쪽을 봐! 앞을 봐! 좋아, 이제 걸어! 큰 걸음으로! 걸어!" 차 두 대가 서서 기다리고 있었지만 제니퍼는 손을 들어 차를 세워 놓고 카메라에 새 필름을 끼웠다. 자동차가 빵빵거리자 제니퍼는 사다리 위에서 멋들어진 동작으로 허리를 숙이며 인사를 했다.

2

제니퍼가 시간을 내 준 것에 보답할 겸 생선가게에 들러 굴 여섯 개를 사고 드라이 화이트와인도 한 병 샀다. 제니퍼의 플랫메이트 산비와 클로디아가 집에 없는 동안 우리는 제니퍼의 침대에서 뒹굴며 두어 시간을 보냈다. 비좁고 어둑한 지하 아파트인데도 플랫메이트 셋 다 거기 사는 걸 좋아했고 서로 사이도 좋은 것 같았다. 클로디아는 비건인데 늘 부엌에 모종의 해조류를 물에 불려 놓았다.

우리는 옷을 입은 채로 침대에서 키스를 했는데 제니퍼의 공군 모자가 자꾸 흘러내려 눈을 가렸고 그것 때문에 흥분이 됐다. 가끔 내 머릿속에서 파란 불빛이 번쩍였지만 제니퍼에게는 말하지 않았다. 제니퍼는 내가 늘 걸고 다니는 진주목걸이를 만지작거리며 놀았다. 마침내 내가 흰 바지를 벗었는데 내 오른 허벅지에 큰 멍이 있고 무릎 양쪽이 다 까져 피가 나는 걸 제니퍼가 알아차렸다.

"정말 무슨 일이 있었는지 말해 줄래, 솔?"

나는 제니퍼가 오기 직전에 차에 거의 치일 뻔했고 땅에 콘돔이 떨어져서 민망해하며 주웠다고 더 자세히 말했다. 제니퍼는 웃으면서 굴 하나를 쪽 빨아먹고 껍데기를 바닥에 던졌다.

"굴 껍데기 안에 진주가 있나 잘 봐야 되는데." 제니퍼가 말했다. "진주목걸이를 하나 더 만들어서 너한테 걸어 줄 수도 있잖아?"

제니퍼는 내가 왜 그렇게 동독에 가고 싶어 하는지 궁금해했다. 사람들은 벽 뒤에 갇혀 있고 슈타지(동독 비밀경찰)가 사람들을 감시한다면서, 안전하지 않은 곳 아닌가? 제니퍼는 내가 동독 대신 서독에서 연구를 하면 자기가 서독에 놀러 가서 같이 콘서트에 가고 싼값에 맥주를 마실 수 있을 거라고 했다.

나는 제니퍼가 정말 내가 록 스타가 아니라 학자라고 생각하긴 하는 걸까 의아해졌다.

"네 눈은 너무 파래." 제니퍼가 말하며 내 몸 위로 올라와 골반 위에 걸터앉았다. "짙은 검정색 머리카락에 짙은 파란 눈 조합이라니 정말 특이해. 네가 나보다 더 예쁘게 생겼어. 네 물건을 종일 내 몸 안에 넣고 있고 싶어. 동독 사람들은 다 겁에 질려 있지 않아? 온 국민이 벽 뒤에 갇혀 있고 나갈 수가 없다니 아직도 이해가 안 돼."

나는 제니퍼가 사우나에 들어가기 전에 늘 머리에 바르는 달콤한 일랑일랑 오일 냄새를 맡았다. 해밀턴 테라스에 있는 이 지하층 아파트에는 작은 사우나실이 딸려 있다. 가끔 나는 퇴근하고 여기로 와서 제니퍼와 클로디아와 산비가 사우나에서 조곤조곤

이야기하는 소리를 들으며 부엌 식탁에서 학생들이 제출한 글을 채점하기도 한다. 제니퍼는 마침내 사우나에서 나오면 (나올 때까지 한 시간 가까이 기다려야 할 때도 있었다.) 알몸에 집에서 만든 일랑일랑 오일을 바르고 나는 거들떠보지도 않은 채 캐모마일 차를 끓이고 호밀 비스킷에 버터를 바르고 하면서 나를 괴롭히다가 갑자기 나를 덮쳤다. 이보다 더 매혹적인 포식자에게 덮쳐지기를 바랄 수는 없을 것이다. 더군다나 내가 가르치는 학생 중 최악인 남학생이 세상에서 가장 유명한 문구를 엉뚱한 사람이 한 말로 인용해 놓은 글에서 나를 끌어냈다면야.

"프롤레타리아가 잃을 것은 족쇄뿐이고 그들이 얻을 것은 전 세계이다."[02]

나는 레온 트로츠키라는 이름에 줄을 긋고 카를 마르크스라고 고쳐 썼다.

제니퍼가 자극을 가장 많이 유발하는 지점으로 내 손가락을 이끌고 있을 때 나는 내 몸이 제니퍼를 흥분시키기는 하지만 제니퍼가 내 생각에는 별 관심이 없다는 느낌을 받았다. 제니퍼는 자기한테는 클로드 카앵이나 신디 셔먼 같은 예술가가 스탈린이나 에리히 호네커 같은 정치가보다 더 중요하다고 말했다. ("아냐." 제니퍼가 말했다. "여기, 여기." 제니퍼가 절정에 달하는 걸 느낄 수 있었다.) 그러고 나서 제니퍼는 내 옆에 누워 (나도 가장 기분이 좋은 지점으로 제니퍼의 손가락을 이끌었다.) 자기는 카를 마르크스보다 실

---

02   『공산당 선언』의 한 구절.

비아 플라스를 더 좋아한다고 설명했다. 그래도 『공산당 선언』에 나오는 유령이 유럽을 떠돈다는 문장은 좋아한다고 했다. "내 말은," 제니퍼는 속삭이는 소리로 말했다. "보통 유령은 어떤 집이나 성에 출몰하잖아. 그런데 마르크스의 유령은 대륙 전체를 떠도는 거야. 어쩌면 유령이 싸돌아다니다 지쳐서 로마 트레비 분수 아래에서 열을 식히거나 밀라노 베르사체 숍에서 반짝이는 물건을 사거나 니코 콘서트에 갔을지도 모르는 거잖아?" 제니퍼는 나에게 니코의 본명이 크리스타라는 사실을 알고 있는지, (나는 지금은 딱히 그 점에 관심이 없었다.) 쾰른에서 태어난 니코 그러니까 크리스타가 평생 2차 대전 공습 때의 소리에 시달렸다는 사실을 아는지 물었다. 나는 제니퍼가 암실에서 현상한 모든 사진에 유령이 들어 있다는 사실도 별로 알고 싶지 않았고 (제니퍼는 이 생각에 골몰하느라 맹렬하게 에로틱한 순간에 나를 만지기를 그만두었다.) 제니퍼가 (최근에 우리가 같이 본 영화) 「베를린 천사의 시」에서 마음에 들었다고 한 장면도 나는 기억을 못 했다. 천사 두 명 중 한 명이 "세계의 역사 속으로 들어가고 싶다."라고 말하는 장면이라고 했다. 그런데 지금 제니퍼는 내가 자기 몸 안의 유령이 되기를 바란다고 했다.

그 뒤에 우리는 매우 열정적인 섹스를 했고 그러고 나자 진짜로 몸이 쑤시기 시작했다. 골반이 겉보기에는 멀쩡해 보여도 어딘가 분명 잘못된 모양이었다.

우리는 빈둥거리며 와인 한 병을 다 마시고 이야기를 나눴다. 잠시 뒤에 제니퍼가 나에게 삶에서 가장 절실히 바라는 게 뭐냐고 물었다.

"어머니를 다시 보고 싶어."

섹시한 대답이라고는 할 수 없지만 그렇게 말하면 제니퍼가 관심을 가질 것 같았다.

"그럼 보러 가지 그래."

"돌아가셨잖아."

"베스널 그린에 있는 너희 집으로 가서 무슨 일이 일어나는지 말해 줘."

제니퍼는 목탄 하나를 찾아냈고 맨다리 허벅지 위에 종이 한 장을 올려놓았다.

"돌로 포장한 길과 고딕 양식 대학교가 보여." 내가 말했다.

종이 위에 얹힌 제니퍼의 손은 움직이지 않았다.

"그림 그리려는 거 아냐?"

"베스널 그린에는 고딕 양식 대학교가 없어. 나는 건물보다 너희 어머니를 그리고 싶은데. 아버지보다 어머니가 더 보고 싶어?"

제니퍼 모로 같은 사람과 사귀기는 결코 쉬운 일이 아니다. 대문이 쾅 하고 닫히는 소리가 들렸다.

"클로디아가 왔나 보다." 제니퍼는 내 손을 종이 가운데에 올려놓고 목탄으로 내 손가락 윤곽을 그렸다. 제니퍼 방 바로 옆에 부엌이 있는데 클로디아가 주전자에 물을 채우는 소리가 들렸다.

누워 있는 나의 눈에 방구석에 있는 녹색 멕시코 책상 (벌레 먹은 목재인가 뭔가로 만든 기분 나쁜 책상이었다.) 위의 쐐기풀 꽃다발과 여권, 흑백 사진 한 무더기가 들어왔다. 나는 제니퍼한테 사랑한다고 말하고 싶었는데 그러면 제니퍼가 질색할 것 같기도 했다.

방문이 갑자기 끼익 하고 열렸다. 밤마다 해조류를 물에 담가 놓는 클로디아가 사우나에 들어가려고 벌거벗은 채 머리에 분홍색 타월을 두르고 있는 모습이 보였다. 클로디아는 천천히 나른하게 큰 동작으로, 오른팔은 머리 위에 왼손은 판판하고 햇볕에 그을린 배 위에 올리고 온 세상이 지루해 죽겠다는 듯이 하품을 했다.

나는 제니퍼 모로에게 나와 결혼할 생각이 있냐고 물었다. 그 순간 마치 내가 원자를 쪼갠 것 같았다. 제니퍼가 몸을 숙여 내 시선이 어디로 향해 있는지 보았다.

"너랑 나랑은 끝난 것 같아. 이제 그만하자. 어쨌든 애비 로드 사진은 보내 줄게. 동독에서 재미있게 지내. 비자 문제 잘 해결되면 좋겠다."

제니퍼는 내 옆 베개 위에 눕더니 나를 보지 않으려는 듯 공군 모자를 끌어내려 얼굴을 덮었다.

나는 침대에서 나와, 약간 취한 채로 자꾸 열리는 방문을 닫았고 바닥에 던져 놓은 빈 와인 병에 걸려 넘어졌다.

"네 흰 양복은 의자 위에 있어." 제니퍼가 말했다. "빨리 입고 가 줄래? 나 학교 문 잠기기 전에 암실에 가야 돼."

그 양복은 유스턴 로드에 있는 로런스 코너에서 샀는데, 로런스 코너는 군부대에서 나온 물건을 파는 곳이다. 비틀스가 1960년대에 「서전트 페퍼(Sergeant Pepper)」 의상을 산 곳이기도 하다. 내 흰 양복이 원래 해군 제복이었을 거라는 생각이 들었다. 나의 청혼이 바다 밑바닥으로 가라앉아 버렸으니 말이다. 나는 가장자리가 깔쭉깔쭉한 굴 껍데기 사이에서 난파했다. 내 손가락과 입술에서 제니퍼 모로의 맛이 났다. 나는 제니퍼 옆 침대 위에 걸터앉아 왜 갑자기 화가 났냐고 물었는데 제니퍼는 이유를 아는 것 같지도, 내 말을 알아듣는 것 같지도, 내 말에 신경을 쓰는 것 같지도 않았다. 제니퍼는 조용하고 냉정했다. 전부터 생각해 왔던 일인 것 같았다.

"글쎄, 다른 것도 있지만 너는 한 번도 나한테 내 작품에 대해 물은 적이 없어."

"무슨 소리야?" 내 목소리가 커졌다. "저기 네 작품 있잖아, 벽 위에, 저기하고 저기." 나는 제니퍼가 방 벽 위에 테이프로 붙여 놓은 콜라주 두 개를 가리켰다. 한 개는 내 옆얼굴을 확대한 흑백 사진인데 침대 위에 성화(聖畵)처럼 높이 붙어 있었다. 제니퍼는 빨간 사인펜으로 내 입술 윤곽을 그리고 그 옆에 '**나한테 키스하지 마.**'라고 적어 놓았다.

"날마다 네 작품 본다고." 나는 계속 소리 높여 말했다. "항상 그거 생각하고 항상 네 생각해. 관심 있어."

"흠, 그렇게 관심 있다면 내가 지금 작업하는 건 뭔데?"

"몰라, 네가 말 안 해 줬잖아."

"물어본 적도 없지. 그럼, 내가 쓰는 카메라가 뭐야?"

내가 모른다는 걸 제니퍼도 알았다. 제니퍼도 동유럽 공산주의에 관심이 없기는 마찬가지다. 그러니까 제니퍼가 내가 읽는 책이 뭔지 물은 적이 없고 나도 보여 준 적이 없다는 말이다.

"아 알아. 내 사진 필름을 네 어깨에 테이프로 붙이고 햇볕에 누워 있다가 떼서 피부에 문신 같은 흔적을 만들었잖아."

제니퍼가 웃었다. "늘 너에 대한 것밖에 없지?"

어떤 면에서는 그런데 그게 사실이었다. 제니퍼 모로는 틈만 나면 내 사진을 찍었다.

　방문이 또 끼익 저절로 열렸는데, 클로디아가 커다란 숟가락으로 깡통에 든 베이크드 빈을 먹고 있었다.

　"제니퍼," 나는 거의 빌며 말했다. "미안해. 아버지가 돌아가신 뒤로 하루하루 버티느라 그랬어."

　문밖에서 주전자 물이 끓으며 쉬익 소리가 났다.

　"마침 말이야." 제니퍼가 말하며 침대에서 내려와 다시 문을 쾅 닫았다. "미국에서 큐레이터가 와서 내 사진 두 점을 샀어. 졸업한 뒤에 매사추세츠 케이프코드에 있는 예술가 레지던시에 들어오래."

　그래서 책상 위에 여권이 나와 있었던 것이었다.

　"축하해." 내가 비참한 심정으로 말했다.

　제니퍼는 무척 들떠 보이고 젊어 보이고 치사해 보였다. 우리가 만난 지는 일 년이 조금 넘었는데 제니퍼가 만만치 않은 상대라는 걸 나도 알았다. 제니퍼 모로는 (아버지는 프랑스인, 어머니는 영국인이고 사우스런던 베케넘에서 태어났다.) 처음부터 나한테 자기는 나의 숭고한 아름다움, (제니퍼의 표현이다.) 내 몸매, 내 '강렬한 파란 눈'을 원하는 대로 마음껏 찬미할 수 있지만 나는 절대로 제니퍼의 몸을 묘사하거나 칭찬하면 안 된다고 (손길로 하는 것은 제외하고) 다짐을 받았다. 제니퍼는 내가 자기에 대해 어떻게 생각하고 느끼는지를 전부 오직 손길만을 통해서 알고 싶어 했다.

　클로디아가 쉭쉭거리는 주전자 불을 껐다. 나는 벽을 쳐다보았는데 부스러져 떨어지는 회벽 위에 산비의 사진이 붙어 있었다. 지하 아파트는 눅눅해서 제니퍼의 방 벽에도 곰팡이가 미친 개미

떼처럼 퍼지고 있었다. 사진 속의 산비는 사우나 안에 모로 누워 땀을 흘리고 있었다. 책을 읽고 있고 왼쪽 젖꼭지에는 조그만 금색 고리 피어싱을 했다.

"어서 가, 솔. 왜 아직도 여기 이러고 있는지 모르겠다."

제니퍼는 등에 용 자수가 놓인 기모노를 걸치고 제일 좋아하는 샌들에 발을 넣었다. 자동차 타이어를 재활용해 만든 샌들이었다.

제니퍼는 나를 문밖으로 밀어 내다시피 했다.

대문 빗장하고 씨름하느라 시간이 좀 걸렸다. 나는 들어올 때나 나갈 때나 이 문을 어떻게 열어야 하는지 몰라 매번 낑낑거렸다. 제니퍼와 클로디아도 수업에 늦은 날에는 대문을 넘어갔다. 다른 플랫메이트 산비는 침착한 성격이라 빗장 때문에 곤란할 일이 없었다. 제니퍼는 산비가 고급수학으로 학위를 따서 무한한 시간에 대해 많이 알기 때문에 그런 것이라고 했다.

늦은 오후 햇살이 내 눈을 아프게 때렸다. 내 강렬한 파란 눈. 갑자기 제니퍼가 나를 보고 있다는 느낌이 들어 뒤를 돌아보았다. 그랬다. 제니퍼는 손에 카메라를 들고 있었다. 대문 옆에 용 기모노와 자동차 타이어 샌들 차림으로 서 있었고 얼굴은 나랑 사랑을 나눈 뒤라 아직도 발그레했다. 제니퍼는 왼손으로 실크 기모노 주머니를 뒤져 늘 넣어 두는 젤리빈을 찾았다. 카메라 렌즈는 나를 향해 있었다. 카메라가 윙 찰칵 하는 소리를 내자 제니퍼는 연극적인 말투로 말했다. "잘 가, 솔. 넌 언제까지나 나의 뮤즈일 거야."

순간 제니퍼가 동물이 불붙은 고리를 통과했을 때 서커스 조련사가 간식을 던져 주듯이 나한테 젤리빈을 던져 주지 않을까 하는 생각이 들었다.

"출발하기 전에 애비 로드 사진 받을 수 있을 거야. 아버지 일은 유감이야. 빨리 기운 차리길 바랄게. 통역사 줄 파인애플 통조림 잊지 말고."

해밀턴 테라스에서 애비 로드까지는 걸어서 십이 분 거리였다. 어째서인지 사고가 날 뻔했던 그 지점으로 다시 가야만 할 것 같았다. 나는 다리를 절었고 흰 재킷의 어깨 부분도 찢어졌기 때문에 천천히 걸었다. 제니퍼 모로는 인정사정없었고 내 삶에 대해 꽤 많이 아는 것 같았다. 발터 뮐러가 동독에 올 때 파인애플 통조림을 가져오라고 한 걸 어떻게 알았을까? 내가 말해 줬는지 아니면 제니퍼가 물어봤는지 기억이 안 났다. 삼 주 전에 제니퍼가 나와 같이 아버지 장례식에 갔으니까 아버지가 돌아가신 건 그래서 알 것이다. 제니퍼의 아버지는 제니퍼가 열두 살 때 돌아가셨고 우리 어머니도 그랬다. 우리는 같은 나이에 부모를 잃었다는 사실에 대해 자주 이야기했다. 그게 우리 둘 사이의 연결고리였다. 제니퍼는 아버지가 돌아가셔서 자유로워졌다고 생각하긴 했지만, 아버지가 살아 계셨으면 절대 미술 학교에 가게 허락해 주지 않았을 거라고 했다. 나도 어머니가 돌아가셔서 자유로워졌는지 그건 잘 알 수 없었다. 아니, 어머니가 돌아가셔서 좋은 점은 하나도 없었던 것 같다. 어머니의 사랑을 한 번도 의심할 일이 없었다는 점만 빼고. 사실 그랬기 때문에 어머니가 없다는 게 더 비극으로 느껴지기도 했다. 어쨌든 간에 우리 아버지 장례식 때문에 제니퍼가 어릴 적에 돌아가신 아버지 생각을 하게 됐고 그래서 제니퍼가 안

됐다는 생각이 들었다. 나의 몰인정한 동생 매슈가 (뚱보 맷이라고도 불리는데, 일주일에 칠 일 푸짐한 잉글리시 브렉퍼스트를 먹는다. 잉글리시 에그 세 개, 잉글리시 소시지 세 개.) 나한테 물어보지도 않고 자기 마음대로 장례식 준비를 했다.

나는 아름다운 제니퍼 모로가 내 곁에 있어 자랑스러웠다. 이국적인 프랑스식 성(姓)을 가졌고 연한 하늘색 빈티지 바지 정장에 어울리는 색의 스웨이드 플랫폼 부츠를 신은 제니퍼. 나는 뚱보 맷과 보잘것없는 아내와 어린 아들 둘이 귀빈이라도 되는 듯 앞줄을 차지한 것을 보았다. 저들이 보기에 내가 대체 뭘 그렇게 잘못한 걸까 하는 생각이 들었다. 진주목걸이를 하고 다니는 걸 제외하면.

나는 덜 중요한 가족인 것 같았다. 결혼도 안 했고, 아이도 없고, 둘째 줄로 밀려났다. 십 대 때 느꼈던 사무치는 외로움이 다시 떠올랐다. 아직 뚱뚱해지기 전인 맷이 전기공으로 일하면서 돈을 잘 벌어 와 아버지 눈에 볼셰비키 영웅처럼 보이는 한편, 나는 동네 드럭스토어에서 샘플 아이라이너 펜슬을 테스트해 보곤 하던 때였다. 내가 케임브리지 대학에 들어갔을 무렵 맷은 집 전체의 배선을 할 수 있었고 나는 내 무지를 감추고 (강렬한 파란 눈이 도움이 됐다.) 상류층 비둘기들 사이에서 내가 (발톱이 없고 광대뼈가 두드러진) 검은 머리카락의 노동 계급 고양이라는 점을 최대한으로 활용하는 법을 익히고 있었다.[03]

03 '비둘기 사이의 고양이'라는 영어 표현은 말썽을 일으킬 소지를 가리키는 말이다.

맷이 아버지를 기리는 추도사를 했다. 내 차례가 되었을 때, 집안에서 가장 교육을 많이 받은 사람으로서 내가 할 수 있는 말은 "잘 가요, 아빠."가 전부였다.

하지만 동생도 공산주의자인 아버지의 재 일부를 동독에 가져가서 묻겠다는 나의 생각에 동의했다. 어쨌거나 아버지는 공산주의 신봉자였으니까.

나는 해밀턴 테라스 양옆에 있는 높은 에드워드 시대 건물들을 올려다보며 길고 넓은 길을 절뚝거리면서 걸었다. 머릿속으로는 아직도 발터 뮐러가 파인애플 통조림을 사 오라고 한 사실을 제니퍼가 어떻게 아는지 기억해 내려고 하는 중이었다. 내가 받은 편지를 읽었을까? 슈타지 정보원들을 귀와 눈, 그러니까 호르히 운트 구크(Horch und Guck)라고 부르기도 한다. 그런데 제니퍼의 작품 활동에 대해서는 내 눈이 보이지 않고 내 귀가 들리지 않았던 것 같다. 사실 나는 동독으로 갈 채비를 하고 동독에서 연구에 필요한 자료를 열람하는 데 필요한 행정 절차를 밟느라 정신이 없었다. 동독의 일상과 현실에 대해 세심하게 논문을 쓰겠다고 약속하고 자료 열람 허가를 받을 수 있었다. 나는 냉전 시대의 고정관념에서 탈피해 교육, 의료, 전국민 주택 공급 등에 초점을 맞출 생각이었다. 전부 아버지 생전에 아버지하고 이야기했던 것들이다.

"파시스트와 싸우려면 파시스트가 들어오지 못하게 장벽을 세울 수밖에 없어."

내가 아버지에게 장벽은 사람들이 나가지 못하게 하려고 세운 것이지 들어오지 못하게 하려는 게 아니라고 말하자 아버지는 내가 우리 집의 마리 앙투아네트이고 진주목걸이부터가 그렇다고 말했다.

"그것 좀 빼, 아들."

아버지는 언론과 이동의 자유가 불평등을 없애고 공동선을 이루려고 노력하는 것만큼 중요하지는 않다고 생각했다. 하지만 아버지는 아무 때나 배를 타고 프랑스에 갈 수 있고 그러더라도 누가 도버의 감시탑에서 아버지를 총으로 쏘지는 않나. 아버지는 1968년 소비에트 탱크가 프라하를 침공한 것에 대해서는 눈을 감아 버렸다. 우리가 스탈린과 혈연관계가 있다고 믿었기 때문이다.

"소련은 동독의 대부나 다름없어. 한집안끼리 서로 돌보고 식구들을 반동 세력으로부터 보호해야 돼."

예 예 예.

남자애들이 버스 이 층에서 내 타이로 나를 목매달려고 했을 때 맷이 자기 형을 돌본 것처럼 말이지. 아버지는 제니퍼가 나의 '숭고한 아름다움'이라고 부르는 것을 싫어했다. 무슨 이유 때문인지 내 미모를 불쾌하게 느끼는 것 같았다. 게다가 나는 동생보다 신체적으로 약했고 가끔 아버지를 따라 펍에 갈 때 오렌지색 실크 타이를 매기도 했다. 한번은 펍에서 아버지가 자기가 마실 비터 맥주 한 파인트와 "꽃미남한테는 레드와인 한 잔"을 주문했다. 바텐더는 아버지에게 메를로[04] 괜찮냐고 물으면서 나한테 비터 맥주를 주었다. 아버지가 공산당 회합에서 연설을 하는 날 나

---

04 메를로 품종 포도로 만든 와인.

는 한발 양보해서 마스카라를 바르지 않고 오렌지 실크 타이 대신 가짜 뱀피로 만든 납작한 녹색 모자를 쓰고 갔다. 내가 어릴 적 아버지는 기분이 좋지 않을 때에는 (그럴 때가 잦았다.) 맷에게 스탈린 스타일로 소리를 질렀다. "재 좀 때려 줘, 때려." 맷은 아버지가 시키는 대로 나를 때려눕혔다. 어머니가 돌아가신 뒤에 맷은 본격적으로 싸움꾼이 되었다. 내 입술을 터뜨리고 두 눈에 강렬한 멍을 만들어 놓은 적도 있었다. 내 강렬한 파란 눈보다는 그게 훨씬 나은 모양이었다. 베스널 그린의 우리 집 거실에 아버지의 탱크가 늘 주둔하고 있는 기분이었다. 언제라도 대포를 치켜들고 어딘가 결함이 있는 나의 열세 살 몸뚱이를 밟고 지나갈 준비가 되어 있는 탱크.

잘 가요, 아빠. 장례식에서 그것 말고 또 무슨 말을 할 수 있었을까?

할 말이 많지.

아버지와 나의 차이는, 학력이나 도드라진 광대뼈도 있지만, 나는 사람을 설득해야지 강압하면 안 된다고 믿는다는 점이다. 하지만 아니라고 반박할 아버지가 돌아가셨으니, 이제는 아버지의 확신이 그리웠다.

횡단보도에 도착하기까지 칠 분 정도가 남았다.

가끔 걸음을 멈추고 숨을 골라야 했다. 제니퍼가 한 말이 자꾸 귀에 울렸다. **정말 무슨 일이 있었는지 말해 줄래?**

나는 파인애플 통조림을 잊지 않게 적어 놓아야겠다고 생각했다. 집에 가자마자 대문자로 써서 냉장고 위에 '신들의 신 제우스' 자석으로 붙여 놓아야지. 발터 뮐러는 대신 나한테 오이 피클 한 병을 주겠다고 편지에 썼다. 회향, 백리향, 설탕, 식초로 만든 동양의 에메랄드. 발터는 슈타지가 자기 편지를 읽는다는 사실을 알까? 슈타지 정보원이 눈과 귀라면, 제니퍼가 나를 버린 까닭이 내가 제니퍼의 예술에 대해서는 귀로 듣지 않고 눈으로 보지 않았기 때문인데, 생각해 보니까, 나는 걸음을 재촉하면서 진짜로 다시 생각해 보았는데, 제니퍼가 지금 작업 중인 프로젝트에 대해서 말한 기억이 전혀 없었다. 내가 자기 뮤즈라는 말을 제외하면. 그리고 사고 직후에 부끄러움을 무릅쓰고 콘돔을 주워 놓고는 쓰지 않았다는 사실도 떠올랐다. 내 찢어진 흰 재킷 주머니에 뜯지 않은 채로 들어 있었다.

애비 로드의 횡단보도에 다시 오니 이상하게 마음이 편했다. 길 위에 오가는 자동차가 없었다. 그러니 봉쇄된 게 맞을 수도 있었다.

내가 오늘 처음 횡단보도에 발을 디뎠을 때에는 여자친구도 있고 다리를 절지도 않았다는 생각이 들었다. EMI 스튜디오 바깥쪽 벽에 앉아서 나를 칠 뻔한 남자가 내 머리카락을 어떻게 만졌는지를 생각했다. 심장이 뛰지 않는 동상이나 무생물을 만지는 것처럼 만졌다.

그 생각을 하고 있는데 어떤 여자가 불이 안 붙은 담배를 손에 들고 흔들며 다가왔다. 파란 원피스를 입었는데 나한테 불이 있느냐고 물었다. 머리카락 색이 하도 밝아 거의 은색으로 보이는 짧은 금발 머리였다. 눈동자는 바닷가에 쓸려 온 유리 조각처럼 아주 옅은 녹색이었다. 나는 주머니에 손을 넣어 늘 가지고 다니는 금속 지포 라이터를 꺼냈다. 바람이 불어도 불이 꺼지지 않는 투박한 구형 라이터로 미군이 2차 대전 때 쓰고 나중에 베트남전에서도 썼던 라이터이다. 여자는 라이터를 켠 내 손을 잡고 겉에 새겨진 이니셜을 읽었다. 나는 아버지가 한 달에 한 번 목욕을 하면서 담배를 피우던 시절에 쓰시던 라이터라고 설명했다. 아버지가 최근에 돌아가셔서 재를 성냥갑에 담아 동독에 가져가 묻으려고 한다는 이야기도 했다. 말을 하는데 내 손이 떨렸다. 나는 여자한테 잠깐 옆에 앉으라고 했고 여자는 그렇게 했다. EMI 스튜디오 담에 쭈그려 앉은 우리 어깨가 맞닿았다. 여자가 숨을 들이마시고 내쉬는 소리를 들을 수 있었다. 제니퍼의 기모노에 수놓아진 용처럼 여자의 콧구멍에서 연기가 나왔다. 여자는 나한테 불안해하는 성격이냐고 물었다.

"아뇨."

"그럼 뭐 겁나는 일이라도?"

내가 아는 줄도 몰랐던 시의 한 구절이 떠올랐다. 나는 담배를 피우는 여자에게 시를 들려주었다.

"우리는 죽은 자다. 며칠 전에,

우리는 살았고, 새벽을 느꼈고, 노을이 빛나는 걸 봤고,

사랑했고 사랑받았다……."[05]

---

05 존 매크레이(John McCrae, 1872~1918)의 시 「플랑드르 전장에서(In Flanders Fields)」의 시구.

여자는 마치 내가 정상적으로 행동하기라도 한 것처럼 고개를 끄덕였다. 그러지 않았는데.

"존 매크레이 시예요." 내가 말했다. "캐나다 의사였는데 1차 대전 때 포병으로 입대했죠."

내가 여자를 보았고 여자도 나를 마주 보았는데 그때 바람이 불어 슈퍼마켓 비닐봉지가 발치로 날아왔다.

"이상하네." 여자가 봉지를 발로 차며 말했다. "월마트는 미국에 있는 거 아녜요?"

우리는 십 대처럼 벽에 기대앉아 키스를 했다. 혀가 내 입안으로 깊숙이 들어오고 내 무릎은 여자의 허벅지 사이로 파고들었다. 마침내 몸이 떨어졌을 때 여자가 나한테 무슨 향수를 쓰냐고 물었다. "일랑일랑이요." 여자는 내 떨리는 손바닥에 자기 전화번호를 적었다. 여자가 걸어가는 뒷모습을 보며 파란 원피스 등판에 새겨진 글자를 읽었다. 제복이었다. 여자가 간호사라는 걸 깨달았다. 노래 「페니 레인(Penny Lane)」에도 양귀비꽃을 쟁반에 담아 파는 간호사가 나온다.

3

집에 돌아와서 동네 꽃집에 전화를 걸어 해밀턴 테라스로 해바라기 한 다발을 보내 달라고 했다. 졸업 전시회 날에 제니퍼에게 꽃다발을 보내 주고 싶었다. "우린 장미밖에 없어요." 플로리스트는 자기 사전에는 장미 말고 다른 종류의 꽃은 존재하지 않는다는 듯 성난 목소리로 말했다. 내가 해바라기가 8월이 절정이기는 하지만 9월에도 많이 나온다고 말하자 심지어 속상해하는 것 같았다. 꽃을 무서워하는 플로리스트라니 이상했다. 내가 해바라기가 한창일 때 양귀비 같은 꽃들은 끝물이라고 말하자 아예 울음을 터뜨리기라도 할 기세였다.

"우리 가게에는 노란 장미, 흰 장미, 빨간 장미, 중국과 미얀마에서 온 줄무늬 장미가 있어요. 원하는 게 있으세요? 지금 흰 장미가 특히 넉넉한데."

흰 장미. 디 바이세 로제(Die Weiße Rose), '백장미단'. 1940년대 초 뮌헨에서 시작된 반나치 청년 운동의 이름이다. 나는 백장미단 지도자들이 1943년 2월에 쓴 소책자를 학생들에게 읽히려고 번역하는 중이었다.

히틀러 유겐트, 나치 돌격대, 나치 친위대가 전도유망한 우리들에게 약을 먹이고 우리를 포섭하려 했다.

그러면 흰 장미 열두 송이를 주문할까? 사실 제니퍼도 전도유망하니까.

아니다, 반드시 해바라기여야 했다. 제니퍼가 꽃병에 꽂아 놓고 보기 좋아하는 유일한 꽃이 해바라기였다. 해바라기꽃은 가운데 부분이 어두운 색이라 일식이 떠올라서 좋아한다고 하는데, 사실 제니퍼가 일식을 본 적이 있는지는 모르겠다.

나는 다른 꽃집에 전화를 걸었는데 거기에도 해바라기는 없었다. 세 번째에 운 좋게도 해바라기를 찾아냈다. 이번에 전화를 받은 플로리스트는 남자였다. 자기가 키프로스 출신이고 이름은 마이크라고 했다. 마이크가 카드에 메시지를 뭐라고 쓸까 물었는데 내 대답이 기이하게 높고 떨리는 목소리로 나왔다. 나는 인식하지 못했지만.

"사랑하는 제니퍼, 전시회 잘되길. 너를 사랑하는 경솔한 남자가."

마이크라는 플로리스트가 헛기침을 했다. "죄송합니다만 영어로 말씀해 주실 수 있어요?"

처음에는 그가 뭐라고 하는지 못 알아들었다. 그래서 메시지와 내 이름, 신용카드 정보를 다시 불러 주었다. 이번에는 목소리가 덜 떨렸다. 잠시 침묵 뒤에 마이크가 말했다. "저는 독일어를 몰라요. 아니, 독일어인 것 같긴 한데 어디 말인지는 모르겠지만 어디 말이건 간에 우리가 전쟁에서 이겼다는 거 잊지 마쇼."

나는 제니퍼에게 보내는 메시지를 다시 되풀이했는데 그가 웃는 소리가 들렸다. 웃음소리를 듣고야 내가 메시지를 영어로 생각해 놓고 말은 독일어로 했다는 사실을 깨닫고 영어로 바꾸었다. "사랑하는 제니퍼, 전시회 잘되길. 너를 사랑하는 경솔한 남자가." 나는 '경솔한'의 철자를 또박또박 불러 주어 다시 확인했고 이로써 마침내 목표를 달성했다. 마이크는 구매에 감사한다고 하면서 자기 본명은 마이크가 아니라고 했다. 내가 외국어를 할 줄 안다는 사실을 알았다면 자기 이름을 제대로 말해 주었을 것이라고 했다. "아무튼 간에, 몸조심해요, 솔."

그날 나는 두 사람한테 "몸조심해요, 솔."이라는 말을 들었다.

샤워기를 틀고 무릎의 피를 씻어 내면서, 내 몸이 이렇게 까져서 피가 흐르는데 우리가 사랑을 나눌 때 제니퍼가 그걸 알아차리지 못했다는 사실에 충격을 받지 않을 수 없었다. 내 몸에서 제니퍼의 일랑일랑 오일 냄새가 났다. 일랑일랑 오일이 나를 무척 흥분시킨다. 샤워를 한 다음에는 동독에 가져갈 셔츠를 다렸다. 다리미판을 펴고 내 구식 다리미에 물을 채우는 데 시간이 좀 걸렸다. 다리미가 너무 뜨겁거나 아니면 너무 차가운 것 같았지만 묵직한 다리미의 뾰족한 끝으로 소매를 누르고 소맷단으로 나아가면서 김이 올라오는 것을 보니 다른 생각이 사라졌다. 소매 단추를 풀고 안쪽이 위로 가게 펼치고 단추 주위를 다렸다. 단추 위를 다리면 자국이 남기 때문에 단추를 피해 다리는 게 아주 중요하다. 솔직히 말해 자동차 사고를 당한 데다 내가 처음으로 한 청혼이 거절당하고 나니 두들겨 맞은 기분이었다. 스탈린이 가장 싫어한 것이 그것이었다. 아버지한테 두들겨 맞는 것. 나는 셔츠를 걸어 놓고 발코니로 나갔다. 새까맣고 못생긴 까마귀 한 떼가 팔러먼트 힐 필즈 잔디밭 위에서 뛰어다녔다. 한 마리가 갑자기 날아올라 수반(水盤)을 향해 날아갔다. 부리에 물고 있던 무언가를 수반 위에 떨어뜨렸다. 생쥐일 수도 있겠다는 생각을 하자 스탈린이 자기 딸 스베틀라나를 고양이가 생쥐를 사랑하듯 사랑했다는 사실이 떠올랐다. 나는 제니퍼를 어떻게 사랑하고 제니퍼는 나를 어떻게 사랑하는 걸까? 제니퍼가 나를 사랑하기는 했는지 모르겠다. 제니퍼가 고양이이고 내가 생쥐인 것은 확실하다. 그러자 나도 한 번 고양이를 해 보고 싶다는 생각이 들었지만, 아무래도 그렇게 하면 별로 흥분이 안 될 것 같았다.

지금까지 나는 약속을 잘 지켜 왔다. 제니퍼가 얼마나 놀랍게 아름다운지 제니퍼에게도 다른 누구에게도 말로 묘사하지 않겠다는 약속. 제니퍼의 머리카락 색이나 피부나 눈도, 가슴이나 입술이나 젖꼭지의 모양도, 제니퍼의 허벅지 길이나 음모의 질감도, 팔이 햇볕에 그을렸는지 허리 사이즈가 어떤지 겨드랑이 털을 면도했는지 발톱에 매니큐어를 칠했는지도 말하지 않았다. 나에게 제니퍼를 묘사할 새로운 언어가 없는 것은 사실인 것 같지만, 그래도 내가 제니퍼가 '놀랍게 아름답다'고 말하고 싶다면 그 말은 아무 의미 없는 말이니까 해도 괜찮다고 제니퍼가 허락했다. 제니퍼는 항상 나의 숭고한 아름다움 운운하는데, 그 말에는 무슨 의미가 있는 걸까 궁금해졌다. 그러니까 제니퍼에게 무슨 의미일까. 제니퍼는 사진을 찍어서 그 숭고한 아름다움에 어떤 의미를 부여

하는데, 다만 제니퍼는 내가 사진의 중심이 아니라고, 전체 구성이 중요하지 나는 일부에 지나지 않는다고 했다. 왜 제니퍼는 침대 머리맡에 걸린 내 사진의 입술 바깥선을 빨간 사인펜으로 그려 놓았을까? 제니퍼가 나한테 키스하기를 얼마나 좋아하는지 내가 아는데, 왜 '나한테 키스하지 마.'라고 적어 놓았을까? 제니퍼는 섹스를 하면 자기가 취약해지고 나한테 너무 많은 권력이 주어진다고 생각하는 것 같았다. 제니퍼는 나한테 그런 권력을 주고 싶어 하지 않았기 때문에 나는 얼른 서둘러 마쳐야 했다. 제니퍼는 자기 학교에 다니는 오토라는 남학생에게 관심이 많았다. 오토는 머리카락이 파랗고 제니퍼 또래였다. 제니퍼가 오토를 세상에서 가장 유명한 예술가가 될 인물이라고 생각하는지는 몰라도, 나는 제니퍼의 진정한 사랑의 머리카락은 검은색이라는 걸 알았다.

4

애비 로드 사진이 도착했는지 보려고 내가 사는 아파트 로비에 있는 우편함을 열었다. 사진은 동독에서 통역을 해 줄 발터 뮐러의 여동생 루나 뮐러에게 줄 선물이었다. 열쇠를 자물쇠에 꽂았는데 나사를 풀었다가 급히 다시 돌려 박기라도 한 것처럼 문짝이 살짝 느슨한 느낌이었다. 다른 입주자들의 우편함도 마찬가지로 관리가 잘 안 된 상태라는 걸 알 수 있었다. 하나같이 나무로 된 부분에 흠집이 있었다. 1930년대에 제작된 놋쇠 자물쇠는 군데군데 나사가 빠져 있었다. 그래서 열쇠를 자물쇠에 맞춰 끼우기가 더 힘들었다. 집주인이 해마다 집세를 올리면서도 건물 수리는 전혀 하지 않아 건물 여기저기가 무너져 내리고 있었다. 위층에 사는 노부인 스테클러 부인이 엘리베이터에서 나와 절뚝거리며 로비로 왔다. 부인은 장갑을 긴 손으로 철제 보행기를 꽉 붙들고 걸었다. 내가 무릎을 꿇은 자세로 우편함 자물쇠를 노려보고 있는 걸 보고 놀란 것 같았다. 스테클러 부인은 모피 코트를 입고 있었는데,

날씨가 축축하면 관절염이 도져서 걷기가 더 힘들다고 불평했다. "비 소식이 내 뼈에는 나쁜 소식이지." 스테클러 부인이 우울하고 낮은 목소리로 말했다. 나는 로비 유리창 밖을 내다보았다. 해가 쨍했다. 아파트 정원 잔디는 여름에 폭염이 닥친 탓에 누르스름했다. 낙엽도 바싹 말라 있었다.

"무슨 문제라도 있어, 솔?"

"아뇨."

"자기 성 말인데, 묻고 싶은 게 있어." 스테클러 부인이 말했다.

"뭘요?"

"우편함에 이름이 솔 애들러라고 써 있더라고."

"네."

"애들러는 유대인 이름이잖아."

"그래서요?"

스테클러 부인이 내가 더 말하기를 기다리길래 덧붙여 말했다.

"솔도 유대인 이름이에요. 무슨 문제 있으세요?"

스테클러 부인의 입이 더 큰 숨구멍이 필요하기라도 한 듯 크게 벌어졌다. 잠시 뒤에 나는 스테클러 부인에게 파인애플 통조림을 사려면 어디로 가야 하는지 물었다.

"아무 데나. 파인애플 통조림은 어디 가든 있어. 길모퉁이 구멍가게에서도 팔아. 슬라이스로 된 게 필요해 아니면 잘라진 거? 시럽에 든 거 아님 주스에 든 거?"

스테클러 부인은 두꺼운 안경 너머로 나를 빤히 보았다. 내가 건물 우편함을 죄다 털려 한다고 의심하는 것 같았다. 나는 내 우편함에서 봉투 하나를 발견했고 얼른 뜯어 보고 싶었지만 스테클러 부인이 보는 앞에서는 뜯고 싶지 않았다. 스테클러 부인은 새로 생긴 폴란드 가게에 양귀비 씨 케이크를 사러 갈 참인데 간 김에 초록 거북이 색 소파에 묻은 얼룩을 제거하는 데 쓸 뭔가가 있으면 사 올 생각이라고 말했다. 내가 거북이 생각을 하면서 가구 업계에서 거북이 색이란 어떤 종류의 초록색을 가리키는 것일까 궁금해하는데 스테클러 부인이 다시 관절 통증과 날씨에 대해 불평하기 시작했다. 나는 스테클러 부인이 말한 거리에서 폴란드 가게를 본 기억이 없었다. 그 거리에는 정육점과 신문 가판대가 있고 스테클러 부인 같은 노령연금 수급자들이 주로 이용하는 미용실이 있지만 폴란드 상점 같은 것은 없었다. 벵골인인 신문 판매상이 동유럽 페이스트리를 팔기 시작했다면 모를까. 나는 이미 봉투를 열어서 사진을 보고 있었기 때문에 주의가 흐트러졌다. 흑백 사진 세 장이 들어 있었다.

내가 맨발로 바지통이 나팔 모양인 흰 양복을 입고 손은 흰 재킷 주머니에 넣은 채 횡단보도를 건너고 있었다. 제니퍼가 쓴 메모가 한 장 있었다.

그런데 맨발로 걸은 사람은 존 레넌이 아냐. 폴이지. 존 레넌은 흰 구두를 신었어. 믿음직한 발판사다리 덕에 원본처럼 네가 다리를 죽 뻗었을 때 찍을 수 있었지.

나는 신발을 벗은 기억이 없는데 정말 그랬다. 사진 속의 나는 맨발이었다. 고개를 들었더니 스테클러 부인이 로비에 있는 수위 책상 뒤쪽에 보행기를 두고 간 게 눈에 들어왔다. 유리문으로 모피 코트를 입은 스테클러 부인이 보였는데 버스 정류장 방향으로 가볍게 걸어가고 있었다. 관절염 때문에 다리를 전다고 하지 않았나?

나는 사진을 다시 우편함에 넣고 열쇠로 잠근 다음 발터 뮐러에게 줄 파인애플 통조림을 사러 가장 가까운 슈퍼마켓으로 걸어갔다. 오늘 제니퍼는 무얼 하고 있을까? 어쩌면 미국행 비행기표를 예약하고 있을지도 모른다. 아마도 학교 암실에서 졸업 전시회 준비를 할 테고 나중에, 한참 뒤에는 산비와 클로디아와 같이 사우나 안에 늘어져서 무한에 대한 이야기, 게오르크 칸토어라는 망상과 우울증에 시달리던 수학자가 무한한 수를 표현하는 방법을 알아냈다는 이야기를 하겠지. 그러는 동안 나는 고리 모양 파인애플을 살지 잘라진 파인애플을 살지, 시럽에 든 걸 살지 주스에 든 걸 살지를 정하려고 고민하고 있었다. 결국 바나나 두 개, 바게트 하나, 스테이크 한 덩이를 샀고 치즈 코너에서 머뭇거렸다. 장미만 파는 플로리스트에게 어쩐지 공감이 가기 시작했다. 장미도 무한히 다양한 종류 중에서 골라야 하지만 치즈도 마찬가지였다. 슈롭셔 블루, 스틸턴, 팜하우스 체다, 랭커셔, 레드 레스터, 구다, 에멘탈.

나는 남자 판매원에게 물렁물렁해서 속이 흘러나오는 브리 치즈를 크게 한 덩이 잘라 달라고 했다. 칼에서 치즈가 흘러내렸다. 남자의 손놀림이 섬세했다.

하늘이 잿빛이고 인도도 잿빛이었다. 비가 내리기 시작했다. 아프리카 스타일 로브를 입은 남자가 망가진 우산을 가지고 씨름하는 동안 빗방울이 남자의 샌들 위에 투둑 떨어졌다. 나는 차 한 잔과 바클라바 페이스트리를 먹으러 튀르키예 카페에 들어갔다. 페이스트리에 꿀이 들어 있어 끈적끈적했다. 냅킨을 달라고 했지만 서빙을 하는 여자가 내 말을 못 들은 것 같았다. 여자는 옆 테이블에서 책을 읽는 일곱 살쯤 되어 보이는 여자아이에게 다가가 귓가에 무어라고 속삭였다. 나는 여자가 아이에게 나한테 냅킨을 가져다주라고 시키는 줄 알았는데 그게 아니라 자기 딸의 땋은 머리의 빨간 리본을 고쳐 매 주는 것이었다.

"이런 거야, 솔 애들러. 주제가 항상 너인 건 아니야."
이런 거야, 제니퍼 모로. 네가 날 주제로 만들었잖아.

5

우리 아파트에 무슨 일이 있었다. 사람들이 겁에 질려 아파트에서 뛰쳐나왔다. 삼 층에 사는 엔지니어가 불이 났다고 소리를 질렀다. 타는 냄새가 나지는 않았다. 공식적으로 발표되지는 않았지만 소방관이 파업 중이라는 소문이 있었다. 그래서 집주인이 세입자들에게 만일의 사태에 대비해 모래 한 양동이를 집에 갖다 놓고 냉장고를 제외한 사용하지 않는 가전제품은 전부 플러그를 뽑아 놓으라고 했다. 스테클러 부인이 양귀비 씨 케이크라는 것을 사서 돌아왔는데, 장갑 낀 손에 든 비닐봉지 안에 보이는 것은 피가 뚝뚝 떨어지는 고깃덩어리 같았다. 스테클러 부인은 로비에 있는 보행기를 꺼내 오면서 나에게 토스터에 플러그를 꽂아 놓았을지도 모르겠다고 말했다. 생각해 보니 전기 히터를 껐는지도 확실하지 않다고 했다. 9월에 대체 왜 전기 히터를 켠 걸까? 내가 스테클러 부인의 아파트에 올라가 확인해 보겠다고 했다. 건물 밖에 모인 세입자들이 그게 현명한 행동이냐를 두고 토론을 벌였다. 만약 정말 불이 났다면 위험을 무릅쓰지 말아야 한다고 결론이 났지만, 내가 뜻을 굽히지 않자 사람들이 적어도 엘리베이터는 타지 말라고 충고했다.

"죽고 싶다면 죽게 돼요." 스테클러 부인이 나에게 자기 집 열쇠를 건네면서 웃음을 지었다. 스테클러 부인이 이렇게 즐거워하는 모습은 처음 보는 것 같았다. 나는 계단 다섯 층을 뛰어서 올라가지는 않았다. 애비 로드에서 넘어진 것 때문에 아직까지도 절뚝거렸기 때문이다. 천천히 올라가 열쇠로 스테클러 부인 아파트 현관문을 열었는데 연기 같은 것은 나오지 않았다. 아파트 안에 있는 가전제품은 전부 꺼진 상태였다. 묵직한 검은색 전화기가 카펫 한가운데에 놓여 있었다. 전화기 놓는 위치치고는 엉뚱했다. 스테클러 부인이 관절염이 있어 몸을 굽히기 힘들다는 사실을 생각해보면 더더욱 이상했다. 연결된 전화선을 따라가 보았는데 텔레비전 뒤 벽 소켓에 꽂혀 있었다. 나는 주먹을 쥐고 벽을 똑똑 두드려보기 시작했다. 뭔가를 찾고 있는 것처럼. 내가 찾고 싶은 게 뭔지나도 알 수 없었다. 벽 안이 비어 있나, 안 비어 있나? 내가 알고 싶은 게 그건가? 나는 다시 벽을 두드렸다. 이런 동작을 하니까 내가 중요한 사람인 것 같은 기분이 들었는데, 그렇다면 내가 평소에는 스스로를 보잘것없는 사람으로 느꼈던 건가 하는 의문이 들었다. 슈타지도 벽을 주먹으로 두들길 때 중요한 사람이 된 것 같은 기분일까? 전화가 울렸고 나는 수화기를 들었다.

"여보세요. 스테클러 부인 전화입니다."

"누구세요?"

"저는 솔인데요. 이웃에 살아요."

"전 아이작이에요."

날카로운 통증이 내 가슴을 뚫고 지나갔다.

"스테클러 부인은 안 계신데요. 메시지를 남기시겠어요?"

"솔 누구라고요?"

"솔 누구라고요?"라는 말에 공포와 두려움과 후회가 몰려왔다.

어쨌든 간에 나는 전화기에 대고 또박또박 차분히 대답하려고 애썼다.

"솔 애들러예요."

말이 잘 나오지 않았다.

가슴이 찢어지는 것 같았다. 애비 로드에서 바람에 날렸던 월마트 비닐봉지는 다른 시간대의 미국과 관련이 있었고, 아이작이라는 이름도 미국과 관련이 있었다.

전화가 끊겼다.

누군가가 옆에서 숨을 쉬는 소리가 들렸다.

돌아보았다가 짐승의 놀란 눈과 마주쳤다. 까만 푸들이 소파 팔걸이 위로 뛰어올랐다. 눈이 촉촉한 푸들이 낑낑거렸다. 아파트 세입자는 애완동물을 기르지 못하게 되어 있다. 스테클러 부인이 개를 키우는 줄은 전혀 몰랐다. 부인이 양귀비 씨 케이크 대신 날고기를 산 까닭이 이해가 됐다.

나는 소파에 앉아 푸들을 품에 안았다. 다시 전화가 울리기 시작했다. 푸들의 따스한 머리를 쓰다듬다 보니 마음이 가라앉았다. 나와 개의 숨 쉬는 리듬이 맞춰졌다. 우리는 전화 울리는 소리가 멎기를 기다리며 같이 숨을 쉬었다. 개를 품에 안고 개에 맞춰 숨을 쉬니까 기분이 무척 평온해졌다.

배가 고팠다. 뭐라도 먹을 수 있을 것 같았다. 애비 로드에서 사고를 당할 뻔한 이래로 먹는 것을 잊었던 것 같기도 했다. 긴급 상황일지도 모르는 때에 (화재 가능성) 거북이색 소파에 앉아 있자니 내 친구 잭 생각이 났다. 잭은 자기는 아이를 원하지 않는다고 말했다. 잭은 부모란 자식들에게 괴상한 목소리로 말하는 외계인이라고 생각한다며, 그것도 그렇지만 자기는 자기가 사랑하는 사람의 관심을 한 몸에 받고 싶다고, 특히 성적 관심을 오롯이 받고 싶다고 했다. 아이의 요구나 외계인 부모의 끝없는 요구에 관심을 빼앗기고 싶지는 않다고 했다.

나도 잭의 생각에 동의했었다. 잭은 나보다 열 살 위인데 서른여덟 살 나이에 비해 젊어 보였다. 말쑥한 리넨 재킷을 입고 십 대들이 신는 검은색 스니커즈를 신었는데 내 눈에는 늘 멋있어 보였다.

우리가 웨스트런던에 있는 프랑스 식당에서 홍합과 감자튀김을 먹던 날에도 그렇게 생각했는지는 잘 모르겠다. 그날 우리는 점심을 먹으면서 스스로를 세련되고 교양 있고 잘생긴 남자들로 여겼고 아마 섹스를 해 본 지 한참 되었을, 적어도 피곤에 전 자기 파트너하고 해 본 지는 오래되었을 피곤에 전 아빠들보다 우리가 우월한 존재라고 느끼긴 했다.

하지만 그때도 나는 잭의 말에 완전히 동의했던 것 같지는 않다. 잭은 익살스럽고 재미있기는 했지만 감정은 좀 메말랐다. 나는 내 무릎 위에서 잠든 개에게 소리 내어 그렇다고 말했다.

"잭은 감정이 좀 메말랐어."

잭이 내 홍합 그릇을 들여다보고 내가 몇 개를 남긴 것을 알았다. 잭은 남은 걸 자기가 먹어 줄까 하고 나한테 큰 호의라도 베푸는 것처럼 물었다. 나는 홍합 그릇을 잭에게 밀어 주고 잭이 홍합을 싹 먹어 치우는 것을 보았다. 조개껍데기에서 속살을 쪽 빨고 아주 빠른 속도로 씹어 삼켰다. 잭은 내가 남긴 음식을 후루룩 먹어 치우는 자기 모습이 매우 사랑스러워 보일 거라고 생각했다. 희한한 일이었다. (나는 푸들에게 이 말도 했다. "희한한 일이야.") 나는 불법 애완견을 무릎 위에 얹고 잭을 회상하면서 즐거워하고 있었다. 만약 화재가 난 게 사실이라면, 개의 목숨을 구해야 하지 않을까? 뭔가 매캐하고 독한 냄새가 나긴 했는데 그게 연기 냄새일까?

잘생긴 잭과 관련된 생각이 몇 가지 더 떠올랐다.

나는 개의 앞발을 손으로 쥐었다. 잭은 내 홍합을 먹은 다음에 그때 웨이터가 접시에 얹어 테이블 위에 올려놓은 계산서에 눈길을 주었다. 잭은 계산서를 흘긋 보더니, 반반씩 낼 게 아니라 내가 빵을 추가로 주문했으니 추가 빵 값은 내가 내야 한다고 말했다. 추가로 주문한 빵을 자기도 먹었으면서. 그러면서 동시에 잭은 우리 옆 테이블에 혼자 앉은 남자가 다 안 먹고 남긴 레몬 타르트 조각을 눈여겨보고 있었다. 잭은 그것도 가져와서 먹고 싶어 했다. 잭이 공모를 하는 듯 나에게 은밀한 눈짓을 하길래 나는 잭이 왜 이렇게 밉살스러울까 생각했다. 아까 주먹으로 벽을 두드려 볼 때 이 질문이 내 머릿속에 있었던 것도 같았다. 질문에 대한 답은 당연히 잭이 애정이 없는 사람이기 때문이라는 거였다. 나는 벽에 질문을 했고 벽이 나름의 방식으로 대답한 거였다. 갑자기 제니퍼가 나를 애정이 없는 사람이라고 생각하는 걸까 덜컥 걱정이 됐다. 잭은 나와 식사를 마친 뒤에 테니스를 칠 예정이었다. 잭이 그 날의 시합을 위해 코치에게 특별 수업을 받아서 서브를 완벽하게 다듬었다고 말했다. 왜 테니스 시합 전에 점심을 그렇게 배불리 먹는지 납득이 안 갔지만, 어쨌거나 잭은 꽤 마른 편이었다. 어쩌면 잭이 그토록 성가시게 여기는 어린아이가 바로 잭 자신일 수도 있었다. 밥을 계속 먹여 줘야 하는 아이.

한편 내가 소파에 앉아 불법 개를 쓰다듬고 있는 동안 아파트 전체가 불길에 휩싸여 있을 수도 있었다. 나는 자리에서 일어나며 까만 푸들을 바닥에 떨어뜨렸다. 내가 브리 치즈가 든 종이봉지를 집어 들고 현관문을 쾅 닫고 나올 때까지 개는 화난 듯 컹컹 짖었다. 다시 절뚝거리며 계단을 내려갔는데 연기 냄새는 안 났다. 사람들이 전부 건물 밖에 모여 여기저기 창문을 가리켰다. 스테클러 부인이 히터를 켜 놓지 않았다는 사실을 알려 주자 다들 안도했다. 나는 스테클러 부인에게 전화가 왔다고 말했다.

스테클러 부인이 두꺼운 렌즈 안경을 벗자 어리둥절한 얼굴이 보였다. "그럴 리가. 우리 전화 끊겼는데."

스테클러 부인은 안경알을 호호 불더니 원피스 끝자락을 들어 올려 눈가를 훔쳤다.

"그건 그렇고. 나도 유대인이야. 크라쿠프에서 태어났어." 스테클러 부인이 말했다.

엔지니어가 내 어깨를 쳤다.

"안전 점검을 해 줘서 고마워요, 애들러 씨." 그가 진지한 말투로 말했다. "덕분에 안심했어요."

나는 왜 스테클러 부인이 장갑을 끼고 있는지, 장갑 안에 어떤 유령이 숨어 있는지 궁금했지만 그 문제에 골몰하고 싶지는 않아서 얼른 길을 건너가 길모퉁이 공중전화에서 제니퍼에게 전화를 걸었다.

"잘 지냈어, 제니퍼?"

"왜 전화했어?"

"소방관이 파업 중이라서."

"소방관이 파업한다고 누가 그래? 그런 얘기는 처음 들어 봐."

나는 녹아내리는 브리 치즈가 든 종이봉투를 손에 들고 있었다. 제니퍼는 친근하고 가벼운 말투로 말했다. 내 몸을 이용하고 난 다음 내 청혼을 거절한 일이 없었다는 듯이, 사고로 멍이 들고 피가 나는 나를 자기 침대에서 쫓아내지도 않았다는 듯이.

"사진 잘 나왔지, 어때?" 제니퍼는 빛과 그림자와 사진의 각도가 어떻다는 둥, 「애비 로드」 앨범에 들어간 진짜 비틀스의 원본 사진에는 우연히 가로수 아래에 서 있던 미국 관광객이 찍혔다는 둥 하는 이야기를 했다. 나는 브리 치즈 조각이 녹아내리는 종이봉지 안쪽을 들여다보았다. 종이봉지 오른쪽 귀퉁이에 무슨 메시지가 적혀 있는 것 같았다.

"괜찮아, 솔?"

섬세한 손길의 치즈 판매원이 치즈 가격을 볼펜으로 적고 밑줄을 두 줄 쳐 놓았다.

"아니, 안 괜찮아. 전혀."

"이런 거야, 솔 애들러. 꺼져."

"이런 거야, 제니퍼 모로. 내가 하려는 게 바로 그거야."

그날 밤, 동독에 가려고 짐을 싸다가 파인애플 통조림을 잊어버리고 안 샀다는 게 생각났다.

6

동베를린, 1988년 9월

발터 뮐러와 같이 웃느라 시간이 어떻게 가는지 모르게 지나
갔다. 물질적 이득을 위해 살지 않는 사람과 함께 있으니 마음이
편했다. 발터는 언어의 귀재였다. 발터는 동유럽 사회주의 국가
로 일하러 나가는 동독 사람들에게 동유럽 언어를 가르쳤는데 영
어 실력도 유창했다. 프리드리히슈트라세 역에서 나를 기다리고
있는 발터를 보는 순간 그가 마음에 들었다. 발터는 플랫폼 끝에
내 이름이 적힌 판지를 들고 서 있었다. 서른 살쯤 되어 보였고 어
깨까지 내려오는 칙칙한 갈색 머리카락에 연푸른색 눈, 키가 크고
어깨가 넓었다. 실팍한 몸이었다. 발터의 몸에는 에너지 같은 게
있었다. 느긋하면서도 활달한 생기 같은 것. 나는 기차로 영국 공
항까지 오는 길이 악몽이었다고, 기차에 연료가 떨어져서 중간에
버스로 갈아타야 했다고 말했다. 발터 뮐러는 살짝 어이없다는 듯

한 태도로 고개를 가로저으며 공감을 표했다. 발터에게는 내가 인생의 문제의 얕은 물가에서 물장구나 치고 있는 것처럼 보이는 모양이었다.

"국가 운송 체계를 매우 잘못 운영했군요."

발터가 나를 데리고 프리드리히슈트라세 역 밖으로 나왔고 어머니 아파트까지 걸어가고 싶은지 트램을 타고 싶은지 물었다. 나는 걸어가도 좋겠다고 대답했다. 발터가 쓰는 영어는 발터 몸에서 느껴지는 자신감과 활기와는 달리 격식을 갖춘 약간 뻣뻣한 것이었다.

"여기가 슈프레강이 흐르는 우리 도시입니다." 발터가 강 쪽으로 손짓하며 말했다. 우리는 잿빛으로 흐르는 슈프레강을 따라 걸으며 베를리너 앙상블 극장 앞을 지나갔다. 브레히트가 설립한 극장인데 브레히트는 나치 집권기에 외국으로 망명했다. 브레히트는 그 뒤에 최소 네 나라를 거치며 살았다. 발터에게 그 나라들을 읊어 주었다.

"스웨덴, 핀란드, 덴마크, 마지막에는 미국으로 갔지요."

"아, 브레히트요." 발터가 말했다. "브루스 스프링스틴이 7월에 여기서 공연한 거 아니요? 세 시간 동안 공연했습니다." 발터가 다시 고쳐 말했다. "아니, 네 시간이요."

브레히트가 소련이 아니라 미국을 택했다는 이유로 동독 당국에서 브레히트를 미심쩍게 여겼다는 사실은 나도 알았다. 그래도 브레히트는 동독으로 돌아와서 계속 희곡을 쓰며 새로운 사회주의 국가를 건설하는 데 한몫을 하고자 했다. 내 통역사는 나만큼 브레히트에 관심이 많지 않은 것 같길래 내가 『서푼짜리 오페라』('거지를 위한 오페라')의 대사를 전부 외운다는 사실이나 욕조에서 「수라바야 조니」[06]를 자주 부른다는 것은 말하지 않았다. 나는 슈프레강에서 나란히 헤엄치는 백조 두 마리를 내려다보았다.

"백조는 해로하는 동물이죠." 내가 말했다. "짝과 강한 유대를 형성해요."

발터는 관심 있는 것처럼 보이려고 노력했다. "알려 줘서 고마워요." 발터의 말투는 진지했지만 눈은 웃고 있었다.

발터는 얼마 전까지 프라하에 있다가 막 돌아왔다고 했다. 그곳에서 공학 수업을 듣는 동지들을 위해 체코어를 독일어로 통역했다고 했다. 여독이 아직 안 풀렸을 텐데 역으로 마중 나와 줘서 고맙다고 하자 발터는 웃었다. "이렇게 같이 걸을 수 있어 행운입니다. 어떤 의미 있는 행동을 할 수도 있습니다. 같이 맥주를 마시러 간다든가요." 파리 한 마리가 발터의 입 언저리에서 웽웽거렸다. 발터는 손으로 파리를 날리고 겁을 주려는 듯이 돌포장길을 발로 쿵쿵 굴렀다.

"마법이에요." 발터가 웃으며 다시 발을 굴렀다.

"마법이요." 내가 따라 했다. 무슨 뜻으로 한 말인지 발터가 왜 웃는지는 잘 몰랐다.

"여기서 뭘 하든 좋지만, 우리나라에 대한 보고서를 쓸 때 모든 것이 잿빛이고 건물에 걸린 현란한 붉은 깃발 말고는 모든 게 무너져 내린다고 쓰지는 말아요."

---

06 독일의 극작가 베르톨트 브레히트가 쓴 3막 뮤지컬 「해피 엔드」에 삽입된 노래.

"당연하죠." 나는 내 강렬한 파란 눈으로 발터의 연푸른색 눈을 들여다보았다. "파리가 있다는 걸 기록하려고요. 트램 운전사 중에 여자가 많다는 것도." 아직 발터와 그렇게 잘 아는 사이는 아니라서, 제니퍼가 자기를 낡은 말로 묘사하지 못하게 금지했기 때문에 내가 검열에 익숙하다는 말은 하지 않았다.

우리는 기분 좋은 대화를 계속했다. 발터는 두꺼운 겨울 외투를 입고도 빠르게 걸었는데 가벼운 외투를 입은 나는 헉헉대며 따라갔다. 발터는 프라하에서 본 케이크의 이름이 무척 마음에 들었다고 말했다. 이름이 '작은 관'인데 주재료가 크림이라고 했다. 발터가 말하는 케이크가 에클레어인 것 같았다.

발터가 에바 슈반크마예로바라는 체코 예술가의 작품을 아냐고 물었다. 모르는 사람이었다. 발터는 그 예술가가 쓴 문장에 경탄했다고 말하면서 지금 번역을 해 주겠다고 말했다. 발터는 눈을 감았고 —"이제 할게요."— 체코어, 독일어, 영어 세 언어를 연결하는 단어를 찾느라 한참 눈살을 찌푸리고 있더니 눈을 뜨고는 내 팔을 툭 치면서 고개를 저었다. "번역이 불가능해요." 자기가 프라하에서 정말 하고 싶었던 일은 슬리보비츠[07]를 한 잔 마시는 것이라고 했다. "모라비아에서 나온 아주 오래된 브랜디죠." 발터는 곧 나를 대학 학장에게 소개해 줄 텐데 아마 그 사람이 나에게 상등품 슈냅스[08]를 권할 거라고 했다.

07   서양 자두로 만든 브랜디로 동유럽에서 주로 생산된다.
08   독한 독일 증류주.

잠시 뒤에 발터가 나에게 왜 다리를 저냐고 물었다. 나는 애비 로드에서 차 사고를 당할 뻔했다고 독일어로 말했고 발터는 영어로 물었다. "그래서 우리는 독일어로 말하는 건가요, 영어로 말하는 건가요?"

"어, 반반으로 하면 어때요." 내가 독일어로 말했다.

"어떻게 그렇게 독일어를 잘해요?" 발터가 영어로 물었다.

"어머니 고향이 하이델베르크예요."

"그러면 절반은 독일인이네요?"

"어머니는 여덟 살 때 영국으로 왔어요."

"어머니가 집에서 독일어를 쓰셨어요?"

"전혀요."

발터가 이번에는 알려 줘서 고맙다고 말하지 않았다.

내가 계속 다리를 절자 발터가 나에게 절름발이냐고 단도직입적으로 물었다.

"아니에요. 고관절에 멍이 들어서 그래요."

나는 큰 소리로 감정을 담아서 말했다. 발터 뮐러에게 불쌍하게 보이고 싶지는 않았다. 아니, 그건 싫었다. 나는 다른 존재로 보이고 싶었다. 하지만 내 배 속이 찌릿하게 아픈 건 사실이었다. 마치 배 속에서 무언가를 칼로 도려내는 것 같은 느낌이었다.

발터가 내 가방을 들어 주겠다고 했다. 내가 거절했는데도 발터가 가방을 가져가서 어깨에 멨다. 우리는 마리엔슈트라세라는 돌포장길을 따라 걸었다. 잠시 뒤에 발터가 자기 동생이 간호사로 일하는 병원이라며 건물을 손으로 가리켰다. "의사들이 아주 좋아요. 하지만 병원에 입원할 일은 없는 편이 좋겠죠. 동생이 엑스레이를 찍게 해 줄 수 있을 텐데 찍어 볼래요?"

"아뇨!" 내가 발터의 어깨를 하도 세게 때려서 발터가 웃음을 터뜨렸다.

"보기보다는 힘이 세네요."

내가 가방을 다시 가져오려고 했으나 발터가 나를 밀어 버린 것으로 보아 힘이 세다는 게 진심으로 한 말은 아닌 것 같다.

멀리에서 트램이 덜컹거리며 달리는 소리가 들렸다.

"앉아요, 솔." 발터가 아파트 건물 입구 돌계단을 가리켰다.

나는 시키는 대로 돌계단에 앉았다. 발터가 내 옆에 앉더니 내 가방을 다리 사이에 끼웠다. 평화롭고 고요했다. 발터는 안경을 쓰고 신문을 읽었다. 하늘이 어둑해졌고 발터의 왼팔이 내 어깨 위에 둘러져 있었다. 나는 행복했다. 설명할 수 없이 행복했다. 스테클러 부인의 소파에 앉아 불법 푸들을 무릎에 얹고 있던 순간하고 비슷했다. 우리는 한참 그렇게 앉아 있었다.

발터가 신문을 접고 내 어깨를 두드렸다.

"사고에 대해 얘기해 봐요."

이야기를 시작했다. 내가 그런 생각을 했었는지도 몰랐던 것들까지 입으로 나왔다. 발터에게 애비 로드에서 내가 정말로 심란했던 까닭은 열두 살 때 어머니가 차 사고로 돌아가신 것 때문이라고 말했다. 말도 안 되는 소리지만 어쩐지 울프강이 ― 나를 칠 뻔한 차 운전자 이름이라고 말해 주었다. ― 어머니를 죽인 운전자와 같은 사람일지도 모른다는 생각이 들었다.

"그런 생각을 할 수 있죠." 발터가 말했다.

나는 사고가 났던 장소로 돌아왔을 때 손이 마구 떨리기 시작했고 담뱃불을 빌려 달라고 한 여자와 같이 낮은 담 위에 앉았다는 이야기를 했다. 손이 떨린 것이 어머니가 죽었고 다시는 집에 돌아오지 않으리라는 소식을 들었던 그 순간의 기억과 연관이 있다고 말했다. 거기에다가 이제부터는 나를 인간 방패처럼 지켜 주던 어머니 없이 아버지와 동생과 같이 살아야 한다는 사실을 깨달았던 순간의 기억도 겹쳐졌다.

"아버지와 동생으로부터 지켜 줄 사람이 필요했어요?"

"네. 두 사람 다 덩치가 아주 크거든요. 아버지와 동생이 당신을 봤으면 썩 마음에 들었을 거예요."

발터는 고개를 흔들며 웃었다. "아닐 것 같은데요."

"발터." 내가 물었다. "장벽은 어디 있어요? 안 보이네요."

"사방에 있어요."

나는 발터에게 어머니의 목숨을 앗아 간 사고와 내가 당한 작은 사고가 머릿속에서 뒤엉켰으며 아직도 어머니를 친 운전자에 대한 분노가 가라앉지 않는다고 말했다. 그 사람이 어머니를 죽인 살인범이나 다름없다고 생각한다고. 시간이 많이 흘렀지만 어머니의 죽음이 아직도 현재의 일처럼 생생했다. 하지만 사실 애비 로드를 건널 때 내가 정신이 딴 데 있었던 것도 사실이라고 말했다.

"아 그래요." 발터가 신문을 반으로 접고, 또 반으로 접었다. 발터가 손가락으로 신문 귀퉁이를 폈는데 손끝에 신문 잉크가 묻어 까매진 게 보였다. 어떤 단어들이 발터의 손끝에 재처럼 얼룩져 있었다. 머릿속에서 타자 치는 소리가 들렸다. 타자기 키를 두드려 종이에 글자를 인쇄하는 소리. 내가 나 자신을 밀고하는 것 같았다. 헤어(Herr) 아들러는 경솔한 남자입니다. 그러나 지금 발터의 입에서 나온 말은 그 단어들이 아니었다.

"어쩌면 그걸 반복해야 하는 건가요?"

"뭘 반복해요?"

"역사요."

발터는 몸을 숙이더니 나에게 왼쪽 신발끈을 묶어 줄까 하고 물었다. 걸어오다가 신발끈이 풀린 모양이었다. 나는 한없는 부끄러움을 느꼈다. 발터는 친절했고 핀잔하는 기색은 전혀 없었다. 잘 모르는 사이인 사람끼리는 그간의 내력이나 앙금 같은 게 없기 때문에 가끔 그렇게 담백할 수 있다. 나는 자리에서 일어나 발터를 뒤로하고 걷기 시작했다. 어느 쪽으로 가야 되는지는 몰랐지만 발터에게 눈물을 보이고 싶지 않았다. 동독에 도착한 지 얼마 되지도 않았는데, 발터에게 내 짐을 들게 하고 내 신발끈을 묶어 주게 했고 이제는 울고 있었다. 발터가 나를 따라왔는데 안경을 안 쓰고 있었다. 콧잔등에 플라스틱 코받침에 눌린 자국이 있었다.

"여어, 솔, 잠깐만요."

발터는 나무 상자를 들고 있는 여자한테 다가갔다. 상자에 작은 콜리플라워가 가득했다. 발터는 내가 모르는 방언으로 여자와 이야기를 나누었다. 내가 몰래 눈물을 닦을 수 있게 시간을 주는 것 같았다. 문제는 눈물이 멈추지 않는다는 것이었다. 눈물을 훔치고 나면 주르륵 더 많이 쏟아졌다. 이렇게 큰 슬픔을 가지고 동독으로 왔다니 너무 부끄러워서 어찌해야 할지 몰랐다. 정말 큰 덩어리의 슬픔이었다. 남의 음식을 처리해 주는 내 친구 잭이 내 슬픔을 조금 가져가 주면 좋을 텐데. 잭은 몰인정한 성격이라 발터와는 정반대였다. 그렇다고 발터가 무지렁이인 것도 아닌데. 발터는 확실히 잭보다는 덜 멋쟁이이고 덜 공격적이었다. 발터가 상자를 든 여자에게 하는 말이 조금씩 들리기 시작했다. 벚나무 이야기를 하고 있었다. 자기 가족이 시골에 할당받은 땅에 있는 벚나무 이야기였다. 콜리플라워도 심었는데 죽어 버렸다고 했다. 전부 다 말라 버렸다. 여자는 내 머리 위쪽 어딘가를 보고 있었지만 그래도 나를 보고 있다는 걸 알 수 있었다.

나는 손을 흔들었다. 여자는 인사를 받지 않았고 얼굴 표정은 돌처럼 굳어 있었다. 어쩌면 서유럽에서 온 사람과 접촉하는 게 위험한 일일지도 모른다는 생각이 들었다. 나한테 손을 흔들었다가 누군가에게 고발을 당할지도 모른다. 이곳 거리에는 거지도 약물 중독자도 포주도 도둑도 노숙자도 보이지 않았다. 하지만 여자의 눈빛과 붉은 입술이 깊은 인상으로 남았다. 낯선 사람에게 두려움 없이 인사를 할 수 있는 게 나은 일일까, 지갑을 소매치기 당하지 않는 게 나은 일일까? 여자와 발터는 서로 잘 아는 사이인 듯 발터가 여자의 뺨에 입을 맞췄고 여자는 콜리플라워를 발터에게 줬다. 발터는 호주머니에 손을 넣더니 빨간색 주머니 가방을 꺼냈다. 가방 안에 콜리플라워를 넣고 어깨에 멨다.

"운이 좋네요." 발터가 나에게 외쳤다.

우리는 계속 걸었다. 이제 배 속의 통증이 가라앉아 조금 편해졌다. 나는 시골에 있다는 땅에 대해 물어보았다. 발터는 양봉을 해 볼까 알아보고 있다며 주말에 도시 외곽에 있는 시골집에 같이 가서 둘러보고 하룻밤 자고 오면 어떻겠냐고 했다.

"아주 좋겠네요, 고마워요." 발터의 어머니 집까지 가려면 아직도 한참 남은 듯했다. 나는 왜 동생을 루나라고 부르냐고 물었다.

"루나는 달의 여신이고 달은 빛의 근원이잖아요. 루나는 우리 어머니한테 빛의 근원이에요. 루나 낳기 전에 딸이 하나 더 있었는데 일찍 죽었어요."

그 말을 듣자 안쪽 깊은 곳에 있던 아픔이 건드려졌고 다른 아픔들로 번졌다. 검은 연못처럼. 달빛에 비추인 검은 물.

나는 다리를 절거나 그러지 않으면 울고 있었다. 시작부터 최악이었다.

"조금만 더 가면 펍이 있어요." 발터가 말했다. "그런데 일단 집에 콜리플라워를 두고 와야겠어요." 발터는 낡은 석조 건물 안마당으로 나를 데려가더니 계단 옆에서 기다리라고 했다.

나는 다시 계단에 앉았다. 이번에는 신발끈을 나 스스로 묶었다.

아파트 벽에 전쟁 때 생긴 총알 구멍이 있었다. 우리 아버지라면 바로 팔을 걷어붙이고 동독의 벽에 회를 바르기 시작했을 것이다. 나는 발터가 이야기한, 시골집 마당에서 말라 죽은 벚나무 생각에 빠져 있었다. 나는 동독에서 돌계단 위에 앉아 있는데 다른 어딘가의 이미지가 머릿속으로 스며들었다. 제니퍼의 사진처럼 온통 흑백의 이미지였다. 미국 케이프코드에 있는 미늘벽 판잣집. 소나무와 향나무로 만든 집이었다. 집 안에 큼직한 벽난로가 있었다. 창문에는 나무 덧문이 있었다. 제니퍼가 집 안 어딘가에 있고 제니퍼의 머리카락이 하얗게 새어 있었다.

케이프코드 바닷가에서 그리고 동베를린 슈프레 강둑에서 갈매기 우는 소리가 들렸다.

발터가 계단으로 내려왔는데 나무로 만든 장난감 기차를 들고 있었다.

"이걸 고쳐야 돼." 발터가 기차를 외투 주머니에 넣었다. "접착제가 어머니 집에 있어서."

발터는 무언가 복잡한 내용을 나에게 독일어로 설명하려고 했다. 왜 자기가 어머니 그리고 누이와 같이 살지 않나 하는 이야기인 것 같았다. 나는 잘 못 알아들었고 내가 익숙해질 때까지 반반 대신에 영어를 칠십 퍼센트로 하면 어떻겠냐고 물었다.

나는 손바닥을 발터의 가슴 위에 얹고 나무 기차를 보았을 때의 충격으로부터 회복되어 숨소리가 안정될 때까지 고개를 숙이고 있었다. 빨간색 페인트가 칠해진 기차 바퀴 한 개가 발터의 외투 주머니 밖으로 삐져나와 있었다. 전에 그 기차를 보거나 꿈꾸거나 혹은 땅에 묻은 적이 분명히 있는데, 그 기억이 나를 괴롭히려는 유령처럼 되돌아왔다.

"괜찮아, 솔?"

"괜찮고말고." 내가 대답했다.

발터는 어깨를 으쓱했고 우리는 전차를 타고 펍으로 갔다.

7

내가 얹혀살기로 한 발터의 어머니와 동생 루나의 아파트는
의외로 넓었다. 거실 벽 세 면에 오렌지색 소용돌이무늬 벽지가
발라져 있었다. 발터가 겨울에는 갈탄으로 거실을 난방한다고 말
했다. 발터는 세라믹타일로 덮인 석탄 난로를 보여 주었다. 새카
만 석탄과 다르게 갈탄에서는 매캐한 냄새가 났는데 압축해서 덩
어리로 만든 성형탄이라서 그런 것 같았다. 갈탄이 동독에서 나는
몇 안 되는 지하자원 중 하나인데 집중적으로 채굴하다 보니 갈탄
이 나는 지역 전체가 파헤쳐져 있다고 했다. 갈탄 배달부가 아침
일찍 묵직한 갈탄 자루를 안마당에 배달했다. 재를 치우는 일은
루나 담당인데 루나는 손에 물이라곤 묻혀 본 적 없는 황후라도
되는 양 투덜거렸지만 사실 힘든 일은 아니란다. 지금 루나는 퇴
근하고 구하기 힘든 바나나를 사기 위해 줄을 서고 있을 것이다.
루나는 과일을 좋아한다. 사과만 빼면 무슨 과일이든 좋아한다.

"나는 바나나 때문에 안달복달하지는 않아." 발터의 말투는

꽤 안달복달하는 것처럼 들렸다. "바나나가 나왔다고 해서 꼭 먹어야 한다거나 그러진 않는다고. 쿠바에서 들어오는 오렌지는 좋아하지만."

발터가 말하는 동안 나는 거실을 둘러보았다. 우리 대화가 파인애플이라는 주제에 점점 근접해 가고 있어서 숨을 곳을 찾고 있었던 것 같다. 테이블 한가운데에 놓인 전화기는 런던 스테클러 부인 집에 있는 전화기와 비슷했다. 전화기 옆에 쟁반이 있고 쟁반 위에 하얀색 찻주전자와 도자기 찻잔 두 개와 찻잔받침이 있었다. 벽에는 짙은 색의 묵직한 나무틀 거울이 걸려 있고 그 옆에는 희한하게도 금색 호피 무늬 비키니에 손톱도 금색으로 칠한 여자 사진이 든 1977년도 달력이 있었다. 달력 사진 속 여자는 옆머리에 노란색 조화 장미를 꽂았다. 과일 이야기를 좀 더 한 다음에 발터가 내 방을 보여 주었다. 소박한 싱글 침대가 벽에 붙어 있었다. 담요 두 장과 작은 베개 하나로 잠자리를 만들고 위에 단정하게 갠 파란색 수건 한 장을 올려 두었다. 발터는 어머니가 곧 집에 와서 뭔가 음식을 하실 텐데, 보통은 요리를 자기가 한다고 말했다. 누군가가 현관문을 두드렸다. 처음에는 크게 한 번, 다음에는 작게 세 번.

발터와 같이 대학에서 일하는 동료였다. 이름은 라이너인데 카키색 재킷을 입고 어쿠스틱 기타를 멨다. 라이너는 히피 같은 차림인데 학교에서는 복사와 세미나실 예약 등의 일을 하는 행정직 비슷한 자리에 있었다. 카키색 재킷에 보라색 나팔바지를 입은 나른하고 조용한 사람이었다. 바지 길이가 너무 길어 바짓단을 접었다. 라이너는 미국 비트 시인[09] 책을 좋아하는데 책을 읽으려면 몰래 들여와야 한다고 말했다. 발터는 라이너에게 안 좋은 일이 있었던 여동생이 지금은 어쩌고 있냐고 물었고 라이너는 이렇게 대답했다. "어, 아직도 화가 나 있지." 라이너는 기타로 코드 몇 개를 치고 나서 자기 여동생이 청년단 소속인데 최근에 낡은 아파트를 청소하는 일을 했다고 설명하기 시작했다. 여동생이 지붕 위에 올라가 지붕을 수리했는데 무더운 여름이라 반바지에 비키니 탑 차림으로 일했다. 청년단 멤버인 친구가 그러고 있는 모습을 카메라로 찍었는데, 그만 카메라를 압수당했고 당국에서 필름을 공개했고 그래서 엄마가 다시는 친구를 만나지 말라고 했다고 한다. 아까 발터와 같이 펍에서 맥주를 마실 때 발터는 자기도 십 대 때 청년회 소속이었는데 서독에 대해 물질적으로 열등하다고 느끼는 젊은이들이 서로 연대하기 위한 조직이었다고 했다. 좋은 일이라고 생각하긴 했지만 제복을 입는 건 좀 싫었단다.

발터는 웃음기 없이 근엄한 얼굴로 라이너의 말을 들었다. 잠시 뒤에 발터는 문제의 소지가 있는 사진이 없었다면 당국에서 카메라를 압수하지도 필름을 공개하지도 않았을 것이라고 말했다. 발터답지 않게 들리는 말이었다. 제니퍼가 나에게 자기가 암실에서 현상한 사진은 전부 안에 유령이 들어 있다고 했던 게 떠올랐다. 라이너는 낡은 기타를 튕기면서 웃었다. "그래, 틈만 나면 방해 공작을 하려는 적이 많다는 건 사실이지." 라이너도 라이너답지

---

09 1950년대 샌프란시스코를 중심으로 생겨난 저항 문화인 비트 문화를 대표하는 앨런 긴즈버그 등의 시인.

않게 말하고 있었다. 하지만 나는 라이너를 거의 모르고 사실 발터도 모르기는 마찬가지인데 내가 어떻게 그런 걸 아는 걸까? 어쩌면 벽에 걸린 커다란 거울 뒤에 도청 장치가 있는지도 몰랐다.

어쨌든 간에 라이너는 같이 있기 편한 사람이었다. 라이너는 자기가 평화와 느긋한 생활 방식을 도모하는 교회 토론 모임에 속해 있다고 말했다. 라이너는 정부가 국민들에게는 폭력적이면서 해외에서는 평화를 주창한다면 옳지 않은 일이라고 봤다. 라이너의 모임에 펑크족이나 환경 운동가 등, 목사를 포함해 다른 체제를 원하는 사람들이 꽤 많기 때문에 자기네 모임도 감시를 당하고 있을 가능성이 높긴 하지만, 자신들은 모여서 기타 치고 노래하고 잡담하는 것 말고는 아무것도 안 한다고 했다.

"오늘은 뭐 했어요? 발터가 맥줏집에 데려갔어요?"

"콜리플라워를 샀지." 발터가 대답했다.

"잘했네." 라이너가 다시 웃었다. 라이너의 치아는 매우 고르고 희고 전혀 영국스럽지 않고 사실 동독스럽지도 않았다.

발터를 봤는데 웃는 얼굴이 아니었다. 어쩌면 내 가방을 들고 내 신발끈을 매 주고 어린아이처럼 느린 속도에 맞춰 걷고 내가 우는 걸 못 본 척하느라 피곤할 수도 있을 것 같았다. 잠시 뒤에 라이너는 가야겠다고, 하지만 연구하는 데 도움이 필요하면 자기한테 말하라고 했다. 나는 실은 강의 원고를 쓰는 중인데 원고를 복사해야 한다고 말했다.

"문제없어요." 라이너는 일어서서 기타 스트랩을 조절했고 나는 구겨진 데다 알아보기 힘든 원고를 정리했다.

당연하지만 남성 독재자의 심리에 대한 원고를 라이너에게 주지는 않았다. 스탈린의 아버지가 술꾼이었고 자식을 무지막지하게 팼고, 그랬기 때문에 스탈린이 다시는 약자가 되지 않으려 했다는 내용의 원고는 아니었다. 그거 말고 스탈린의 업적을 망라한 목록과 연보를 주었다. "월요일까지 준비해 놓을게요." 라이너는 나에게 평화를 뜻하는 V 사인을 그려 보였고 나한테 술을 더 마시고 취하라고 했다.

라이너가 가고 몇 분 뒤에 오렌지색 벽에 걸려 있던 거울이 떨어졌다. 거울이 바닥에 떨어지는 소리에 나는 소스라치게 놀랐다. 마지막으로 깨진 거울을 본 게 애비 로드 횡단보도 위에서였다. 자동차 사이드미러, 울프강 차의 사이드미러가 깨져 반짝이는 조각 무더기가 되었다. 발터와 내가 거울이 떨어진 자리로 가 봤는데 거울이 멀쩡했다. 실금조차 없었다. 나는 거울 뒤쪽에 도청 장치가 있는지 보려고 벽지를 살펴보았는데 표면이 매끈하고 평평해 보였다. 우리는 거울 양옆을 함께 잡고 들어 올려 다시 걸었다. 벽 위 녹슨 못에 거울을 단단히 걸고 나는 거울을 통해 발터를 보았다. 발터의 눈이 내 눈을 들여다보고 있었다. 발터가 눈으로 하는 이야기는 시시한 이야기가 아니었다. 발터가 시선을 돌렸다. 나는 다른 곳을 바라보는 발터를 거울을 통해 보았고 스탈린이 역사적 기록에서 마음에 안 드는 부분을 삭제해 버림으로써 과거를 없애 버린 일을 떠올렸다. 하지만 나는 발터의 시선이 발터의 욕망의 역사적 기록이라는 걸 알았다. 그걸 지울 수는 없었다.

그의 눈이 줄곧 나를 보고 있었다.

내가 평소에는 책을 잔뜩 넣어 강의실에 들고 다니던 회색 캔버스 슬링백에 손을 뻗을 때에도 발터는 나를 보고 있었다. 나는 가방에서 성냥갑을 꺼내어 안에 담긴 한 숟가락 분량의 재를 보여 주었다. 발터는 혼란스러운 기색이었다. 나는 열네 살 때부터 공산주의자였던 아버지가 최근에 돌아가셨는데 아버지의 재 일부를 동독 땅에 묻고 싶어 가져왔다고 설명했다. 아버지는 과거의 파시스트 사회와 다른 새로운 사회를 건설하려는 동독의 시도를 높이 샀다. 그래서 동독에 아버지의 재를 묻을 자리를 찾아야 했다.

발터는 작은 나무 기차를 찬찬히 살피고 있었다. 빨간 바퀴 하나가 망가졌다. 발터는 뭔가에 실망했는지 얼굴이 굳어 있었다. 내가 가방 속에 손을 넣었을 때 발터는 내가 런던에서 가져오겠다고 약속한 파인애플 통조림을 꺼내려고 한 줄 알았겠다는 생각이 들었다. 나는 자동차 사고의 충격에서 벗어나지 못한 상태로 동네 슈퍼마켓에 갔고 한참 동안 과일 통조림이 진열된 칸을 들여다보았다. 온갖 종류의 과일 통조림이 있고 파인애플만 해도 여러 가지가 있었다. 그런데 어째서인지 정신이 흐트러져서 치즈 판매대로 가고 말았다. 발터는 이제 벽지, 천장, 바닥 등등 내 손에 놓인 성냥갑만 빼고 사방으로 눈을 돌리고 있었다.

"미안해, 발터. 파인애플을 잊어버렸어."

나는 영국을 떠날 때 대학에서 회의를 하고 학생들 논문을 채점하고 마지막 순간까지 비자 문제를 해결하느라 정신없이 바빴다고 설명했다. 치즈 판매대에 수없이 많은 종류의 치즈가 있었고 나한테 잘 숙성된 브리 치즈 조각을 보여 준 남자의 섬세한 손에 정신이 팔렸다는 이야기는 하지 않는 게 좋겠다고 생각했다. 발터는 테이블 위에 올려 둔 회색 재가 담긴 성냥갑을 흘긋 보더니 고개를 저었다. 파인애플 통조림 대신 시체에서 나온 재를 내놓다니, 무례하고 모욕적인 행동이었다. 나는 어쩌다가 그런 소박한 선물을 부탁받고도 잊어버리고 만 걸까? 부끄러움으로 온몸이 붉어지는 게 느껴졌다. 마치 온몸이 불에 타는 것 같았고 그래서 내가 슈퍼마켓에 갔다가 파인애플 통조림을 안 사고 아파트로 돌아왔을 때 불이 난 일이 생각났다. 실제로 나지 않았던 그 불이 나의 부끄러움이었던 걸까 하는 생각이 들었다.

"괜찮아." 발터가 말했다. "그럴 수도 있지."

나는 서독 마르크 지폐 한 묶음을 꺼내 테이블 위에 놓았다. 마음이 무척 불편했다.

"인터샵⁰에서 파인애플을 사면 돼."

"여기서 서독 마르크를 가지고 있으면 안 돼. 치워."

발터의 목소리가 권위적이어서 놀랐다. 그러니까 나는 발터에게 그런 권위가 있으리라고는, 혹은 발터가 권위를 갖고 싶어하리라고는 생각해 보지 못했다는 말이다. 발터가 국가의 목소리를 복화술로 말하자 꼭 우리 아버지가 말하는 것처럼 들렸다.

나는 나를 재워 주는 사람들에게 줄 파인애플 통조림을 깜박한 퇴폐적 부르주아가 아니라는 걸 어떻게든 보여 주고 싶었던 것 같다. 발터에게 우리 아버지는 미장이여서 집 짓는 일을 했는데 회가 갈라지지 않게 회에 말총을 섞곤 했다고 말했다. 아버지가

---

10   수입한 상품을 파는 동독의 국영 상점으로 경화(硬貨)만 취급하기 때문에 동독 마르크로는 물건을 구매할 수 없었다.

회를 바를 때 쓰는, 가운데에 손잡이가 있는 평평한 사각형 나무판을 아버지는 '매(hawk)'라고 불렀다.

아버지는 평생 매와 흙손을 들고 일했다. 가끔 외벽 작업을 할 때에는 회에 대리석 가루를 섞었다. 아버지의 큰형은 대장장이였는데 말편자도 만들었지만 철로와 선박에 들어가는 부품도 만들었다. 그리고 내 동생은 전기 기술자다. 나는 우리 집안에서 처음으로 대학에 들어간 사람이었다.

"아 그래. 대단하네."

발터는 브루스 스프링스틴 레코드를 축음기에 올려놓고 방에서 나갔다. 나는 발터가 부엌에서 춤을 추며 주전자에 물을 채우는 걸 보았다. 성냥갑은 얼른 가방에 다시 집어넣었다. 내 손등까지도 벌겋게 물들어 있었다. 나는 빨개진 오른손을 쥐어 주먹을 만들고 아파트 벽을 두드리기 시작했다. 벽을 두드리고 있으니 마치 나만이 존재를 아는 무언가를 찾고 있기라도 한 것 같았고 내가 좀 덜 나약한 사람이 된 기분이었다. 부엌에서 발터가 나를 쳐다보았다. 발터는 춤을 추면서 웃었다. 그러더니 이렇게 외쳤다. "뭐 좀 찾았어?" 발터는 작은 컵 두 개를 들고 나와서 단추가 풀어진 셔츠 위쪽 앞섶 사이로 드러난 내 목 언저리를 보았다. 나는 아직도 빨갛게 달아오르고 있었다.

"어머니 커피가 거의 떨어졌는데 설탕은 넉넉히 있길래 설탕을 많이 넣고 치커리[11] 조금 넣어 만들었어."

우리는 딱딱한 의자 두 개에 앉아 서로 마주 보았다.

---

[11] 커피 대용품으로 먹는 치커리 뿌리.

발터가 몸을 숙이더니 새끼손가락으로 내 눈 가장자리를 건드렸다. 벽에서 떨어진 회 한 점이 눈꺼풀 옆에 얹혀 있었다.

그러더니 컵을 들었다.

"여기 동베를린에서, 1988년에, 우리가 만난 것을 기념하며."

나는 커피를 마셨다. 커피 맛은 안 났지만 발터가 말한 대로 달콤하고 뜨거웠다.

"그런데 발터, 날짜가 틀린 것 같아."

"그래 넌 몇 년에 살고 있는데?"

"훨씬 뒤."

총탄 자국이 있는 건물 너머로 해가 지고 있었다.

나는 몸을 숙여 발터의 귀에 마치 연인처럼 속삭였다.

"동독과 서독이 하나가 될 거야. 혁명이 일어날 거야. 루마니아를 제외하면 거리에 피가 뿌려지는 일도 없을 거야."

"무엇 때문에 혁명이 일어나는데?" 발터도 내 귓가에 입을 대고 속삭였다.

"동독 사람들이 장벽 너머처럼 경제가 더 나아지기를 바랐기 때문만은 아니었어. 그래, 네가 권위주의 정권에 불만이 있는 거 알아. 하지만 그게 원인이 된 것도 아니었어. 소련 경제가 무너지기 일보 직전이었어. 소련 공산주의는 몰락할 거야. 고르바초프 서기장이 냉전을 끝낼 거야."

우리의 무릎이 맞닿았다.

"잘 들어 봐, 발터. 동독 시민이 원할 때면 언제라도 국경을 넘을 수 있게 될 거야."

발터가 기침을 하기 시작했다.

내가 들려준 미래의 모습이 목구멍에 생선 가시처럼 걸렸는지 아니면 감격해서 그러는 건지 알 수 없었다.

발터는 일어서서 부엌으로 가 얼굴에 찬물을 끼얹었다.

발터가 돌아와서 가슴 앞에 팔짱을 낀 채로 방 안에서 서성였다. 얼굴이 새하얗게 질려 있었다.

나는 손을 뻗어 발터 허리띠의 버클을 건드렸다. 머릿속에서 어떤 목소리가 기차 안내방송처럼 '정신 차려.'라고 외치는 소리가 들렸지만 이미 늦은 일이었다. 나는 오른손을 뻗어 발터의 갈탄 냄새가 나는 긴 머리카락 끝을 건드렸다. 발터가 나를 밀어 냈다. 모욕적이었지만 유혹적이기도 했다. 발터의 신체적 힘을, 어쩌면 위협을 보여 주는 행동이었다.

문이 열리고 어떤 여자가 밀가루 한 봉지를 들고 들어왔다.

"할로." 여자가 밀가루를 식탁 위에 탕 하고 올려놓았다.

"우르줄라예요. 발터 엄마요. 오늘 날씨가 어찌나 더운지 내 동생 말이 라이프치히에서는 애들이 분수대 안에서 수영을 한다네."

발터의 묵직한 코트가 의자 뒤에 걸려 있었다. 어쩌면 발터는 아직 더운 늦여름에 입을 만한 옷이 없는지도 몰랐다. 아찔한 장미 향이 풍겼다. 우르줄라한테서 진하고 단 향수 냄새가 났다.

"안녕하세요. 솔 애들러예요."

"알아요. 아니면 누구겠어요?"

우르줄라가 나와 악수를 했다. 우르줄라는 머리카락을 진한 붉은색으로 염색했다. 머리카락 뿌리 부분이 올라오고 있었다.

"밀가루를 비축하고 있어요." 우르줄라가 영어로 말했다. "루나한테 파인애플 케이크를 구워 주려고요."

우르줄라는 내 손을 잡고 놓지 않았다.

"다음 주가 생일인데 루나는 파인애플 한 조각만 먹을 수 있으면 우리 장벽이 일 미터 더 높아져도 괜찮대요."

8

대학 문서고를 담당하는 사서가 나를 매우 낮게 평가하는 것 같았다. 나는 너무 크게 말하거나 너무 작게 말하거나 너무 빨리 말하거나 아니면 너무 느리게 말했다. 내 연구에 필요한 신문과 잡지들에 대해 물었는데 사서는 잘 모르는 것 같았다. 내가 다른 직원에게 문의해도 되겠냐고 하자 사서는 이백 킬로미터의 가시 철조망 같은 목소리로 나에게 무례하다고 뭐라 했다.

대학 학장 비서가 나에게 준 수업용 교재는 노골적 선전물이 었고 신문과 텔레비전 프로그램도 마찬가지였지만 처음 들어 보는 이야기는 아니었다. 전부 아버지에게 들어 본 적이 있었다. 슈타지가 내가 대학에 와 있다는 사실에 관심이 있을 텐데 물론 반가워서 관심을 가진 것은 아님을 나도 알았다. 나는 스파이도 아니고 동독을 뜨라고 이곳 사람들을 선동하러 온 것도 아니다. 그렇긴 해도 어딘가 가까이에 보이지 않는 눈과 귀가 있을 가능성이 높았다. 내 눈과 귀도 극도로 민감해졌지만, 아직까지는 그 사서 말고는 나를 감시하는 사람을 보지 못했다. 그렇지만 감시자가 없다는 사실이 있다는 사실보다 더 겁나는 일이며 감시를 하지 않는 게 끝없이 감시하는 것보다 더 기이한 일이라도 되는 듯 거기 있을지 모르는 누군가를 계속 찾고 있다 보니 아버지가 죽은 뒤에 내 감정이 어떠했는지가 떠올랐다. 나는 내가 한 말 내가 한 행동 전부를 트집 잡고 내 잘못을 벌할 아버지가 더 이상 없다는 사실을 믿을 수가 없었다. 동베를린에 오기 전부터 나는 이미 편집증에 시달리고 있었던 것 같다.

나는 내 눈과 귀를 한층 발전된 감시 기술로 생각하기 시작했다.

사서 말고 다른 직원들은 대부분 친절하게 도와줬다. 나는 라인란트에서 시작된 청년 운동을 조사하면서 만족했다. 1936년부터 모든 청소년을 강제로 입단시킨 히틀러 유겐트의 군사 문화에 대한 대안으로 생겨난 움직임이다. 이들은 에델바이스 해적단이라는 사랑스러운 이름을 썼다. 딱 이 이름을 붙이지는 않았더라도 성격이 비슷한 단체가 독일 서부 대부분의 주요 도시에 있었다. 열두 살에서 열여덟 살 사이의 청소년들이 가입했는데, 보헤미안 스타일 체크 셔츠를 입고 히틀러 유겐트 단가를 패러디해서 불렀고 프랑스를 통해 들어온 재즈와 블루스에 관심이 많았다. 남자들은 머리카락을 길게 길러 아버지 세대에 도전했다. 내 오렌지색 실크 타이와 인조 뱀피 모자를 그 애들한테 빌려주면 좋았을 것 같다. 젊은이들 대부분이 나치 통제하에서 학교 교육을 받고 자랐다는 걸 생각하면 특히 대단한 일이었다. 폴란드가 침공되기 전에 자기들 정신이 침공당하는 것에 저항한다는 게 쉬운 일은 아니었다.

우리의 노래는 자유, 사랑, 생명,

우리는 에델바이스 해적단이다.

그들의 부모들은 추악한 유대인을 풍자하는 만화 따위가 가
득한 《데어 슈튀르머(Der Stürmer)》 같은 신문을 구독했을 것이
다. 학교 가는 길에는 아리아인과 아리아인이 아닌 사람의 두개골
차이를 측정하는 도구를 파는 상점 앞을 지났을 것이다. 해적 청
소년들은 한자리에 모여 있는 몇 시간 동안만이라도 이 모든 것을
잊으려고 했다. 내가 다루려는 주제가 나치즘에 대한 문화적 저항
이지만 사실 과학자, 의사, 학자, 법률가들은 나치의 인종주의에
열렬하게 동조했다. 인종 학살이 부를 획득할 기회가 되었기 때문
이다. 버려진 공장, 상점, 재산, 가구 등. 열차 일흔두 량 분량의 금
이 아우슈비츠에서 베를린으로 이동했다. 다시는 집에 돌아가지
못할 사람들의 치아에서 뽑아낸 금이었다. 파시즘은 민족주의와
손을 잡고 대량 학살을 산업화하고 값싼 독가스를 조직적으로 운
송하고 사형 집행인을 고용했다.

내 옷 주머니에서 파란색 아이라이너 펜슬 하나를 발견했다.
'오션 스프레이'라는 이름의 아이라이너인데 제니퍼가 지난번 내
생일에 선물로 준 것이다. 나는 보통 도서관에 갈 때 양복과 타이
를 갖춰 입었는데, 내가 양복을 입은 노친네들이 이데올로기적으
로 통제하는 체제와 완벽히 일치하는 사상을 지닌 진지한 학자임
을 보여 주고 싶었기 때문이다. 그렇고말고, 나는 체제와 소파에
같이 앉아 같은 리듬에 맞춰 숨을 쉬며 평화롭고 온화하고 다정하

게 편안한 고요를 즐길 수 있고말고. 그런데 그러다 보니 내가 너무 우리 아버지처럼 보이길래 오션 스프레이를 눈 아래에 살짝 바르고 1930년대 독일 나치즘에 대한 문화적 저항을 연구하러 도서관으로 출발했다.

오션 스프레이가 해일이 되었다.

사서는 책상에서 몸을 앞으로 숙여 내 바다색 눈을 들여다보았다. 우리는 상대가 적인지 알아보려고 이상한 자세를 취하는 고양이들처럼 서로 적대적으로 마주 보았다. 고작 아이라이너를 바른 것뿐인데. 우리는 상대가 나가떨어질 때까지 서로 노려보았다. 사서는 마음에 안 든다는 표시를 하기 위해 괴이한 행동을 했다. 턱과 입술 근육을 움직여서 코에 주름을 만들고 콧구멍을 넓히는 것이었다. 사서가 무장을 하고 있지 않아 다행이라고 생각했다.

내 통역사에게 연구 내용에 대해 이야기한 적은 없었다. 그동안에는 발터를 만날 일이 없었고 루나도 마찬가지였다. 아직 루나는 만나 보지도 못했다. 우르줄라 말이 루나가 추가 교육을 신청했기 때문에 요새는 병원 방사선사 아파트에서 잔다고 했다.

"수혈 교육이래." 우르줄라가 무뚝뚝하게 말했다.

우르줄라는 내가 파인애플 통조림을 잊어버린 것을 아직 용서해 주지 않았다.

나는 외로웠지만 그래도 라이너가 친구가 되어 주었다. 라이너가 나를 서점과 극장에 데려갔고 교회 모임의 펑크족 친구들도 소개시켜 줬다.

어느 날 밤, 도서관에서 집으로 걸어가다가 어떤 남자가 나를 쫓아온다는 것을 알아차렸다. 키가 크고 건장한 남자가 길 건너편에서 나와 발을 맞추어 걸었다. 내 바다색 눈이 당국에 보고된 모양이었다. 내가 케트부어스트라는 일종의 핫도그를 사려고 걸음을 멈추자 그도 가로등 옆에 서서 기다렸다. 가끔 한 번씩 담배에 불을 붙이고 두 모금을 빤 다음에 밟아서 껐다. 묵직한 회색 코트를 입었고 칙칙한 갈색 머리카락이 어깨까지 내려왔다. 내가 다리를 절면 그도 다리를 절었다. 내가 걸음을 멈추고 트램이 어디로 가는지 보면 그도 멈춰 서서 길 위의 구멍을 내려다보았다. 내가 동독에 온 첫날 발터와 함께 걸으면서 알게 된 사실인데 발터에게는 무한한 인내심이 있었다. 연한 푸른색 눈이 나를 지켜보고 있는 것은 확실했으나, 그의 시선에 악의가 있다는 생각은 안 들었다. 오히려 나를 미행하라는 지시를 받은 것이 부끄럽고 당혹스러운 것 같았다. 미행에 영 성의가 없었다. 나는 발로 땅을 구르고 "마법이야."라고 큰 소리로 말했다. 나 같은 피라미를 어쩔 수 없이 따라다닌다고 발터를 나무랄 생각은 없다는 걸 보여 주기 위해서였다. 나는 거울에 비친 그의 눈에 담긴 뜻을 읽었고 그가 내가 못생기지 않았다고 생각한다는 걸 알았다.

그 주가 끝날 무렵에 발터가 이번에는 숨지 않고 도서관에 나타나서 밖에서 잠깐 이야기하자고 했다. 주말에는 일을 안 해도 되는 모양이었다. 발터가 도시 외곽에 있는 가족 농장에 놀러 갈 수 있느냐고 물었다.

버섯 시즌이라고 했다. 운이 좋으면 버섯을 '수확'해서 저녁으로 먹을 수 있단다.

"좋아, 발터."

발터가 갑자기 나에게 영국에 애인이 있냐고 물었다.

"그게, 있었는데. 그 사람은 나를 진지한 상대로 생각 안 해."

"어, 왜 그런데?"

"몰라. 보통 자기 작업이 우선이야."

"무슨 일을 하는데?"

"미술 학교에 다녀."

"무슨 미술?"

"사진."

"어떤 사진?"

나는 제니퍼의 예술에 대해 뭐라고 설명해야 할지 몰랐고 내가 알기로 제니퍼의 사진은 대부분 나를 찍은 거라고 말하고 싶지는 않았기 때문에 좀 당황했다. 나도 「책상에 앉은 솔」이라는 사진 말고 다른 사진은 잘 이해를 못 했다. 라이너가 자기 동생 친구가 카메라를 압수당했고 필름이 공개되었다는 이야기를 했을 때 발터가 못마땅한 말투로 대꾸하던 것이 생각났다. 이상한 순간이었다. 발터가 자기가 하는 말의 가치를 진심으로 믿지 않기 때문에 말투의 가장자리가 흐릿해진 것 같았다. 제니퍼는 자기 사진의 가치를 믿었다. 내가 자신에 대해 하는 말의 가치는 믿지 않았지만. 나는 무엇이 되었든 간에 그걸 믿으려면 어떻게 해야 하는 걸까 하는 생각을 했다. 신이든 평화든 계급이 없는 사회든. 어쩌면 마법이 필요한지도 몰랐다.

"걷는 건 좀 어때?" 발터가 내 발 쪽으로 손짓하며 말했다. "아직도 절어?"

나는 눈을 감고 내 머리카락 끝을 만졌다. 감정이 북받칠 때 내가 하는 행동이다.

"발터, 네가 나를 따라다니면 그런 건 다 알게 될 거야."

9

시골집 길옆에 자라는 잡초를 베어서 단으로 만들어 놓았다. 발터는 풀단을 가축 먹이라고 농부에게 주려 한다고 말했다. 발터 네 배당 농지에서 돌아다닐 때 비가 세차게 내렸다. 발터는 자기가 기르는 채소를 보여 주고 싶어 했다. 특히 양배추와 감자. "감자를 심으면 감자가 많이 생겨." 발터는 최근 시골집에 지붕을 새로 했기 때문에 비가 내려서 기분이 좋은 것 같았다. 종일 뚝딱거리며 망치질을 했고 전에 국영 텔레비전 방송 진행자였던 이웃 사람이 시끄럽다고 성질을 내기도 했으니 고생한 보람이 있어야 했다. 발터의 청바지와 티셔츠가 푹 젖고 머리카락도 젖었지만 발터는 나와 우산을 같이 쓰지 않으려고 했다. 나만 우산을 붙들고 있자니 꼬장꼬장한 영국 사람이 된 것 같아서 우산을 풀밭에 던져 버리고 쏟아지는 빗속에서 발터 옆에 붙어 섰다. 발터는 장벽 서쪽 면에 그려진 낙서에 대해 얘기해 달라고 했다. 당연히 발터는 그걸 한 번도 본 적이 없겠지. 내가 무슨 생각을 한 걸까?

나는 발터에게 내가 무슨 생각을 하는지 말할 수 없었다. 발터가 도서관에서부터 집까지 나를 미행했기 때문이다. 대신 내가 영국에서 세 종류의 토마토를 기른다고 말했다.

"평범한 플럼토마토, 산마르차노 토마토, 커다란 코스톨루토 피오렌티노 토마토를 심었어."

"토질이 어떤데?" 발터가 관심을 보였다. 발터는 내가 토마토를 기를 사람처럼 생각되지는 않는 모양이었고 내 생각에도 그랬다.

"서퍽에서 길러. 잉글랜드의 이스트앵글리아 지방."

발터는 내 말을 믿지 않았고 나도 내 말을 완전히 믿을 수가 없었다. 나는 다른 시간대에 세 종류의 토마토를 심었다. 누군가가 나와 같이 이스트앵글리아의 미래의 땅에 토마토를 심었다. 흰 머리카락을 머리 꼭대기에 말아 올려 트레머리를 한 남자다. 그의 손톱은 짧게 물어뜯겨 있다. 우리는 땅 위에 무릎을 꿇고 쭈그려 앉아 있고, 그가 손가락을 내 등에 얹고 척추를 마사지하면서 비가 와서 들에 물이 넘치기 전에 사과나무를 심어야 한다고 말한다.

비가 발터로 하여금 계속 말을 하게 부추기는 것 같았다. 발터는 양봉을 해 볼까 한다고 말했다.

"어떻게 하려고 그러는데?"

발터는 처음에는 벌통 한두 개로 시작할 거고 꿀이 있는 곳 근처, 그러니까 꽃이 피는 식물 가까운 곳에 벌통을 놓으려 한다고 했다. 그늘도 있고 햇볕도 있는데 바람은 없는 곳에.

"동생은 부정적이야. 동생은 팔에 벌이 앉으면 미친 듯이 소리를 지르지. 간호사라, 벌침을 빼내려고 늘 족집게를 가지고 다녀."

"그러면 대신 고양이를 키우는 건 어때?"

"으." 발터가 고개를 저었다. "고양이는 말도 마. 루나는 고양이 공포증이 있어."

발터가 이따금 허리를 굽히고 작물에서 마른 잎을 뜯어냈다.

"지금까지 감자와 양배추와 벌과 고양이와 토마토 얘기를 했지. 이제는 빗속에서 네 성냥갑 안의 재 이야기를 하자. 아버지를 우리 땅에 묻고 싶어?"

"응."

"그럼 그렇게 해."

나는 빗속에서 그 자리에 얼어붙은 것처럼 서 있었다. 차마 아버지를 땅에 묻을 수가 없었다. 갑자기 머리가 떵하고 나른해졌다. 나는 하늘을 향해 머리를 들고 입을 벌려 비를 입으로 받았다. 마치 비가 아편제, 모르핀인 것처럼, 비가 겉으로 드러나지 않은 고통을 마비시킬 수 있을 것처럼. 내가 풀밭에 던져 놓은 우산을 발터가 집어 들었다.

발터는 내가 안쓰럽게 생각된다고 말하려 했던 것 같다.

비가 그치자 발터가 나를 데리고 버섯을 따러 숲으로 갔다. 어째서인지 발터는 펠트 재질의 트릴비[12] 모자를 쓰고 있었다. 특별히 좋아 보이는 모자는 아닌데 발터는 무척 아끼는 것 같았다. 발터는 버섯이 돋아나는 위치를 알았다.

"버섯은 땅 밑 깊은 곳에서 뿌리가 그물처럼 얽혀 있고 비를 좋아해. 한 개가 위로 쏙 나온 걸 보면 일단 독버섯인지 아닌지 꼭

---

12 챙이 좁은 중절모.

확인해야 돼."

발터는 버섯이 자라는 곳에 그늘을 드리우는 나뭇가지 아래로 기어 들어가야 하기 때문에 모자를 썼다고 말했다. 발터는 나에게 버섯에 관한 모든 지식을 알려 주고 싶어 했다. 이야기를 나누며 숲속으로 점점 깊이 들어가는 동안 발터는 가끔 자기 말을 강조하기 위해 내 팔을 건드렸다.

"사람들이 여기서 캠핑하다가 갑자기 앓아눕고 죽기도 해. 치명적인 버섯을 먹어서 그런 거지." 동네 약국을 운영하는, 꽤 흥미로운 인물인 듯한 남자가 있다고 했다. 그 사람은 버섯을 전부 구분할 줄 알아서 돈을 받고 버섯을 감별해 주었다. 내가 소매를 걷어 올렸더니 발터가 피에 굶주린 진드기들이 있으니 팔을 가리라고 했다. 작은 버섯이 큰 것보다 맛있으므로 작은 버섯을 찾았다. 서리가 내리면 버섯 시즌은 끝인데, 다행히 날이 아직 그렇게 춥지 않았다.

우리는 버섯 군락 위에 쭈그리고 앉았다.

"이건 독버섯 같아." 발터가 나뭇가지로 버섯머리를 뒤집었다. 빗방울을 후두둑 떨구는 커다란 나무의 묵직한 가지가 우리 두 사람의 몸을 가렸다. 발터는 버섯을 자세히 보려고 몸을 앞으로 숙였고 그래서 우리 머리가 맞닿았다. 빗방울이 뺨 위로 흘러내렸다. 그때 발터가 내 입술에 키스를 했다. 내가 물러서지 않자, 발터가 독버섯 위에 앉은 채로 내 아랫입술을 부드럽게 물었고 잠시 뒤에는 거칠게 물었다. 두 번째 키스는 덜 조심스러웠다. 발터가 손끝으로 내 광대뼈와 눈썹을 훑었다. 축축한 땅과 작은 짐승 울음소리와 버섯의 진한 사향 냄새와 발터의 맛이 내가 원하는 삶이었다. 나는 발터 뮐러에게 감전당했다. 우리 몸이 떨어졌을 때 발터가 독일어로 말했다. "이거 정말 아름다워." 나는 그게 버섯을 두고 한 말인지 나를 두고 한 말인지 몰랐다.

그날 밤 빛이 사라져 갈 때 우리는 시골집의 커튼을 닫았다. 둘 다 옷이 아직 축축했다. 우리는 슈냅스를 마셨는데 한 병이 거의 비었다. 둘 다 취했다.

"솔, 프리드리히슈트라세 역에서 널 처음 봤을 때 너는 천사 같았어. 도톰한 입술, 튀어나온 광대뼈, 파란 눈, 동상 같은 고전적 인 몸. 그런데 네가 날개를 다쳤다는 걸 알게 됐지. 내가 네 가방을 들어야 했고 너는 사람이 됐어."

다시 비가 내렸다. 물이 지붕 처마에서 떨어지는 소리가 들렸다.

"난 너에게 존경받을 수 있는 사람이 되려고 애썼어." 내가 대 답했다.

"우리가 집에 왔을 때 너는 머릿속에 떠오르는 아무 말이나 했지."

발터는 독일어로 말하고 있었고 나는 너무 취해서 발터의 말 을 전부 알아듣지 못했는데, 발터가 갑자기 주제를 바꿨다. 발터 의 권위적인 목소리가 마치 발터 안에 도사리고 있었던 유령처럼 다시 돌아왔다. 발터는 내가 월요일에 문화 교류 프로그램에 속해 있는 학생 여덟 명한테 하기로 되어 있는 강의를 번역해 줄까 하 고 물었다. 나는 간단한 내용이라 괜찮다고 말했다. 발터가 나를 모종의 눈빛으로 쳐다보았고, 나는 발터 어머니 아파트에서 거울 로 눈빛을 주고받았을 때에 이해했던 무언가에 말없이 동의했다. 나는 눈으로 좋다고 말했고 (다시) 손을 뻗어 발터를 끌어당겼다.

어쩌면 내가 생쥐보다 고양이에 가까워지는 것도 같았다. 바닥에 눕자 발터의 신체적 힘이 느껴졌다. 발터의 욕망은 심지와 등유로 불을 밝히는 구식 램프 같았다. 서서히 타오르고, 까물거렸고, 발터의 몸은 나보다 크고, 허벅지는 더 단단하고, 피부는 희고, 아주 희었다. 발터 뮐러에 비하면 내 피부는 검은 편이었다.

발터는 청바지를 벗고 일어서서 바지를 개어 의자 위에 올려놓았다. 발터는 나에게 다가오지 않았다. 그냥 의자 옆에 서 있었다. 그래서 내가 다가가야 했다. 나는 그게 내가 그를 원한다는 증거이기 때문에 겁이 났다. 나도 그가 원하는 만큼 원했다. 그런데 발터는 계속 나에게 물러설 기회를 주고 있었다. 발터가 왜 그랬는지 모르겠다. 발터가 마치 그래, 네가 선택한 거야, 너도 원하는 거야, 하면서 나를 놀리는 것 같았다.

나중에, 우리가 바닥에 드러누워 있고 발터의 팔이 내 가슴 위에 놓여 있을 때, 기온이 떨어진 게 느껴졌다. 갑자기 한기가 훅 끼쳤다. 발터는 내 허벅지의 찻잔받침만 한 멍에 대해 물었다. 애비 로드에서 차에 부딪힐 뻔했을 때 생긴 것이라고 설명하자 발터가 멍에 입을 맞추고 멍이 들지 않은 내 입술에도 입을 맞췄다. 내 심장이 미친 듯이 뛰는 소리가 내 귀에서 울렸다.

"발터, 물어보고 싶은 게 있어."

"물어봐."

빗줄기가 더 거세게 떨어지고 있었다. 사방에서 빗소리가 들렸다.

"우리가 더 이전에 친구였다면, 만약에 1941년이었다면, 너한테 나를 숨겨 달라고 부탁해야 했을 거야."

"그래."

"그랬다면 도와줬을 거야?"

"그럼. 당연하지."

"만약 우리가 같이 학교를 다녔는데 내가 수영장에서 너와 같이 수영을 하는 게 금지되었다면 말이야, 그래도 나하고 친구 할 거야?"

"그 이상이야, 솔. 널 구하기 위해서 내가 할 수 있는 일이라면 뭐든 했을 거야."

내가 발터에게 한 질문은 공정하지 않은 질문이었다. 하면 안 되는 질문인 걸 알았는데, 왜 그런 걸 물었을까?

널 구하기 위해서 내가 할 수 있는 일이라면 뭐든 했을 거야.

나는 발터 뮐러가 한 말을 믿었다. 소리로 나에게 뜻이 전해졌다. 내 머릿속을 두들기는 타자기처럼.

그래도 나하고 친구 할 거야?

그 이상이야, 솔. 널 구하기 위해서 내가 할 수 있는 일이라면 뭐든 했을 거야.

그렇지만 나는 내가 영국 차를 마시고 신문을 읽으려고 영국 대사관에 갔을 때 발터가 내 뒤를 밟았다는 걸 알았다. 거기 갈 때마다 건물 밖에서 담배를 피우고 있는 발터를 보았다. 발터가 하고 싶어서 하는 일이 아니라는 건 알았지만, 그래도 자기를 구하기 위해서 해야 하는 일이었다.

발터는 자기 알몸이 부끄럽지 않은 것 같았다. 부엌에서 알몸으로 돌아다니며 커피를 끓였다. 우유도 설탕도 없었지만 발터가 고기를 좀 가져왔고 술이 깨면 새콤한 사과와 감자를 곁들여 요리를 할 참이었다. 우르줄라는 라이프치히에서 아이들이 분수에 더위를 식힌다고 말했지만 날씨가 꽤 추웠다. 발터가 나보다 고작 두어 살 정도 위인데 나보다 훨씬 어른스러운 느낌이었다. 발터는 어머니와 동생을 돌보고, 집안일에도 능숙했고, 무엇보다 다정했다. 텃밭 관리, 요리, 지붕 수리도 잘했다. 나는 어깨에 담요를 둘렀다. 발터는 부엌에서 설탕을 찾으면서 쓸쓸한 재 한 숟갈이 든 성냥갑 이야기는 피해 가며 돌아가신 우리 아버지에 대해 다시 물었다.

"아버지는 사회주의와 평화의 정신으로 동생과 나를 키웠어. 우리는 원칙을 지켜야 하고 부자가 되기 위해 다른 사람을 착취하면 절대 안 된다고 배웠지. 아버지는 인터내셔널주의자여서 전 세계 노동자와 연대를 선언했어. 하지만 나는 아버지가 나를 가족에서 축출하고 싶어 한다고 생각했어."

나는 담요 아래에서 덜덜 떨고 있었다.

"아버지 앞에서 나는 늘 심판대에 올라 있었어."

그 말에 대한 대답으로 발터는 내 진주목걸이를 가리켰다.

"그건 어머니 거였나 봐?"

"맞아."

나는 어머니가 돌아가셨을 때 아버지에게 어머니 목걸이를 달라고 부탁했다고 이야기했다. 진주는 몸의 온기를 흡수해 몸의 일부가 된다. 나는 진주가 특정 성별에 속하는 것이라고는 생각하지 않았다. 만약 내가 전쟁에 나간다면 그때는 진주목걸이를 벗어야 하겠지만. 그렇기 때문에 나는 세계 평화를 지지한다.

발터는 자기 부모님은 이혼했고 아버지는 노동조합 간사라고 말했다. 아버지와 사이가 나쁜 건 아닌데 '마음이 더 행복한' 우르줄라와 더 가깝다고 했다. 발터는 나에게 우리가 시골집에서 보낸 주말에 대해 다른 사람한테는 말하지 말라고 했다. 자기가 대학에서 정치적으로 믿을 만하다고 간주되고 여러 훌륭한 자격 조건도 갖추었지만, 자기 섹슈얼리티가 체제를 불안하게 한다는 이유로 일자리를 잃을 수도 있다고 했다.

"알겠어."

"너희 아버지 재를 우리 땅에 묻는 문제에 대해서는, 동생하고 얘기 나눠 봐야 할 거야. 여기가 내 땅이기도 하지만 동생 땅이기도 하거든."

"널 다시 보고 싶어, 발터."

"응?"

"응."

우리가 바닥에 누워 속삭이며 헐떡일 때 그가 시작했다 멈췄다 하면서 하던 말과 똑같았다.

응?

응.

응?

슈타지가 팝송 가사 위에서 빨간 펜을 까딱였던 게 어쩌면 당연한 일인 것도 같다.

예 예 예. 이게 대체 무슨 뜻이지?

나는 여전히 담요 아래에서 떨고 있었다.

"영국 사람들은 옷을 벗고 있기를 싫어하지." 발터는 조그맣고 울퉁불퉁한 감자 세 개를 초집중해서 깎고 있었다. "하지만 내가 널 데리고 이곳 최고의 호수로 수영하러 갈 텐데 어쨌거나 거기서는 옷을 벗어야 돼. 물속에서 옷을 입으면 위생적으로 안 좋으니까."

나는 발터에게 루나에 대해 말해 달라고 했다. 어디에 있으며 왜 나는 아직 못 만났는지?

"아, 곧 만날 거야!" 발터가 웃기 시작했다. 발터는 동생 이야기를 할 때는 늘 웃었다. 루나는 시골집에 혼자 있지 않으려고 한다는 듯했다. 불면증이 있고 야행성이었다. 그리고 여러 가지 공포증이 있었다. 주로 동물에 관한 것. 첫째로, 가장 강한 공포는 아니지만, 폴란드 서쪽에서 이동해 와 가끔 양을 잡아먹으려고 이지역에 나타나는 늑대에 대한 공포가 있었다. 발터는 늑대가 달을 보고 울부짖는 데에는 그럴 만한 이유가 있다고 말했다. 머리를 쳐들면 소리가 멀리까지 퍼져 나가기 때문이다. 늑대 울음소리는 온갖 종류의 정보를 담은 장거리 소통의 한 방식이다. 루나는 늑대가 자기한테 덤벼들까 봐 겁을 내는 게 아니고 늑대가 고개를 치켜드는 모습을 무서워했다.

발터가 우리 저녁거리로 삼으려고 가져온 고기는 생간이었다. 나는 발터가 수도꼭지 아래에서 관과 힘줄을 물에 씻는 걸 봤다. 간에 힘줄이 있나?

"나는 요리하는 걸 좋아해. 카트린도."

"카트린이 누구야?"

"루나. 버섯은 루나 먹으라고 남겨 놓아야겠다."

나는 손에 커피를 들고 몸을 따뜻하게 하려고 부엌에서 왔다 갔다 하다가 바닥에 놓인 낡은 부츠에 걸려 넘어졌다. 컵을 떨어뜨렸는데 발터가 개서 의자 위에 올려놓은 청바지 위에 커피가 쏟아졌다. 발터가 간을 집어 던지고 의자로 달려와 청바지를 얼른 싱크대로 가져갔다. 행주를 적셔서 청바지 위의 검은 얼룩을 문질렀다. 발터가 외쳤다. "씨발 씨발 씨발." 나는 그 청바지가 동독에서는 구하기 힘든 랭글러라는 걸 알아차렸다. 나 때문에 신경 써서 입은 거였다.

나는 죽고 싶었다. 어찌할 바를 몰랐다.

"내 청바지 줄게, 발터. 네가 나보다 크지만 그래도 맞을 거야."

나중에, 한참 뒤에, 동이 터 오고 우리가 침대에 누워 있을 때 발터가 말했다. "알았어. 청바지 고마워. 받을게."

파인애플 통조림을 깜박한 것에 대해 조금이나마 보상했다는 생각이 들었다. 발터는 나더러 다음 주말에는 루나와 같이 여기 시골집에 와 있으라고 했다. 루나가 혼자 있는 걸 겁내기 때문이다. 루나가 여기 내려와서 몸이 안 좋은 이웃 노인을 돌봐 주기로 약속했는데, 루나는 재규어를 무서워했다.

"늑대를 무서워하는 거 아니고?"

"맞아. 재규어도."

"표범 비슷한 재규어 말이야?"

"응." 발터는 옆으로 누워 담배를 피우며 다시 웃었다.

몇 해 전에 이곳 근처에서 검은 재규어가 목격된 모양이었다.

어디에서 왔는지 아무도 몰랐다. 재규어 사진이 신문마다 실렸다. 재규어는 보통 남아메리카나 애리조나에 살기 때문에 그야말로 미스터리였다. 재규어가 나무 위에 올라가 먹잇감을 덮치기를 좋아하기 때문에 루나는 이제 나무 아래로는 걷지 않으려 했다. 발터는 여전히 웃고 있었다.

"그런데 재규어는 무엇보다도 물을 좋아해." 발터가 말했다.

동독 재규어가 호수에서 고기를 잡는 모습도 목격되었단다. 재규어가 암컷이고 임신한 게 아니냐는 추측이 있었다. 그래서 누군가가 호숫가 근처 숲에서 새끼 재규어를 봤다고 신문사에 제보했다.

발터가 재규어 이야기를 한참 하는 동안 나는 시골집 나무 벽에 붙여 놓은 달력을 보고 있었다. 최초의 소련-동독 합작 우주비행 십 주년 기념 달력이었다.

"그런데 말야 발터, 나 그 재규어 본 것 같아."

"그래, 너도 루나처럼 미친 거야? 어디에서 봤어?"

"은색이야." 내가 말했다. "검은색이 아냐."

"재규어를 이 근처에서 본 거야, 대학 근처에서 본 거야?"

"모르겠어."

발터는 담배를 오래된 정어리 깡통에 눌러 껐다.

"내 동생 만나면, 우리가 그냥 친구라고 말하는 게 좋겠다. 괜찮겠어?"

"괜찮아."

발터는 테이블 아래에 있는 연분홍색 발레 슈즈 한 켤레를 가리키며 말했다.

"저거 루나 거야. 가끔 잠이 안 오면 한밤중에도 마음이 가라앉을 때까지 춤을 춰."

시골집을 청소하고 나와 현관문을 잠그면서 흰색 바르트부르크 자동차가 발터의 땅 건너편에 주차되어 있는 걸 봤다. 남자 두 명이 차 안에 앉아 담배를 피우며 이야기를 하고 있었다. 사람들이 있다고 내가 속삭였는데 발터는 못 본 것 같았다. 현관문 앞에서 어색한 순간이 흘렀다. 내가 말했다. "타자기 그만 두들겨, 발터." 발터가 대답했다. "너 정말 미쳤구나, 솔." 그런데 발터가 열쇠를 주머니에 넣으면서 바르트부르크가 있는 쪽으로 눈을 깜박였는데 자동차가 없었다.

10

마침내 내가 루나를 만났을 때, 루나는 뒤집어져 있었다.

루나는 아파트 세라믹 난로 옆에서 긴 머리카락을 되풀이해 빗어 내리면서 동시에 책을 읽고 있었다. 머리를 바닥을 향해 숙이고 밝은 금발 머리카락이 카펫에 닿게 늘어뜨린 상태라 얼굴은 보이지 않았다. 루나는 앨런 긴즈버그의 시집 『울부짖음(Howl)』을 읽고 있었다. 나는 책을 어떻게 구했냐고 물었다.

"라이너 통해서 구했지, 당연히."

루나가 혀짤배기소리를 하는 줄 알았는데, 나중에 루나가 혀아래에 아주 작은 초콜릿 조각을 물고 있는데 말을 너무 많이 하면 초콜릿이 주는 기쁨을 망치기 때문에 그러는 거라고 말했다. 서독에 사는 고모가 생일 선물로 초콜릿을 보내 주었는데 최대한 오래 아껴 먹으려 한다고 했다. 루나는 이십 대 중반이고 덩치가 큰 오빠와는 딴판으로 체구가 조그마했다. 루나가 다시 머리를 쳐들었을 때 빗질을 했기 때문인지 구름 색깔인 밝은 금발 머리카락에 정전기가 일었다. 루나의 머리카락은 가는 허리 언저리까지 내려왔다. 루나가 이제야 나를 쳐다보았는데 마치 고통스럽거나 짜릿하거나 무서운 무언가를 볼 때처럼 천천히 시간을 들여 마음의 준비를 하고 보는 것 같았다. 루나의 눈은 연녹색이고 피부에서는 환하게 윤이 났다. 발터는 이목구비가 루나만큼 또렷하지 않았다. 발터의 얼굴은 마치 아직도 자기 얼굴이 되어 가는 중이고 아직 자기 자신이 되지 않은 것 같았는데 그게 나에게는 무척 매력 있게 느껴졌다. 발터가 늘 나를 본다는 사실도 매혹적이었다. 발터는 나에게서 눈을 떼지 못했는데 솔직히 그게 기분이 좋았다. 루나는 반대로 차마 나를 쳐다보지 않으려 했다. 나와 형식적으로 악수를 하고는 오빠와 시골집에서 즐거웠냐고 물었다.

"네, 고마워요. 버섯을 따고 독한 술을 마셨어요. 연구만 하다가 쉴 수 있어서 좋았죠."

"오빠 청바지를 입었네." 루나가 말했다. "당신한테는 너무 큰데."

"네. 발터한테 내 랭글러 청바지를 줬어요."

루나의 녹색 눈이 거울 같았다. 루나의 양쪽 눈에서 내가 웃는 모습이 보였다. 내가 이중의 존재가 된 것 같았는데 사실 그렇기도 했다. 나는 동독에 와서 내가 아닌 사람이 되는 법을 배우고 있었다.

"왜 바꿨는데? 랭글러하고 랭글러를?"

"내가 발터 청바지 위에 커피를 쏟았어요."

루나가 웃으며 팔을 발레 자세처럼 들어 올렸다. 위로 올린 팔이 공중에서 O 자 모양을 그렸다.

루나는 그러면서 동시에 혀 밑에서 녹고 있는 초콜릿 조각을 빨았다.

"나한테 줬어야지. 내가 발터보다 말랐고 당신도 그렇잖아. 청바지가 허리춤에서 흘러내리네. 청바지 딱 한 벌만 가져왔어?"

나는 안 어울리는 양복과 타이 두 개를 가져왔고 청바지도 두 벌 가져왔다. 양복과 타이 차림으로 도서관에 가고 학생 문화 교류 프로그램에서 강의를 했다. 런던에 있을 때에는 청바지가 여러 벌 있었지만 지금은 서방에서 온 사람이 아닌 척하는 게 좋았다. 그런데 루나가 물건이 넘치는 런던의 상점에서 내가 사 왔을 수도 있는 어떤 물건에 대해 묻자 무척 불편해졌다.

마치 내가 무언가를 주기를 기다리는 것 같았다. 사실 그럴 참이긴 했다.

"잠깐만, 루나. 선물 가져왔어."

나는 회색 캔버스 슬링백을 뒤져서 제니퍼가 보내 준 애비 로드 사진 봉투를 꺼냈다. 사진이 세 장 들어 있었는데 그중에서 루나에게 주고 싶은 한 장을 골랐다.

내가 맨발로 길을 건너는 사진을 마침내 루나에게 전해 주었다. 나는 로런스 코너에서 산 흰색 해군 제복 주머니에 손을 넣고 활보하는 중이었다.

"진짜 비틀스가 아니라 미안해." 내가 말했다.

루나는 사진을 두 손으로 들고 한참 들여다보았다.

"나도 리버풀에 가야겠어." 루나는 사진을 보며 속삭였다. 정전기가 나는 머리카락 끝이 횡단보도의 흰색과 검은색 줄무늬 위에 떨어졌다.

"병원에서 일자리를 구할 거야. 돈을 벌어서 노래처럼 페니 레인에서 생선을 사 먹을 거야."

루나는 사진을 입가로 가져가 입을 맞췄다.

"고마워, 솔."루나는 사진을 보며 로런스 코너에서 산 흰 양복을 가리켰다.

"이건 뭐야?"

나는 루나 뒤에 서서 어깨 너머로 사진을 들여다보았다.

루나가 재킷 주머니 위에 있는 작은 얼룩 세 개를 가리켰다.

"피 같은데."

"나도 그렇게 생각했어."

나는 사진을 찍은 날 차에 치일 뻔했다고 말했다. 손으로 바닥을 짚으면서 횡단보도 위에 쓰러지는 바람에 손등에 피가 났고 멈추지 않았다고 설명했다.

"사진은 누가 찍었어? 멋있어. 응, 정말 멋있는 사진이야."

"여자친구가 찍었어."

"이름이 뭐야?"

"사실은 전 여자친구야."

"어쨌든 이름은 있을 거 아냐."루나의 치아는 비뚜름하고 서로 어긋나 있었다. 잇새에 빈틈이 있는 앞니만 빼고.

"제니퍼."

"뭐가 잘못돼서 헤어졌는데?"

"모르겠어. 솔직히 말해서 뭐가 잘못된 건지 몰라."

"제니퍼는 재킷에 피가 묻은 걸 몰랐어?"

나는 어깨를 으쓱했다. 우리가 제니퍼 아파트로 가서 사랑을 나누었고 옷을 벗는 데에 더 큰 관심이 있었기 때문에 제니퍼가 흰 양복에 대해서는 아무 말 하지 않았다는 이야기는 어쩐지 하고 싶지 않았다.

"헤어져서 슬퍼?" 루나는 사진을 손에 들고 방 반대편으로 걸어갔다.

스스로에게 아직 던져 보지 않은 질문이었다. 영어로도. 그런데 지금 독일어로 대답해야 했다. 제니퍼를 잃어서 슬픈가? 내가 슬픈지 아닌지 어떻게 알 수 있지?

어떤 면에서는 다행이었다. 그렇지만 나는 제니퍼에게 청혼을 했다. 짐을 싸서 친구들과 헤어지고 주소를 바꾸고 우편물 수신지를 돌려놓고 나와 같이 살자고 말했다. 내가 이런 계획을 생각해 보라고 말하고 나서 삼 초 만에 제니퍼가 나를 차 버렸다. 그러니까, 내가 친구들과 해밀턴 테라스 아파트에 딸린 소중한 이국적인 사우나를 버리고 옷과 신발, 주전자, 찻주전자, 카메라, 작업에 필요한 모든 장비를 챙겨서 나에게 오기를 바랐다는 말이니, 우리가 헤어졌다는 사실에 나는 슬퍼야 마땅할 것이다.

왜 제니퍼는 우리가 끝났다고 했을까? 마치 제니퍼가 내가 저지르려고 하는 무의식적인 죄를 이유로 나를 벌한 것 같았다. 우리 관계는 어쨌든 끝나게 되어 있으니 끝낸 것일까. 청혼을 하기 전에도 제니퍼가 나를 찬 적이 한 번 있었다. 그때 제니퍼 손가락은 유화물감 범벅이었다. 우리는 채링크로스 로드에 있는 포일스 서점에서 만나기로 했는데, 서점 바로 옆이 제니퍼가 다니는 미술학교였다. 내가 제니퍼를 안으려고 팔을 들어 올렸는데 제니퍼가 내 가슴으로 달려들어 손바닥으로 내 흰 티셔츠 위를 탁 쳐서 오렌지색 물감 얼룩을 묻혔다. "오렌지색이 아냐." 제니퍼가 말했다.

"퍼머넌트 옐로 딥이라고 해." 그때가 제니퍼를 알게 된 지 석 달밖에 안 되었을 때다. 나는 제니퍼 모로를 보면 약간 불편했는데, 제니퍼는 이십 대 초반인데도 자기 확신이 뚜렷한 반면 나는 그런 게 없었기 때문이다. 제니퍼는 자기가 뭘 하는지 모를 때에도 자신감이 넘쳤다. 제니퍼는 붓을 씻어 영영 치워 버리고 대신 카메라를 들 거라고 확신에 찬 말투로 말했다. 내가 뭘 그렇게 잘못한 거지? 제니퍼가 붓을 놓은 것에 대해 안타까워했어야 하나? 그 전날 밤에 나는 제니퍼의 친구와 클럽에서 춤을 췄다. 내가 클로디아의 골반에 손을 얹긴 했지만 그것 말고는 우리 사이에 아무 일도 없었다. "아냐." 제니퍼가 말했다. "네 손은 클로디아의 셔츠 아래 골반 위에 있었어." 나는 클로디아와 춤을 출 때 클로디아에게 몸이 있다는 사실을 무시했어야 하는 건가 생각했다. 나는 미술학교에 제니퍼에게 관심이 있는 남학생이 매우 많다는 걸 알았다. 하지만 누구든 제니퍼의 아름다움에 홀리지 않을 수 없을 테니 당연한 일이라고 생각했다. 내가 제니퍼에게 미국 사진가 리 밀러를 닮았다고 말했을 때 제니퍼는 이렇게 대답했다. "그 말에는 아무 의미도 없어."

루나가 아직 내 대답을 기다리고 있었다. 루나는 사진을 얼굴 가까이 가져갔다가 멀찍이 떼었다가 하면서 보고 있었다.

"응. 슬퍼." 내가 말했다.

내가 슬프다고 말해야 루나가 나를 더 나은 사람으로 평가할 것 같았다. 나는 내 머리카락 끝을 만지며 눈을 감았다.

"괜찮아, 솔?"

"응."

내가 괜찮은가?

솔직한 답은 뭐가 될까? 그렇기도 하고 아니기도 하다. 그렇다와 아니다가 애비 로드 횡단보도의 검은색과 흰색 줄무늬처럼 평행을 이루고 있다. 하지만 아니다가 그렇다보다 크면 어떡하지? 훨씬 더 크면? 그리고 내가 이미 길을 건넜으면?

나는 눈을 떴다.

나는 아직 루나에게 파인애플 통조림을 잊어버렸다는 말을 안 했고 그 사실을 털어놓아야 할 순간이 다가오는 것을 두려워하고 있었다. 그리고 발터가 보고 싶었다. 처음으로 발터에게 애인이 있는지 궁금해졌다. 애인이 없을 이유가 있나? 우르줄라는 발터가 그날 저녁에 아파트로 올 거라고 말했다. 발터가 윗집에서 물이 새는 것을 고쳐 주겠다고 약속했는데 그걸 고치려면 무거운 식탁을 천장에서 물이 새는 자리로 옮겨야 한다고 투덜거렸다고 한다. 사다리가 망가져서 식탁을 밟고 천장 위로 올라가야 했다. 발터가 그리웠다. 제니퍼가 그리웠다. 런던에서 남성 독재자의 심리에 대한 논문을 쓰던 것조차 그리웠다. 스탈린이 빵을 공처럼 뭉쳐 마음에 드는 여자한테 던지며 추파를 던졌다는 이야기로 시작한 논문. 여기서는 그 논문 생각도 하면 안 된다는 걸 알았다. 사상범죄가 될 것이다. 하지만 라이너에게는 이야기해도 될 것 같았다. 나는 루나와 단둘이 있지 않았으면 하는 생각이 절실했다. 파인애플 통조림 때문이었다. 우르줄라는 어디에 있을까? 평소보다 집에 오는 시간이 늦어지고 있었다.

루나는 내가 동베를린으로 청바지를 몇 벌 가져왔는지에 여전히 관심을 보였다. 루나의 관심이 하도 끈질겨 결국 내가 가져온 리바이스를 방에서 꺼내 와 전리품처럼 루나에게 바쳤다.

"아 고마워 솔!" 루나는 좋아서 폴짝 뛰었다.

이제 남은 동독 체류 기간 동안에는 안 어울리는 양복이나 발터의 얼룩진 랭글러를 입고 지내야 하게 됐다.

"입어 봐야지." 루나가 스커트 지퍼를 내리며 말했다. 루나가 속옷 차림으로 내 앞에 서서 청바지를 입어 보길래 나는 등을 돌리고 램프와 작은 테이블 옆에 앉았다. 나는 책을 펼쳐 들고 여백에 메모를 했다.

"벨트 있어, 솔?"

나는 벨트를 한 개밖에 안 가져왔다고 말했다.

"더 작은 사이즈 바지는 없어?"

없다고 대답했다.

우르줄라가 직장에서 돌아와 루나와 둘이서 속닥거렸다. 그런데 누가 우르줄라와 같이 들어온 것 같았다. 부엌에서 냄비를 달그락거리는 소리가 들렸다. 루나가 우르줄라에게 청바지에 대한 의견을 구했다. 잠시 뒤, 벽 위 갈고리에 걸린 파란 드레스가 내 눈에 들어왔다. 청진기도 하나 걸려 있었다. 우르줄라는 발터가 수리하려고 가져온 작은 나무 기차를 손으로 가리켰다. 우르줄라의 가방 위에 놓여 있었다.

"잘 만들었지, 어때?"

나는 책을 읽으려 애쓰고 있었는데 따분하기도 하고 짜증도 났다.

"지금 일해?"

나는 고개를 끄덕이고 다시 책으로 눈을 돌렸다.

"책장에 뭐라고 쓰는 거야?"

"1917년 10월에 러시아에서 두 번째 혁명이 일어났을 때의 경제적 사회적 상황에 대해 메모했어요."

"담배 피우고 싶으면 피워. 집에 재떨이 세 개 있어. 그런데 내 생각에 10월 혁명은 11월에 일어난 것 같아."[13]

우르줄라가 루나의 손을 잡았고 둘이 같이 화장실로 들어갔다. 둘이서 리바이스를 어떻게 수선해야 루나의 작은 몸에 잘 맞아 사시사철 입을 수 있게 될지 의논하는 소리가 들렸다.

가끔씩 벽걸이 달력의 금색 비키니를 입은 여자의 컬러 사진에 흘깃 눈길을 줬다. 여자의 존재가 이 방의 낯선 훼방꾼처럼 느껴졌다. 금색 손톱에 인조 속눈썹, 억지 미소와 가짜 성적 유혹. 여자는 피곤하고 부자연스러워 보였다. 나는 이 집에 사는 모녀가 이 달력에서 어떤 매력을 느꼈는지 이해할 수가 없었다. 만약 이 방에 도청장치가 있다면 내가 처음 생각했던 것처럼 거울 뒤가 아니라 달력 뒤에 있겠다는 생각이 들었다. 부엌에서 냄비가 달그락거리는 소리가 계속 들렸다. 그런데 우르줄라와 루나는 화장실에서 큰 소리로 이야기를 하고 있었다.

부엌에 남자가 서 있었다. 찬장 맨 위 칸에서 무언가를 꺼내

---

13 러시아 혁명 당시 러시아는 그레고리력 대신 율리우스력을 쓰고 있었기 때문에 날짜에 차이가 난다.

려는 것 같았다. 티셔츠와 청바지 허리띠 사이가 벌어져 등허리가 보였다. 벌거벗은 등을 보고 발터라는 걸 알았다. 그때 루나와 우르줄라가 거실로 돌아왔다. 루나는 내 청바지를 입고 카펫 위에서 왔다 갔다 행진을 했다. 허리 부분을 안전핀으로 줄여 놓았다. 나는 몸을 부르르 떨었다. 차가운 청진기를 따뜻한 살갗 위에 댈 때처럼 몸이 떨렸다. 부엌에서 성냥불을 켜는 소리가 들렸고, 발터임이 분명한 남자가 "아 제길." 하고 웅얼거리는 소리도 들렸다. 우르줄라는 염색한 붉은 머리에 컬을 넣었고 폴카도트 플레어스커트를 입고 있었다. 내가 자기를 보고 있는 걸 알아차리고 우르줄라가 웃었다.

"작업복 입은 모습만 봤지?"

"맞아요."

"나한테 어디에서 일하는지 안 물어봤어."

"어디에서 일하세요?"

"공장에서. 낚싯바늘을 만들어. 오늘이 루나 생일이야. 루나가 스물여섯 살이 됐어."

우르줄라는 입안에 손가락 두 개를 넣고 삑 소리를 냈다. 발터가 생일 케이크를 들고 부엌에서 나왔다. 케이크에 연분홍색 초가 빼곡 꽂혀 있고 조그만 불꽃 여러 개가 타올랐다. 발터는 생일 축하 노래를 부르기 시작했고 우르줄라도 같이 불렀다.

노래 끝부분의 '생일 축하합니다.'에서 두 사람은 화음을 냈다. 노래가 끝나자 루나가 촛불을 훅 불어 끄고 초를 뽑아내기 시작했다. 루나는 스물여섯 살 나이보다 훨씬 어린아이처럼 굴면서 초를 하나하나 뽑아 바닥에 던졌다. 어머니와 오빠는 응석을 받아

주듯 웃고만 있었다. 루나는 케이크에서 초를 전부 제거하고 케이크를 이리저리 돌려 가며 보았다. 케이크에 복숭아가 둘러져 있었다. 통조림 복숭아. 루나는 발터의 손에서 칼을 받아 야생동물처럼 케이크를 공격하더니 칼을 바닥에 던지고 케이크 한 조각을 입에 넣었다. 루나의 얼굴이 크림과 복숭아 조각 범벅이 되었는데 그때 루나가 입을 벌리고 케이크를 뱉어 냈다. 울부짖은 것 같기도 했다.

루나가 '아나나스'라고 외치는 걸 들었다. 아나나스가 독일어로 파인애플이다. 루나가 울음을 터뜨렸다.

"복숭아는 비누 맛 나."

루나는 그냥 방에서 달려 나간 게 아니라 마치 발레 하듯 달렸고 울면서 자기 방문을 쾅 닫았다. 발터는 손에 복숭아 케이크를 든 채로 이러지도 저러지도 못 하고 있었다. 우르줄라는 바닥에 떨어진 초를 주웠다. 나는 어떻게 해야 할지 몰랐다. 내 방이 루나 방 바로 옆이었기 때문에 달아날 곳도 없었다. 발터가 나를 보고 있었다. 내 눈을 깊이 들여다보았다. 발터는 늘 나를 보고 있었고 내 안에서 좋거나 나쁘거나 슬픈 것 모두를 볼 수 있었을 것이다. 제니퍼도 늘 나를 보고 있었지만 우리 사이에는 언제나 카메라 렌즈가 있었기 때문에 나는 제니퍼가 무얼 봤는지 모른다. 발터는 늘 그러듯 웃고 있었다. 우르줄라가 몸을 일으켰는데 우르줄라도 웃고 있었다.

"역시 우리 루나지." 우르줄라는 살짝 은근한 눈으로 나를 보면서 담뱃불을 붙였다.

"루나는 루나틱(미치광이)을 줄인 말이야."

이번에는 내가 웃었다.

"맥주 마실래, 솔?" 발터가 사악한 케이크를 테이블에 내려놓고 어머니 어깨에 팔을 둘렀다.

"그러자." 우르줄라가 말했다. "우리 모두 맥주가 필요할 것 같아."

루나가 방에서 우는 소리가 들렸다.

그날 밤 늦게, 발터가 돌아간 뒤에 루나가 화장실에 서서 슬픈 얼굴로 세면대 거울에 비친 자기 모습을 보고 있는 걸 봤다.

"미안해. 내가 생일을 망친 거야?"

"그렇기도 하고 아니기도 해." 루나는 수도꼭지를 틀고 발로 문을 밀어 닫았다. 이 초 뒤에 다시 문을 열었다.

"파인애플 때문에 운 거 아냐. 라이너가 일 년에 나흘 서쪽으로 갈 수 있는 여권을 받아서 울었어. 나도 리버풀에 있는 페니 레인 보고 싶어. 그런데 여기에 갇혀 살아야 하니."

루나는 비누를 나한테 집어 던지고 다시 문을 쾅 닫았다.

문이 또 열렸다.

"비누 줘."

허리는 가느다란데 목소리는 우렁찼다.

밤새도록 발터 생각을 했다. 내가 동베를린을 떠나 서베를린으로 가면, 우리는 장벽으로 가로막힐 것이다. 하지만 루나 말이 맞다면 라이너는 일 년에 네 번 그 벽을 넘어갈 수 있다는 것이었다. 나는 발터가 그리웠다. 발터와 가까이 있고 싶은 육체적 갈망을 느꼈다. 이 작고 소박한 침대가 아니라 발터 옆에서 자고 싶었다. 발터가 눈을 감고 있을 때 나는 발터를 더 잘 아는 느낌이었다. 발터의 생각은 하늘과 지평선 사이에서 자유롭게 움직일 수 있고 아무 제약 없이 지구를 떠돌 수 있었다. 우리 다리가 밤의 어둠 속에서 서로 얽힌 채로.

나는 차가운 침대에 누워 발터에게 내 깊은 감정을 표현하는 편지를 썼다. 감정이 고양된 상태에서 멍이 안 든 골반 쪽으로 누워 베개에 몸을 기대고 적당한 단어를 찾았다. 내가 얼마나 그를 만지고 싶은지, 그동안 겨울의 발트해를 얼마나 보고 싶어 했는지를 묘사했다. 나와 같이 발트해에 가자고 발터를 초대하는 편지였다. 독일민주공화국에서 편지를 쓰는데 머릿속에서 아버지의 목소리가 울렸다. 아버지의 목소리는 우렁차고 가혹했다. 그날 밤 나는 아버지를 바닥에 때려눕히고 가슴 위에 올라탄 다음 내 손으로 목을 졸랐다. 그의 숨이 끊어지고 그의 지배가 끝날 때까지 계속 힘을 주었다.

11

호수라고 다 똑같은 호수가 아니라고, 숲을 통과해 VIP 전용 호수를 향해 가면서 발터가 설명해 줬다.

"네가 동과 서를 연결하는 다리이고 우리나라의 경제적 기적에 대해 보고서를 쓸 거라고 말해서 여기서 수영할 수 있게 특별 허가를 받았어."

우리는 모기떼 속에서 나란히 발맞춰 걸었다. 발터가 받아 온 노란 종이쪽지를 기차역과 숲 사이 중간 지점 경비 초소에 서 있는 경비병에게 제출했다. 나는 우리가 기차를 기다릴 때 있었던 일 때문에 정신이 딴 데 팔려 있었다. 발터가 나에게 아주 중요한 말을 했다. 귓속말은 아니었다. 내 귓가에 작은 목소리로 말했다. 귓속말을 했다면 비밀을 전한다는 뜻이기 때문에 사람들의 호기심을 유발했을 것이다. 발터는 나에게 사랑한다고 말했다. 아주 담담하게 말했다. 창고에서 갈탄 한 자루를 가져오는 행동과 다를 바 없이 담담하게.

발터가 여행 가이드 노릇을 했다. 에리히 호네커도 개인 경호원에게 호위를 받으며 이 호수에서 수영한다고 했다. 호수 둘레에 있는 여름 별장은 공산당 주요 간부들 소유였다. 숲속을 걷다 보니 호수 한가운데에 나무가 빼곡한 섬이 보였다. 발터는 영어로 말하기 힘들 때가 있다고 털어놓으며 자기가 하는 말을 내가 잘 이해할 수 있었으면 좋겠다고 했다. 나는 발터가 기차역 플랫폼에서 조용히 영어로 한 말이 진심임을 내가 알아주기를 바라는 거라고 생각했다.

"영어로는 내 성격을 드러내지 않는 방식으로 말할 수밖에 없어." 발터가 말했다. "통역은 다 그래. 통역자의 성격은 감춰야 하지."

"네가 통역하는 언어 뒤에 숨는다는 말이야? 숲속에 숨는 것처럼?"

발터가 어깨를 으쓱했다. "그렇게 간단한 건 아냐." 그러고는 웃었다.

"너는 너무 가벼워, 솔. 편지 받았어. 고마워."

발터는 담뱃갑에서 담배 한 대를 꺼냈다. 내가 지포 라이터로 불을 붙여 주었다. 내 손가락이 담뱃불 주위를 컵 모양으로 감싸고 있는 발터의 손을 살짝 스쳤다.

발터가 평소보다 더 말쑥해 보였다. 머리를 감았고 면도도 했다. 나 때문에 특별히 신경을 쓴 걸까 궁금했다. 나도 오늘 아침에 특별히 공을 들여 면도를 했기 때문이다. 동독에 있는 동안 머리카락이 많이 자랐다. 이제 어깨에 닿을 정도였다. 루나가 하나로 묶으라고 고무 밴드를 줬다. "머리를 내리면 여자처럼 보여." 루나는 내가 머리를 포니테일로 묶으려고 시도하는 걸 보면서 입술을 깨물며 웃음을 참았다. 하지만 나는 낑낑대다가 결국 포기했다. 머리를 건드리면 아팠다. 요즘 거의 늘 두통이 있었다. 그날 아침에 머리를 감을 때 갑자기 어머니의 기억이 머릿속을 스쳤다. 어머니가 프렐이라는 상표의 샴푸 두 통을 얻어 왔었다. 샴푸가 주방 세제처럼 끈끈하고 녹색이었다. 어머니가 샴푸 광고 문구를 외워 읊었다.

"머리카락을 만져 보세요. 눈을 감아 보세요. 무슨 생각이 드나요?"

프렐로 머리를 감은 다음에 머리카락을 만지면 실크가 생각 날 거라는 말이다. 동생과 내가 부루퉁해 있을 때면 어머니는 늘 이렇게 말했다. "머리카락을 만져 보세요. 눈을 감아 보세요. 무슨 생각이 드나요?" 동독에서는 무슨 생각을 하는지 입 밖에 내는 게 반드시 현명한 일은 아니었다. 그러나 나는 발터가 기차역 플랫폼에서 자기 생각을 입 밖에 냈다고 믿었고 내가 마음 깊은 곳의 감정을 밝히는 편지를 썼기 때문에 발터도 감정을 드러낸 거라고 생각했다.

나는 발터에게 애인이 있냐고 물었다.

"어떤 면에서는 있어."

나는 발터가 영어와 독일어로 말하는 방식을 조금 더 잘 이해할 수 있게 되었다. 발터는 머릿속에 떠오르는 첫 번째 생각을 바로 말하지 않았다. 어쩌면 세 번째쯤 떠오른 생각을 말하는 것 같기도 했다. 말의 흐름을 찾으려는 게 아니라 흐름을 멈출 방법을 찾으려는 대화 방식이었다. 나는 애인이 있냐고 다시 물었다.

"그래. 동반자가 있어."

나는 발터의 팔을 주먹으로 툭 쳤고 발터는 내 팔을 주먹으로 툭 쳤다. 우리는 서로의 몸동작을 이해했지만 우리가 몸으로 하고 싶은 말은 그게 아니었다. 주먹질? 그건 아니었다. 시골집에 단둘이 있을 때 발터는 자기 몸으로 자유롭게 말했다. 내가 한 번도 해 보지 못한 일이었다. 나는 내 몸과 자유로운 대화를 해 본 적이 없었다. 나는 내 몸으로 애인의 입을 막았고 애인이 자기 몸과 나누는 대화를 통제했다. 나는 자유로웠던 적이 없다. 실제로 느끼는 것보다 더 다정한 척, 더 달아오른 척, 혹은 더 공격적인 척했고 어떤 친밀함에 가까워지는 것 같으면 뒤로 물러서서 몸의 대화를 끊었다. 그러나 발터와 함께 있을 때에는 내 몸이 자유로웠다. 우리가 역에서 만난 첫날 우리가 같이 보낸 시간 때문이었을 것이다. 내 날개가 부러졌다는 게 사실이었다. 나는 살아가는 일을, 살아가는 일에 수반하는 모든 것을 어떻게 견뎌야 할지 몰랐다. 책임. 사랑. 죽음. 섹스. 외로움. 역사. 나는 발터가 내 눈물을 나쁘게 보지 않는다는 걸 알았다. 그걸 안 게 정말 컸다.

따뜻한 날이었다. 소나무 냄새와 맑은 하늘과 내 옆에 있는 발터가 내 욕망과 비참함과 행복을 더욱 부추기는 것 같았다. 욕망, 비참함, 행복이라는 이 단어들은 이상하게도 제니퍼가 나를 찍은 사진에 붙인 제목이기도 했다. 내가 제니퍼가 렌즈 뒤에서 본 그 사람이 되어 가는 걸까 싶었다.

나는 아주 작은 소리로 발터에게 말했다. "돌아가면 네가 그리울 거야." 발터는 한동안 대답하지 않더니 어깨를 으쓱했다. "동지애를 제공할 수 있어 기쁘다." 발터는 왼쪽 눈썹을 치키며 나무를 올려다봤다. 나뭇가지 위에 나무로 단 같은 것을 만들어 놓았다.

군복을 입은 경비병이 나무판 위에 서서 담배를 피우고 있었다. 발터가 조심하느라 그러는 걸까, 아니면 첫 번째로 떠오른 생각을 지우려는 걸까? 발터는 내 몸을 만질 때에는 첫 번째 생각을 검열하지 않았다. 발터의 손은 모든 언어에 능통했고 입술은 부드럽고 몸은 단단했다.

우리는 호수 둘레 오솔길을 따라 걸었다.

"제니퍼는? 보고 싶지 않아?"

내가 제니퍼 생각을 하지 않았던 것은 아니지만, 예전 삶에서 이렇게 멀리 떨어진 숲속에서 제니퍼의 이름을 들으니 깜짝 놀라지 않을 수 없었다. 루나가 애비 로드 사진 이야기를 오빠에게 한 모양이었다.

"제니퍼는 똑똑하고 야심이 있어." 내 말이 나무라는 말투로 들려서 조금 부끄러워졌다.

제니퍼가 자기 주요 피사체(나)의 초상에 제목으로 붙인 단어들을 내가 지금 감정으로 느낄 뿐 아니라 제니퍼의 사진을 닮은 새로운 이미지, 다른 지형, 다른 시간에서 온 이미지도 머릿속에 떠올린다는 말을 발터에게 할 수 없었다. 나는 회전목마처럼 돌아가는 그 이미지들이 제니퍼가 아직 찍지 않은 사진이라고 확신했다. 미국 매사추세츠에 있는 벚나무. 누군가가 나무 아래에 서 있다. 그 사람이 나일 수도 있었다. 제니퍼도 있었다. 제니퍼의 머리카락이 하얬다. 누군가 다른 사람도 있었는데 이미지가 흐릿했다.

"가끔 제니퍼가 보고 싶어."

우리는 맑고 푸른 호수 가까이에 옷을 벗어 두었다. 무언가가 나를 건드리는 느낌이 들었다. 목 근처에 나비 날개 같은 것이 스쳤다. 발터가 손가락을 내 진주목걸이 아래에 넣었다. 나는 절대 목걸이를 벗지 않는다고, 수영할 때에도 마찬가지라고 말했다. 물가로 첨벙첨벙 들어가면서 발가락으로 모래를 느꼈다. 계속 걸었다. 아직도 모래가 발에 닿았고 나는 목까지 물에 잠겨 있었다.

"발을 들어, 솔."

"거북이를 피하느라고." 내가 대답했다.

"이 호수에는 거북이가 없어."

거북이는 다른 시간의 다른 호수에 있다는 생각이 들었지만 그래도 마음을 편하게 해 주는 모래에서 발을 떼기가 싫었다. 발터는 물속에 머리를 넣었고 나도 결국 발을 들었다. 우리는 키 큰 나무를 지나 섬으로 갔다. 이십 분 정도 뒤에 나는 덜덜 떨고 있었다. 물이 소스라칠 정도로 찼다. 발터가 누군가에게 손을 흔들었다. 여기에는 아무도 없는데. 그런데 발터가 누군가를 본 모양이었다. 고요하고 잔잔한 물이 흩어지며 살살 거품을 일으켰다.

발터가 호수 건너를 향해 독일어로 외쳤다. "안녕하세요, 볼프."

우리는 볼프라는 보이지 않는 남자를 향해 같이 헤엄쳤다.

남자가 뒤로 드러누워 발차기를 하며 팔을 휘두르고 있었다. 남자가 눈을 떴다. 짙은 갈색 눈이고 눈 가장자리가 살짝 치켜 올라갔다. 남자는 나를 보고 있지 않았지만 나는 그를 보았는데 분명 전에 본 적이 있는 사람이었다. 나는 내 키가 넘는 물에서 선헤엄을 치면서 그 사람이 런던 애비 로드에서 나를 거의 칠 뻔한 사람이라고 확신했다." 발터가 내 어깨를 건드렸다.

"볼프는 우리 대학 학장이야."

볼프가 가는 갈색 눈을 살짝 떴다. 내가 아니라 발터를 보고 있었다. 그 시선의 어떤 점 때문에 그가 발터의 애인이라는 생각이 들었다. 그 사실을 입증이라도 하듯 발터는 볼프의 머리 쪽으로 헤엄쳐 가서 물에 떠 있는 남자의 양 손목을 잡고 스트로크를 교정하듯 팔을 머리 뒤로 죽 잡아당겼다.

"그렇지." 볼프가 독일어로 말했다. "전보다 많이 뻣뻣해졌지." 볼프가 시선을 나에게 돌렸다.

"우리 독일 사람이 20세기의 위대한 사상을 전부 발명했어요. 하이데거와 헤겔의 현상학, 마르크스와 엥겔스의 공산주의. 그러니까 팔다리가 좀 뻣뻣하더라도 양해해 주겠죠? 우리가 좀 바빴거든."

볼프의 어둡고 가는 눈이 다시 감겼지만 그러기 전에 볼프의 시선이 내가 사랑을 나눌 때에도, 논문을 쓸 때에도, 학생들을 가르칠 때에도, 길을 건널 때에도 절대로 벗지 않는 하얀 진주목걸이에 잠시 머물렀다.

그렇지만 어떻게 볼프가 나를 칠 뻔한 사람일 수가 있나? 애비 로드에 있던 사람은 영국인이었다. **소얼, 나이가 어떻게 돼요? 어디 살아요?**

물고기가 내 발목을 찰싹 치고 지나갔다.

"혹시 우리 런던에서 만난 적 있지 않나요?" 내가 독일어로 물었다.

---

14 볼프(Wolf)와 울프강(Wolfgang)은 늑대(wolf)라는 단어가 들어가는 이름이라는 공통점이 있다.

볼프의 가는 눈이 다시 떠졌다. 발터는 볼프 뒤에 서서 물속에서 볼프의 머리를 받치고 있었다.

"아뇨. 런던에는 가 본 적 없어요."

볼프는 다시 발차기를 시작했고 발터는 볼프의 머리를 놓았다.

나중에, 숲을 통과해 역으로 가는 길에 발터가 소나무 아래에 주차되어 있는 트라반트 자동차를 가리켰다.

"학장이 집에 태워다 주겠대."

"나는 기차 타고 가는 게 좋을 것 같아."

"왜 그래, 솔?"

"차하고 안 좋은 일이 좀 있었는데 트라반트라고 더 나을 것 같지 않은데."

나무 위에 서 있는 경비병이 우리 둘을 보고 있었다. 공격적이지도 경계하는 것 같지도 않은 표정이었다. 소나무와 가문비나무 사이에서 몽상에 빠진 것 같았다. 발터가 내 옆구리를 찔렀다. 볼프가 옆구리에 수건을 말아 끼고 우리 쪽으로 오고 있었다.

볼프 그리고 발터와 같이 차를 타고 집으로 가는 수밖에 없었다. 나는 뒷좌석에 앉아 자는 척하려고 했지만 발터가 볼프의 어깨에 팔을 두르고 있는 것에 자꾸 신경이 쓰였다. 볼프는 고개를 들고 룸미러로 나를 흘깃 봤다. 핸들에 한 손만 올려 운전하고 있었다. 나는 발터의 팔을 배신자를 보듯 노려보았다.

발터의 입술이 볼프의 분홍색 귀 가까이로 다가갔다. 발터는 독일어로 말했다. 귓속말은 아니었지만 낮고 단조로운 목소리였다.

"저 사람은 정치 성향이 없어요. 투표도 안 해요."

볼프의 웃음소리가 콧방귀처럼 들렸다. 볼프의 목소리도 낮고 단조로웠다.

"뒷자리에서 자고 있는 자네 천사는 경솔한 편지를 쓰더군."

"그래요." 발터가 대답했다. "자기 목숨을 아낄 줄 모르고 다른 사람 목숨에 대해서도 마찬가지예요."

발터의 눈이 항상 나를 지켜보고 있는 것은 사실이지만 나는 발터의 손도 내 온몸 위에 있었기 때문에 그를 믿었다.

12

제니퍼에게 무슨 일이 있고 제니퍼가 나와 연락을 하고 싶어 한다는 느낌이 들었다. 영국으로 세 번 전화 통화를 시도했다. 처음 두 번은 영국 시간으로 저녁 여섯 시에 해밀턴 테라스에 있는 아파트로 전화를 걸었다. 클로디아가 전화를 받았다. 클로디아는 내 목소리를 듣더니 쾅 하고 수화기를 내려놓았다. 다시 걸자 이번에는 뭘 원하냐고 물었다.

"제니퍼."

"흥, 제니퍼는 널 원하지 않는데." 전화가 끊겼다.

제니퍼가 나를 원하지 않는다 해도 클로디아는 나를 원할 테지만 어쨌든 클로디아는 제니퍼에게 의리를 지켜야 했다. 제니퍼는 클로디아를 그다지 좋아하지 않았지만. 제니퍼는 클로디아가 자기 남자친구에게 욕망의 신호를 보낸다고 못마땅해했다. 나에 대한 클로디아의 욕망이 없더라도 내가 사는 데에는 아무 문제가 없지만 욕망이 있으면 삶이 훨씬 짜릿한 건 사실이다.

다음에는 동독 시간으로 새벽에 전화를 걸었다. 한참 동안 전화가 울렸다. 제니퍼와 플랫메이트들이 자고 있는 모양이었다. 사우나도 전원이 꺼져 있을 것이다. 고양이도 자고 있을 테고. 부엌에는 해초를 물에 담가 놓은 그릇이 있을 것이다. 레인지 위에 어젯밤에 먹은 채소 커리 냄비가 있을 수도 있고. 빈 와인 병. 초콜릿 포장지. 클로디아가 귀리와 꿀을 섞어 만드는 오트밀 쿠키가 있을 수도 있고. 클로디아가 가끔은 끈끈한 갈색 시럽을 넣을 때도 있고 건포도도 잘 넣는데 호두는 내가 좋아하지 않는다는 걸 알기 때문에 안 넣는다. 마침내 산비가 전화를 받았다.

산비는 내 목소리를 듣고 반가운 것 같았다. 제니퍼는 집에 없다고 했지만.

"어디에 있는데?"

"몰라. 어디 간다고 말 안 했어."

"거기 시간이 아침 일곱 시지?"

"응."

"아파트에 또 누구 있어?"

"여어, 솔, 슈타지한테 배운 거야?"

해밀턴 테라스에서 문이 끼익 열리는 소리가 들렸다. 잠금장치가 망가진, 나도 잘 아는 문이었다. 부엌하고 붙어 있는 제니퍼 방의 문. 툭하면 저절로 열렸다. 제니퍼가 일어나 나와서 산비 옆에 서 있다는 확신이 들어 나는 대화 주제를 바꿨다.

"무한은 잘 되어 가?"

"응. 고마워."

"계속 게오르크 칸토어로 논문 쓰는 거야?"

"응. 칸토어는 피해망상이 있었어."

누군가가 주전자에 물을 채웠다. 종이를 부스럭거리는 소리와 산비가 하품하는 소리가 들렸다.

"잘 들어 봐, 솔. 프랑스 수학자 앙리 푸앵카레는 게오르크 칸토어의 작업을 '질병'이라고 했어. '언젠가는 수학이 그 불쾌한 병으로부터 회복될 것이다.'라고 했지."

산비가 하는 말이 자기 논문의 한 구절을 읽는 것처럼 들렸다.

"칸토어는 독일에 있는 정신병원에서 사망했어."

"독일 어디에서?"

"할레. 베를린하고 괴팅겐 사이에 있어. 헨델도 할레에서 태어났지. 시인 하이네도. 거기서 가까운 데 있어?"

"아니."

"할레에서 10세기에는 소금이 생산됐어. 칸토어는 신경쇠약을 일으키기 직전에 연속체 문제를 연구하고 있었어."

"산비, 제니퍼는 어때?"

"아주 잘 있어."

전화선에서 딸깍 하는 큰 소리와 이어서 더 작은 소리로 딸깍딸깍 하는 소리가 들렸다. 내가 영국으로 거는 전화가 도청당하고 있다는 걸 깨달았다. 누군가가 게오르크 칸토어와 무한에 대한 대화를 엿듣고 있을 가능성이 높았다.

"산비, 듣고 있어?"

"응."

"제니퍼한테 동독으로 와서 발전상을 직접 보라고 전해 줘. 완전 고용에 주거비도 싸고 여성도 동등 임금을 받고 교육비도 의료

비도 무료야. 역사에 길이 남을 대단한 성취야."

전화가 끊겼다. 산비는 아마 차를 끓여 제니퍼와 같이 마시면서 0을 3으로 나누려 하고 있을 것이다.

머릿속에서 타자기 소리가 미칠 것처럼 울렸다. 타자기에 꽂힌 얇은 종이를 키가 두들기는 소리가 들렸다. 너무 화가 나서 타자기로 기록하라고 머릿속 생각에 사상 범죄를 하나 더했다. 좋아, 타자기에게 말했다. 보고서 작성을 도와줄게. 동독은 권위주의적인 늙은 남자들의 강압이 너무 심해져 정당성을 잃고 말 거야. 우리 사이에 장벽을 세운 우리 아버지 같은 남자들. 장벽이 그의 남성성이었다. 나는 장벽을 뛰어넘어 쿵 소리를 내며 반대편에 무사히 안착했다. 그의 개, 그의 지뢰, 그의 경비병, 그의 철조망 등등 나를 쥐락펴락하기 위해 내 앞에 놓은 모든 걸 피해 가면서.

아버지가 전화기 옆 의자에 앉아 있었다.
"아버지는 죽었어요." 내가 속삭였다.
그가 웃었다. "아직 안 죽었어."
아버지 입에서 고등어 통조림 냄새가 났다.

13

주말에 루나와 같이 시골집에 가기로 했다.

루나와 단둘이 하루 종일 있고 싶지는 않았지만 파인애플 통조림을 깜박한 일 때문에 거절할 수가 없었다. 루나는 복숭아와 재규어를 비롯해 여러 가지 것들에 공포증이 있지만 피를 보는 것은 아무렇지도 않은 듯했다. 날마다 일하면서 피를 보기 때문이다. 루나가 애비 로드 사진에서 내 흰 재킷에 묻은 핏자국을 알아차린 까닭도 그래서였을 것이다. 내가 마실 차와 루나가 마실 커피를 끓이고 있는데 루나가 피에 대해 강의를 했다. 피는 믿음직한 기차처럼 온갖 양분과 산소를 세포에 전달하고 또 세포에 있는 노폐물을 전부 가져가는 방식으로 작동한다고 했다.

나는 발터와 내가 같이 딴 버섯이 든 작은 봉지를 흘긋 봤다. 버섯이 몇 개 없었는데 키스가 버섯 수확보다 더 즐거웠기 때문이다. 발터가 버섯 봉지를 벽 갈고리에 걸어 놓았다.

"솔, 네 몸에 피가 오 리터 정도 있고 백혈구가 감염과 싸운다는 건 확실한 사실이야. 이분의 일 리터를 헌혈하면 최대 세 명의 목숨을 살릴 수 있어."

루나는 긴 머리를 땋아 위로 틀어 올려서 똬리를 튼 뱀처럼 머리 꼭대기에 얹었고 코가 뾰족한 새 앵클부츠를 신고 아주 뿌듯해했다. 비틀스 스타일 부츠인데 루나의 자그마한 발에 비해 두 사이즈 정도 컸다. 라이너가 생일 선물로 준 것이었다. 비틀스를 흉내 낸 부츠를 신고 프리마 발레리나처럼 머리를 올린 간호사가 혈액에 대해 강의하는 모습이 사랑스러웠다. 루나는 네 살 때부터 러시아 무용수에게 발레를 배웠다. 발레 선생님이 지금은 늙었지만 왕년에는 모스크바에서 발레 학교를 운영했던 사람이라고 한다. 루나는 차를 싫어했다. 내가 동베를린으로 올 때 티백을 가져왔는데 루나는 못마땅한 기색으로 '영국 차'를 맛이나 봐야겠다며 내 컵에서 한 모금을 마셨다.

"말 오줌 냄새 나. 하지만 넌 날마다 차를 마시니까 티백 한 상자는 절대 잊지 않고 가방에 챙기겠지. 이웃 사람한테 몇 봉지 갖다줘도 돼?"

"상자째로 가져가." 나는 차 상자를 루나의 손에 약간 거칠게 쥐여 주었다. 파인애플 통조림 때문에 계속 죄책감을 느껴야 하는 게 이제 지겨웠기 때문이다. 루나는 미치광이였다. 복숭아를 보고 비명을 지르지만 피를 좋아하고 비틀스도 좋아했다. 커피에 설탕 다섯 숟가락을 넣고 투우사처럼 벌컥벌컥 마셨다.

"이 집이 초콜릿으로 만들어졌다면." 루나가 웃으며 말했다. "나는 이 집을 통째로 먹을 수 있어. 그래도 살은 하나도 안 찔 거야." 루나 어머니는 늘 루나에게 조금이라도 더 먹이려고 했는데 일찍 세상을 뜬 첫째 딸 때문에 그러는 거였다.

"하지만 지금은, 비틀스를 들을 거야." 루나는 내가 지난번에 발터와 같이 왔을 때에는 보지 못한 레코드플레이어를 가리켰다. 방 끝에 놓인 의자 위에 레코드플레이어가 있었는데 한쪽이 부서졌는지 누런색 테이프로 붙여져 있었다. 루나는 소중한 「애비 로드」 앨범을 수건으로 싸서 부엌 서랍 안에 감춰 놓았다. 루나는 수건을 펼치더니 갈망 가득한 눈으로 앨범 커버를 보며 존, 폴, 링고, 조지에게 차례로 입을 맞추고 링고에게는 다시 입을 맞췄다. 두 번. 세 번. 짧고 빠른 키스.

"링고가 네가 제일 좋아하는 멤버야?"

"응. 링고의 코가 좋아. 네 코랑 닮았어, 솔!"

루나는 깡충거리며 레코드플레이어 있는 데로 뛰어가더니 엄청나게 깨지기 쉽고 가늠할 수 없이 소중한 무언가를 다룰 때처럼 아주 조심스럽게 살살 커버에서 음반을 꺼냈다. 늦은 오후였고 발터의 땅에 햇살이 비치고 있었다. 아직까지는, 이 동네에서 유행인 듯한 난쟁이와 땅속요정 정원 장식 사이를 어슬렁거리는 재규어는 없었다.

우리는 「애비 로드」 앨범 전체를 들었다. 루나는 「컴 투게더 (Come Together)」를 두 번 틀고 「쉬 케임 인 스루 더 배스룸 윈도 (She Came In Through the Bathroom Window)」를 세 번 틀었다. 우리는 같이 춤을 추고 바보 같지만 신나는 손동작을 만들어 내고 서로를 웃겼다. 링고의 드럼 비트에 맞춰 엉덩이를 비틀고 머리를 흔들었다. 나는 런던에 대한 향수가 솟는 것 같다고 말했다. "아 그래." 루나가 말했다. "나도 런던에 가 보고 싶어. 하지만 가장 가고 싶은 곳은 리버풀이야. 페니 레인을 내 눈으로 보고 싶어."

루나는 이렇게 말하면서 땋은 머리를 풀어 헤쳐 머리가 허리까지 흘러내리게 했다. 새끼 재규어라면 얼마든지 그 안에 숨을 수 있을 것 같았다. 루나는 무언가를 하려고 준비하고 있었다. 코가 뾰족한 까만 비틀스 부츠를 발을 차서 벗고 나한테 의자를 찾아 방 한가운데에 놓으라고 했다. 나는 전에 내가 걸려 넘어졌던 낡은 진흙투성이 부츠를 다른 데로 치우고 발터와 내가 해치운 슈냅스 병, 어째서인지 내가 부츠 옆 바닥에 놓아두고 잊어버린 아버지 재가 담긴 성냥갑도 치워야 했다. 나는 성냥갑을 재킷 주머니에 넣었다.

"날 봐, 솔, 봐!"

루나는 하늘을 날듯이 손을 쭉 뻗고 의자 위에 서 있었다. 루나는 숨을 들이마시고 손을 뻗은 채로 「페니 레인」을 처음부터 끝까지 불렀다. 높고 힘 있는 목소리로 노래를 했는데 독일어 억양으로 영어 노래를 부르니 더욱 감동적이었다. 루나가 한 소절을 독일어로 번역해서 불렀는데 번역이 딱 맞지는 않았다.

"디 쇠네 크랑켄슈베스터 페어카우프트 몬블뤼텐 폰 이렘 타블레트.(Die schöne Krankenschwester verkauft Mohnblüten von ihrem Tablett.)"

이런 뜻인 것 같다. 아름다운 간호사가 쟁반에 담긴 양귀비꽃을 판다. 나는 루나에게 추도용 양귀비는 종이로 만든 꽃이고 간호사가 들고 있는 쟁반의 양귀비꽃은 1차 대전 때 플랑드르 전장에서 부상을 당하고 죽어 가는 군인들의 피를 상징하는 것이라는 이야기는 하지 않았다.[15] 루나가 노래하는 동안 나는 무언가가 으르렁거리는 소리를 들었다. 가까운 곳은 아니고 멀리서 들려왔지만 그래도 분명히 들었다. 루나가 노래하는 동안 나는 덜덜 떨었다. 루나는 의자에서 뛰어내리더니 팔을 옆으로 내리며 인사를 했고 나는 박수를 쳤다.

"리버풀에 있는 병원에서 꼭 일자리를 구하고 말 거야."

루나는 무엇보다도 자유로워지고 싶다고 말했다.

"나는 모든 게 다 무서워." 루나는 벽에서 똑딱거리며 가는 시계를 가리켰다. "끝이 나질 않아. 나는 종일 겁에 질려 있어. 아침부터 밤까지 그렇게 보내고 나면 또 아침이 되지. 느껴지는 게 너무 많을 때에는 노래를 부르면 좀 나아져." 루나는 파인애플 가지고 불편하게 만들어서 미안하다고 했다. "솔직히 말해서 파인애플보다는 통조림에 들어 있는 시럽이 더 먹고 싶어. 하지만 여기서 너랑 같이 살게 돼서 좋아. 우리 삶을 뭐랄까 좀 달콤하게 만들어줬어. 친구가 될 수 있어서 기뻐. 네가 가면 그리울 거야. 내가 발레 하는 거 볼래?"

"그래."

루나는 길만 있으면 그 길로 탈출하려고 한다는 걸 알게 되었다.

루나는 테이블 아래에서 리본이 풀린 발레 슈즈를 꺼냈다. 루나는 시골집에 손님이 오면 늘 춤을 춰 주겠다고 하는 모양이었

15 영연방 국가에는 재향군인협회에서 기금 마련을 위해 양귀비 조화를 파는 전통이 있다. 존 매크레이가 「플랑드르 전장에서(In Flanders Fields)」라는 시에서 무덤에서 자라는 양귀비를 언급한 것에서 유래했다. 이 시는 소설 앞부분에서도 인용되었다.

다. 이번에는 나더러 의자 세 개, 시들어 가는 루바브 두 줄기가 든 바구니, 빈 유리병이 가득 든 자루를 치우고 작은 러그도 한쪽으로 말아 놓으라고 했다.

　루나는 발끝이 딱딱한 먼지투성이 발레 슈즈의 끈을 묶고, 20세기 말 독일민주공화국에서 한 시간 동안, 17세기에 유럽 궁정에서 통치자들의 권력과 부를 과시하기 위해 만들어진 예술을 나에게 보여 주었다. 루나가 팔을 움직이는 방식에는 갈망과 감정이 담겨 있었지만 동작은 절제되어 있었다. 루나는 제자리에서 두 바퀴, 세 바퀴, 여섯 바퀴를 돌았는데 루나가 말하길 그게 자기 발레 선생님의 특별 기술이라고 했다. 발레 선생님이 볼쇼이 발레단에서 남자 무용수들을 지도했기 때문이다. 루나의 몸은 공기처럼 가볍고 여려 보였다. 루나는 마침내 발끝으로 서서 천천히 완벽하게 균형 잡힌 아라베스크 자세를 취했다.

　나중에, 루나가 숨을 헐떡이며 바닥에 누워 있을 때 나는 물 한 잔을 갖다주고 루나 옆에 무릎을 꿇고 앉아 발레 슈즈의 실크 리본을 끌렀다. 루나는 내가 춤을 출 줄 알면 파 드 되, '두 사람의 춤'을 같이 췄을 거라며 아쉬워했다. 다른 사람이 받쳐 주고 무게 균형을 맞춰 주면 혼자서는 할 수 없는 것들을 할 수 있다고 했다. 시골집과 농지 위에 해가 기울 때 나는 현관문을 잠그고 전기 제품 플러그를 뽑았고 열정적인 공연을 한 탓에 아직도 숨이 찬 루나는 라이너한테서 들은 비틀스에 대한 다른 사실들을 들려주었다. 루나는 폴과 존이 리버풀에서 히치하이킹을 해 파리까지 가서 위르겐이라는 이발사한테 머리를 잘랐고 그렇게 해서 비틀스 특유의 헤어스타일이 탄생했다는 이야기를 특히 좋아했다.

커튼을 치는데 창문 밖에 아마도 전쟁 뒤에 그 자리에 남겨진 듯한 철제 보가 땅 위로 솟아 있는 게 보였다. 미국과 우방국들이 서독에는 재건 비용을 쏟아부었지만 동독은 돈의 혜택을 받지 못했다. 루나는 아직도 바닥에 주저앉아 있었다. 루나는 손으로 맨 발인 오른 발꿈치를 잡아 원을 그리듯 돌렸고 철제 보 위로 구름이 지나갔다.

나는 개가 짖는 소리인지 여우가 새끼를 부르는 소리인지에 깼다. 바닥에 깔아 놓은 매트리스에서 일어나 앉았는데 누군가가 나를 내려다보고 있었다. 유령인지 귀신인지 소복을 입었고 머리 카락은 숲속의 은엽수 색깔이었다. 루나는 놀라게 해서 미안한데 재규어가 창문을 깨고 들어와 덮칠 것이 분명하다고 말했다. 루나는 재규어가 자기를 나쁜 곳으로 끌고 갈까 봐 겁이 난다고 했다. 발레 슈즈와 소중한 「애비 로드」 앨범도 어머니와 오빠도 없는 곳으로 끌고 갈 거고 어머니와 오빠는 이 일에서 영영 회복하지 못할 거라고 했다. 루나가 어떻게 되었는지 아무도 모를 테고 그런데도 무서워서 알아보고 다니지도 못할 거라고. 나는 불을 켜고 창문을 확인하겠다고 했지만 루나는 그런다고 재규어가 물러날 것 같지 않다고 했다. 오히려 불을 켜 놓으면 더 가까이 다가올 거라고 했다. 루나는 내가 누운 매트리스 위로 올라와 나와 조금 떨어져서 옆으로 누웠고 개는 계속 울부짖었다. 어쩌면 낑낑거리는 것 같기도 했다. 루나가 달달 떠는 게 느껴졌다. 나는 루나의 허리께에 내 팔을 가볍게, 정숙하게 얹었고 우리 몸이 닿지 않게 하려고 조심했다. 그런데 밤중에 무슨 일이 일어났다. 자는 도중에 몸이 가까워졌고 정신을 차려 보니 내 다리가 루나의 다리와 얽혀 있고 루나의 손이 내 팔을 쓰다듬고 있었다. 루나가 내 손을 자기 가슴으로 가져갔을 때 나는 루나에게서 몸을 떼었지만, 그때 루나가 몸을 돌려 나를 마주 봤다. 그다음으로 움직인 사람도 루나였다. 내가 밀어 냈어야 하는데, 그러지 않았다. 루나의 흰색 잠옷이 바닥에 떨어졌다. 그 어떤 것도 우리를 멈출 수가 없었다. 루나가 무척 흥분해 있었기 때문에 아주 쉬웠다. 이 모든 일이 우리의 자유의지와는 무관한 것인 양 에로틱한 슬로 모션으로 이루어졌다. 루나가 내내 내 위에 있었고 루나의 입술이 내 진주목걸이를 누르고 있었다. 어둠 속에서 루나의 눈이 반짝이는 걸 보았고 끝이 났다. 개는 아직도 낑낑거리고 있었다.

"진주목걸이 제니퍼가 준 거야?"

내 손이 진주를 루나의 손으로부터 보호하려는 듯이 목 위로 갔다. 나는 무엇보다도 슬픔을 느꼈다.

진주에 대해서 내가 무어라고 말하든 끝이 나지 않는 한없는 대화가 될 것 같다는 생각이 들었다.

"발터가 그러는데 너희 어머니가 하이델베르크에서 태어난 유대인이고 외할아버지는 하이델베르크 대학 교수였다며."

"그 이야기는 지금 하고 싶지 않아."

"그래도 해야 돼." 루나가 단호하게 말했다. "너는 역사니까."

나는 눈을 감고 자는 척했다.

애들이라도 탈출시켜야 한다는 게 확실해졌을 때 외할머니가 어머니에게 진주목걸이를 주었을 것이다. 아니면 왜 여덟 살짜리 아이가 영국에 가방 하나 들고 도착했을 때 진주목걸이를 가지고 있었겠는가? 어머니가 돌아가신 뒤에 아버지는 딸이 없었기 때문에 아들에게 진주목걸이를 주었을 것이다. 아버지가 아들이 목걸이를 하고 다니리라고는 생각도 못 했다는 사실을 설명하려면 시간이 얼마나 오래 걸릴까? 벨벳을 안에 댄 상자에 넣어 서랍 깊은 곳에 넣어 두겠거니 생각하고 준 것이다. 나는 목걸이를 목에 걸었고 아버지와 맷은 아침마다 콘플레이크를 먹으면서 끊임없이 독일어로 뭐라고 수군거렸다.

내 친구 잭이 요즘 하이델베르크에 야생 아프리카장미목도리앵무 떼가 산다고 말했다. 앵무새는 수컷이든 암컷이든 사람의 말을 따라 할 수 있다. 그날 밤 시골집에서 나는 수정의 밤[16] 대학살이 끝난 뒤에 앵무새들이 어떤 단어들을 따라 했을까 생각했다.

발터의 텃밭 위로 해가 떠올랐다. 결국 잠이 들었던 모양이다. 잠이 깼을 때 루나와 내가 벌거벗은 채로 침대에서 얽혀 있다는 사실을 더욱 뚜렷이 자각했기 때문이다.

"오늘은 머리가 얼마나 긴가 보자, 솔."

루나의 손이 내 머리카락 안으로 들어와 머리카락을 들어 올렸다가 끌어내려 어깨에 얼마나 닿는지 대어 보았다.

"머리카락이 정말 까맣다. 들판에 있는 새 같아."

16　Kristallnacht, 1938년 11월 독일 전역에서 일어난 유대인 집단학살.

나는 루나가 가 버렸으면 했다. 나를 좀 내버려 두었으면. 사라졌으면.

"루나, 발터한테는 그냥 우리가 친구라고 말하는 게 좋겠다. 괜찮겠어?"

루나의 몸이 굳어지는 걸 느꼈다.

"너랑 발터가 딴 버섯 요리해서 아침 먹자."

루나는 행복하고 다정한 태도로 버섯을 볶기 시작했다.

발터가 아니라 루나와 같이 버섯을 먹으니 이상했다. 추워서 재킷을 걸쳤는데 그때 전날 밤에 주머니에 넣은 성냥갑이 떠올랐다. 루나에게 아버지의 재를 마당에 묻어도 괜찮겠냐고 물었다. 루나에게 성냥갑을 보여 주었다. 루나는 충격 받은 것 같지는 않았고 선선하게 받아들였다. 루나는 바로 좋다고 했고 바지와 외투를 흰 잠옷 위에 걸쳐 입고 나를 따라 가족 농지로 나왔다.

나는 손으로 동독 땅에 작은 구멍을 판 후 재가 든 성냥갑을 안에 넣고 나의 역사 연구 주제이자 나의 고통인 흙으로 덮었다. 루나의 착한 오빠에게 곤란한 질문을 했던 것에 대해 죄책감을 느꼈다.

그래도 나하고 친구 할 거야?

루나가 옆에 서서 내가 소박한 개인적 의식을 치르는 걸 이상하다는 듯 보고 있었다.

"아버지를 무척 사랑했나 보다."

루나는 부엌으로 돌아갔고 나는 홀로 무덤보다 훨씬 더 큰 슬픔에 잠겨 있었다. 재규어에게 내장을 뜯긴 것처럼 상처가 그대로 드러난 느낌이었다. 산들바람이 동독으로 불어왔지만 나는 그 바람이 미국에서 온 것임을 알았다. 다른 시간의 바람. 바다풀과 굴의 짠 냄새가 같이 불어왔다. 그리고 털실 냄새. 어린아이용 뜨개담요. 접혀서 의자 위에 얹혀 있었다. 시간과 공간이 뒤죽박죽이었다. 지금. 그때. 거기. 여기.

밖에 꽤 오래 있었던 모양이었다. 들어와 보니 루나가 옷을 갖추어 입고 아픈 이웃에게 가져갈 묵직한 빵덩이를 썰고 있었다. 루나의 바짓단에 수가 놓인 것이 보였다.

"옷을 만들어 입어, 루나?"

"당연하지. 바지가 다 못생겼고 가게에 좋은 게 들어왔다 하면 하루 만에 다 팔려 버려."

루나의 머릿속에서는 검은 빵마저도 비틀스와 연결되는 것 같았다.

"라이너가 그러는데 존 레넌이 요코하고 같이 살 때 빵을 만들어 먹었대."

루나는 빵을 반으로 자르고 두 덩이가 똑같은지 대 보았다. 한쪽이 좀 큰 것 같은지 루나는 빵을 다시 썰다가, 움찔했다. 오른손 둘째 손가락을 칼에 베었다. 피가 빵 위에 뚝뚝 떨어졌고 루나는 손가락을 빨더니 머리 위로 치켜들어 공중에서 흔들었다.

"난 간호사야." 루나가 말했다.

"응, 네가 말했잖아."

"하지만 넌 물어보지도 않았잖아. 내가 우리 반에서 일등으로 시험에 통과했어. 서쪽에 가서 계속 공부하고 영어도 더 배우고 싶어."

"발터가 영어를 가르쳐 줄 수 있잖아." 나는 빵을 피 묻은 손에서 멀리 치우고 루나에게 찬물에 손을 닦으라고 했다.

"리버풀에서 의대에 진학해 의사가 되고 싶어."

"여기서도 의대는 갈 수 있어."

루나가 발을 쾅 구르더니 몸을 돌려 나를 똑바로 보았다. 루나의 녹색 눈이 맑게 빛났다.

"아니. 내가 여기를 떠날 수 있게 네가 도와줘야 돼. 나는 자유롭게 여행하고 내가 원하는 공부를 하고 싶어. 이제 내가 네 여자친구잖아."

루나가 다가와 내 왼쪽 손목에 입을 맞췄다. 마치 우리가 연인인 것처럼. 생각해 보니 우리가 연인이 맞는 것도 같았다.

"루나, 내 말 들어 봐." 이 말을 하는데 내 정신이 몸에서 둥실 떠올라 나가는 것 같은 기분이었다. "1989년 9월에 헝가리 정부가 국경 철책을 철거하고 서독으로 가고 싶은 동독 난민은 다 넘어갈 거야. 그다음에는 사람들의 물결을 멈출 수가 없게 돼. 1989년 11월 국경이 열리고 일 년 안에 두 개의 독일은 하나가 될 거야."

"거짓말이야." 루나는 손가락 두 개를 권총 모양으로 만들어서 자기 머리를 쐈다.

"탕. 사랑해. 로큰롤. 넌 내 남자친구야."

루나가 비뚜름한 치아를 드러내며 웃자 내가 진짜로 루나의 먹잇감이구나 하는 생각이 들었다.

"내일, 너하고 결혼해서 서독에서 살 수 있게 이민 신청을 할 거야."

나는 최대한 빨리 동독을 떠야 한다는 걸 알았다. 나에게 마지 못해 문서고를 보여 주고 있는 사서와 약속이 두 번 남았지만 취소하고 비자의 출국 날짜를 바꿀 것이다.

루나가 두려워하는 재규어보다 루나가 훨씬 더 위험한 존재라는 생각이 들었다. 루나가 내 진주목걸이 아래에 피 묻은 손을 밀어 넣고 줄이 끊어질 정도로 잡아당기자 나는 평정심을 잃고 말았다.

"난 너희 오빠랑 사랑하는 사이야."

루나의 충격과 분노가 그대로 느껴졌다. 루나는 칼로 썬 빵 조각을 집어 나에게 던졌다. 빵이 툭 소리를 내며 바닥에 떨어졌다. 나는 이곳을 떠나겠다는 루나의 꿈을 배신했을 뿐 아니라, 내가 진정으로 원하는 몸이 루나의 몸이 아니기 때문에 루나의 몸도 배신한 거였다. 그렇지만 아무 대가를 바라지 않는 듯 자기 몸을 나에게 내준 것은 루나였다. 알고 보니 대가가 없는 게 전혀 아니었지만.

"발터는 결혼했어." 루나가 냉랭하게 말했다. "아내하고 어린 딸이 있다고."

"발터한테 딸이 있어?"

"그래. 조그만 나무 기차가 누구 거겠니? 우리 어머니나 나는 장난감 갖고 놀 나이 지났어."

루나는 빵을 집어 천에 쌌다.

"내가 너와 결혼하겠다고 이민 신청을 하고, 발터가 우리를 방문할 수 있게 신청하면 돼. 발터는 우리 오빠니까."

발터의 농지 근처 들판에서 두 남자가 모닥불을 피우고 있었다. 한 사람이 자루에 든 낙엽을 불 위에 쏟아부었다. 다른 남자는 막대기로 불을 쑤시더니 막대기를 불에 던져 넣었다.

"친구하고 가족을 떠나 살고 싶어?

"이민이란 게 그런 거야." 루나가 말했다. "누구나 아는 사실이야. 라이너도 알고. 라이너가 좌석 아래 사람이 들어갈 수 있도록 개조한 수송 차량으로 국경을 통과할 수 있게 알선을 해. 그 차는 아무도 안 막아. 이민 신청을 하기 싫다면 라이너가 나를 빼내 줄 수 있게 네가 라이너한테 돈을 줘."

나는 생각해 보겠다고 말했다. 루나는 내 말을 믿는 듯했고 이웃 사람한테 빵을 배달하러 집에서 나갔다.

머리가 쿵쾅거렸다. 눈을 감고 머리카락 끝을 만졌다. 이렇게 냉혹하고 교활하게 이용당하다니 너무 화가 났다. 나는 테이프로 이어 붙여 놓은 레코드플레이어로 걸어가서 어젯밤 루나가 다시 서랍에 넣어 놓지 않은 레코드판을 들어 올렸다. 「애비 로드」를 바닥에 던지고 부츠를 신은 발로 온 힘을 다해 밟았다. 금이 가더니 네 조각으로 갈라졌다. 네 조각의 크기가 하나도 똑같지 않았다.

나는 당장 동독을 떠나기로 결심했다. 혼자서 서쪽으로, 루나 없이 돌아갈 것이다. 하지만 발터에게 인사는 하고 가야 했다. 진심인 사람이 사랑하는 사람에게 작별 인사를 하듯이. 그럴 순 없다. 나는 발터와 떨어져 살지는 않을 것이다. 절대로. 펍에서 라이너를 은밀히 만나 발터가 동독 밖으로 나가려면 얼마를 내야 하는지 물을 것이다. 내 머릿속에 있는 것은 루나의 탈출이 아니라 발터의 탈출이었다. 가짜 아내와 같이 숨어서 사는 삶으로부터 발터를 해방시킬 것이다.

14

내가 마지막으로 발터 뮐러에게 작별을 고했을 때 알렉산더 플라츠 분수대 부근에 유아차를 밀며 걷는 여자가 최소 아홉 명은 있었다. 어느 쪽을 보아도 유아차를 밀며 비둘기 사이를 헤치고 가는 여자가 보였다. 나는 서글프고 긴장한 상태로 발터와 함께 걸었고 이번에는 내 가방을 내가 들었다. 내가 동베를린을 떠나려 하는 지금에 와서 발터가 갑자기 통역사 역할을 하기 시작했다. 알렉산더플라츠에서는 '여행의 집'이라는 높은 건물 위 동판 부조가 보였다. 미지의 영역으로 여행을 떠나는, 헬멧을 쓴 우주비행사 주위에 행성들, 새, 해가 표현되어 있었다. 발터가 부조의 제목을 해석해 주었다.

"인간이 공간과 시간을 정복하다."

"맞아." 내가 발터의 팔짱을 끼며 말했다. "동독에 있는 동안 내가 씨름하던 게 바로 그거야. 공간과 시간. 하지만 전혀 정복하지 못했어. 사실은 정복당했지."

발터가 내 팔을 꽉 쥐었다. "그게 아냐. 그냥 네가 이상한 사람인 거야. 우리의 경제적 기적에 대한 감상문 기대할게." 발터는 고개를 뒤로 젖히고 사냥개처럼 컹컹 웃었다.

"아냐. 발터. 머지않아 우리는 크로이츠베르크에서 만나 맥주를 마실 거야."

"그게 언제가 될까, 영국 친구?"

"언제든 네가 그러고 싶을 때."

"좋아." 발터가 대답했다. "파리에서 만나면 더 좋을 것 같다."

"그러면 그렇게 하자."

발터가 손을 뻗어 내 머리카락을 헝클었다. 나는 웃고 있었지만 불행하고 두려웠다. 그래서 발터가 늘 웃는다는 사실에 생각이 미쳤다. 어쩌면 발터도 불행하고 두려운지 모른다.

어디로 가든 금속 구와 줄무늬 안테나가 있는 TV 타워가 눈에 들어왔다. 발터는 1960년대 소비에트의 우주여행 열망을 기념하는 디자인이라고 설명했다. "여기 세계 시간 시계를 봐. 그 위에 태양계를 나타내는 조각이 있어." 발터가 영어로 말했다.

"아, 소행성과 혜성." 내가 말했다.

우리는 헤어질 순간을 미루기 위해 할 수 있는 모든 걸 하고 있었다.

"잘 가, 발터." 내가 눈을 감고 아주 빠르게 말했다. 눈을 뜨자 유아차에 아기를 태우고 돌아다니는 여자들이 보였다. 어쩌면 노란색 드레스에 하얀 스틸레토 힐을 신은 여자가 발터의 아내일까?

발터가 내 가방 위로 넘어와 아주 잠깐 나를 품에 안았다. 발터의 머리카락에서 갈탄 냄새를 맡을 수 있었다. 발터는 내가 기차를 타고 서쪽으로 가는 동안에 자기는 자기 집 근처 길 모퉁이 구멍가게에서 일하는 친구를 거들 것이라고 말했다. 구멍가게에서 사탕, 음료, 담배, 신문 등을 파는 친구였다. 오후에는 여기에 좋은 일자리가 있지만 에티오피아 등 다른 나라로 가서 사회주의 사회를 건설하려는 사람들에게 영어를 가르치기로 되어 있다고 했다. 발터는 내가 기차를 타고 서쪽으로 가는 동안에 자기가 무슨 일을 할지 내가 알았으면 하는 것 같았다. 사실 나도 알고 싶었다. 발터 뮐러에 관한 모든 것을 알고 싶었다. 발터가 자기 가정생활의 구체적 사정을 나에게 감췄다는 사실을 알게 되었지만 나는 그래서 발터를 오히려 더욱 사랑하게 되었다. 발터는 동베를린에서, 나는 동런던에서 십 대 때 무척 외롭게 지냈다. 나는 권위주의적인 아버지에게 억눌려 고통스러웠고 발터는 권위주의적인 조국에 억눌려 고통스러워했다.

　　"어머니께 환대해 주셔서 감사하다고 전해 줘."

　　"그럴게. 대화와 우정을 나눌 수 있었던 것 나도 고마워." 발터가 손을 맞잡으면서 말했다. "몸조심해, 솔."

　　"아니, 난 내 몸이 아니라 너를 돌보고 싶어." 나는 진심을 담아 말했다.

　　나는 몸을 숙여 라이너가 발터에게 전하라고 했던 정보를 발터의 귀에 속삭였다. 발터는 움찔하며 뒤로 물러섰다. 발터의 얼굴이 창백했다.

　　"난 여기에서 나고 자랐어. 절대 서독으로 가지 않을 거야. 고모와 사촌들을 가끔 만나고 싶다고 생각한 게 전부라고."

세계 시간 시계와 태양계 위에 비가 내리기 시작했다. 유아차를 밀던 여자들이 비를 피해 뛰었다. 다들 비를 피하려고 뛰고 있었다.

발터와 나는 분수대 옆에 비둘기들과 같이 비를 맞으며 서 있었고 발터는 낮은 목소리로 라이너에게는 진심을 말하는 게 아니라고 말했다. 라이너에게는 안녕하세요하고 안녕히 가세요 말고 다른 말은 하면 안 된다고 했다. 라이너가 방 세 개짜리 새 아파트에 사는 까닭이 대체 뭐겠나? 새 차를 사려면 누구든 십오 년을 기다려야 하는데 라이너는 어떻게 새 차를 타고 다니겠나? 라이너에게 속마음을 말하면 안 된다는 건 누구나 아는 사실이다.

"네 세계로 돌아가." 발터가 슬프게 말했다. 그리고 발터는 돌아서서 걸어갔고 한 번도 뒤돌아보지 않았다. 발터는 도로 위에 발을 디뎠을 때 옆면에 가구 회사 이름이 적힌 밴이 붉은 신호등을 무시하고 달려오는 것을 보지 못했다. 밴은 발터가 길을 건너려고 기다리는 바로 그 지점에서 보도 위로 올라가며 차를 세웠다. 발터가 공화국에서 도망치려고 시도했다는 이유로 벌을 받게 될 것 같았고 그건 순전히 내 잘못이었다.

1

런던 애비 로드, 2016년 6월

나는 애비 로드에 있는 유명한 횡단보도에 내려섰다. 검은색과 흰색 줄무늬로 되어 있고 보행자가 길을 건널 수 있도록 모든 차량이 일단 멈춰야 하는 곳이다. 비틀스도 「애비 로드」 앨범 표지 사진을 찍으려고 1969년 8월 8일 그 길을 일렬로 건넜다. 존 레넌이 흰 정장을 입고 선두에 섰고 조지 해리슨이 파란 데님을 입고 맨 끝에, 그 사이에 링고와 폴이 있었다. 차 한 대가 나를 향해 다가왔는데 멈추지를 않았다. 나는 손을 짚으면서 넘어져 엉덩방아를 찧었다. 차가 멈췄고 운전자가 창문을 내렸다. 육십 대로 보이는 남자였는데 눈꺼풀 가장자리가 파르르 떨렸다. 남자는 나한테 다쳤냐고 물었다. 내가 대답하지 않자 남자가 차에서 내렸다.

"미안합니다." 그가 말했다. "그쪽이 횡단보도에 내려서길래 속도를 늦췄는데 그때 마음을 바꾸고 차 앞으로 뛰어들데요."

남자가 무슨 일이 있었는지 자기 관점에서 조심스럽고도 장황하게 재구성하는 걸 듣고 나는 미소를 지었다.

"난 괜찮아요. 문제없어요."

제니퍼 모로의 사진전 카탈로그가 내 가죽 슬링백에서 떨어졌고 당혹스럽게도 콘돔도 한 개 떨어졌다. 운전자가 충격을 받은 게 눈에 들어왔다. 눈꺼풀까지 떨고 있었다. 그는 내 오른손에서 손가락 사이로 피가 흐르는 것을 보고 있었다. 확연히 불편한 기색으로 보는 남자 앞에서 나는 손에 흐르는 피를 빨았다. 그가 나에게 어디로 태워 줄까 하고 물었다. 약국에 데려가 줄까요? 내가 대답하지 않자 그가 나에게 이름을 물었다.

"솔이에요." 내가 말했다. "그냥 좀 까진 거예요. 원래 피부가 얇아서 피를 많이 흘려요. 별거 아녜요."

그를 쳐다보니 그는 덜덜 떨며 무릎을 딱딱 부딪치고 있었다.

나도 그에게 이름을 물었다.

"울프강." 그는 내가 자기 이름을 알기를 바라지 않는 듯 아주 빨리 대답했다.

그는 오른팔로 왼팔을 감싸 안고 있었고 이상하게 파르르 떨리는 눈에서 핏물이 흘렀다. 나는 그가 얼른 가 버리기를 바랐다.

"사이드미러가 부서졌네." 그가 말했다. "밀라노에서 산 건데."

남자는 신음 소리를 냈고 어딘가 아픈 것 같았다.

"어디 사는지 말해 줄 수 있어요? 몇 살이에요?"

내가 스물여덟 살이라고 대답했는데 그는 내 말을 믿지 않았다. 사방에 유리가 흩어져 있고 내 머릿속에도 유리가 박혔다는 걸 깨달았다. 나는 그의 차 사이드미러에 비친 내 모습을 보았는데 거울에 비친 내 모습이 내 위로 쏟아졌다.

나는 길 위에 누워 있었다. 내 손 옆에 휴대전화가 있었다. 전화기에서 화를 내며 욕을 하는 남자 목소리가 들렸다.

꺼져 꼴 보기 싫으니 집에 오지 마

내 신발도 길바닥에 널려 있었다. 눈 안에서 파란 불빛이 번쩍였다. 피눈물을 흘리는 남자가 앰뷸런스가 왔다고 말했다. 구급요원 두 명이 나를 들것에 태워 들어 올릴 때 머릿속에서 루나의 목소리가 들렸다. "솔, 네 몸 안에 일 갤런이 넘는 피가 있고 백혈구가 감염과 싸운다는 건 확실한 사실이야."

2

아버지가 내 머리맡에서 샌드위치를 먹고 있었다. 아버지는 빵을 조금 뜯어 공처럼 뭉쳤다.

"아버지는 죽었어요."

"아직 안 죽었다. 거의 죽을 뻔한 건 너지."

아버지 입에서 통조림 고등어 냄새가 났다.

"아버지 '매'는 어디 있어요?"

"관절염 때문에. 팔을 움직일 수가 없어. 요새는 보행기를 잡고 걸어 다니는데 보행기를 집에 두고 왔어."

"스테클러 부인이세요?"

"나는 부인이 아니고 남자인데, 아들."

내가 스탈린에 대한 논문을 쓰고 있었다는 게 기억났다. 스탈린의 아버지 베소는 미치광이였다. 베소는 젊었을 때는 잘생기고 매력적인 남자였다. 러시아어, 터키어, 아르메니아어, 그루지야어를 할 줄 알았다고 한다. 쉰다섯 살의 나이로 사망했는데 극빈자

묘지에 묻혔다. 아들은 이름을 '강철 사나이'라는 뜻의 '스탈린'으로 바꾸었고 소련을 지배하게 되었다.

"전 남자를 사랑해요."

베소가 그루지야 스타일로 웃었다. 나는 아버지가 동생을 불러 나를 때려 주라고 말하기를 기다렸다. 아버지는 뒤적뒤적 무언가를 찾고 있었다.

"동독, 독일민주공화국에 갔다가 막 돌아왔어요. 사람들이 여행하고 자유롭게 살기를 원해요."

아버지가 내 얼굴 근처에 삿대질을 하며 말했다. "서구의 불만 투성이 지식인, 자본가, 전쟁광들은 입을 닥쳐야 돼. 과거에 노동자들이 어떤 조건에서 일했는지 러시아 민중이 얼마나 고통받았는지 알지도 못하면서. 독일민주공화국에는 무주택자가 없고 누구나 집이 있고 굶는 사람이 없어. 그래서 국경을 지켜야 하는 거야."

아버지가 비닐봉지를 꺼냈다.

"여기 네 어머니 목걸이가 있다."

나는 두 손을 다 움직일 수 있었다. 아버지에게 봉지를 받아 눈 가까이로 가져왔다. 진주에 마지막으로 닿은 손길은 루나의 피 묻은 손이었다.

"수술하려고 병원에서 목걸이를 잘라 버렸는데 내가 다시 연결해 왔어. 몸 안에 유리가 들어갔대. 패혈증. 비장 파열. 내출혈. 목걸이에 은으로 새 걸쇠를 달았어. 금으로 한다고 해도 기꺼이 돈을 낼 생각이었는데 원래 것이 은이었대."

"루나한테 줬으면 좋았을 텐데. 내 목걸이를 좋아했는데."

"루나가 누구야?"

"내 애인이요."

"남자를 사랑한다고 한 것 같은데."

"맞아요."

그때 제니퍼 모로가 가까이에 있다는 걸 알았다. 일랑일랑 냄새가 났기 때문이다.

나는 고개를 돌려 제니퍼를 보았다. 제니퍼는 모자를 쓰고 있어서 얼굴이 안 보였다. 나는 손을 들어 제니퍼의 머리카락을 만지려고 했다. 머리카락 한 가닥을 손가락에 쥐었는데 그건 제니퍼의 머리카락이 아니었다. 은발이었기 때문이다. 나는 제니퍼를 다시 쳐다보지 않기로 마음먹었는데 제니퍼가 내 마음을 읽은 모양이었다.

"여기는 런던이야." 제니퍼의 목소리가 전과 달랐다. 더 굵어졌다. 미국식 억양이 살짝 있었다.

나는 제니퍼의 말을 믿어야 할지 말아야 할지 알 수가 없었다. 라이너가 이쪽으로 오고 있었기 때문이다. 라이너는 카키색 재킷 대신 하얀 의사 가운을 입고 있었다. 배신자는 기타 대신 청진기를 목에 걸고 있었다. 라이너가 내 침대로 다가왔을 때 하고 싶은 말이 떠올랐다.

"당신은 믿을 수 없는 사람이야. 방 세 개짜리 새 아파트에 살지. 당신은 슈타지 밀고자야."

"그럴지도 모르죠." 그가 대답했다. "하지만 그럴 가능성은 낮아요."

"라이너가 너의 담당 의사야." 제니퍼가 꼰 다리를 풀었고 향

146

긋한 일랑일랑 냄새가 풍겼다.

"잘 들어, 제니퍼, 라이너에게는 안녕하세요하고 안녕히 가세
요 말고 다른 말은 하면 안 돼."

"안녕하세요, 라이너." 제니퍼가 살짝 미국식 억양으로 말했다.

침대 옆에 기계가 있었다. 내가 그 기계에 연결되어 있었다.
튜브가 손등에 반창고로 붙어 있었다.

나는 제니퍼를 쳐다보지 않고 작은 소리로 속삭였다.

"꽃 받았어?"

"꽃 여기 있어." 제니퍼가 말했다. "장미 말고 해바라기."

해바라기가 꽂힌 꽃병이 침대 옆 테이블 위에 있었다.

"이런 거야, 제니퍼 모로. 내가 널 위해서 꽃을 샀어."

"이런 거야, 솔 애들러. 내가 널 위해서 꽃을 샀어."

"내 메시지 받았어, 제니퍼?"

"무슨 메시지?"

"너를 사랑하는 경솔한 남자가."

"그건 거의 삼십 년 전의 일이야."

라이너가 사라지고 없었다.

제니퍼가 내 얼굴 쪽으로 얼굴을 기울였을 때 나는 눈을 감았
다. 아직 제니퍼를 볼 준비가 안 됐다. 제니퍼의 입술이 내 이마에
닿았다.

"제니퍼, 정말 여기에 있는 거야?"

"응."

"어제는 내가 어디에 있었어?"

"여기."

"그러면 그 전날에는?"

라이너가 돌아왔다. 흰 가운을 입은 슈타지 정보원 한 명을 더 데려왔다. 동베를린에서 열린 파티에서 본 사람이었고 이름은 하이너였다. 내 손으로 흘러 들어가는 주사액에 대해 이야기하고 있었다. 두 사람 다 아버지가 말한 단어를 입에 올렸다. 패혈증.

라이너가 다시 없어졌다. 하이너도 따라서 사라졌다.

"제니퍼?"

"응, 솔."

"할 말이 있어."

"해 봐."

"나 다른 사람을 사랑해. 남자를 사랑하게 됐어."

"누구?"

"발터 뮐러. 앞으로 평생을 그 사람하고 같이하고 싶어."

"그건 옛날 얘기인데." 제니퍼가 말했다. "네가 스물여덟 살 때 일이잖아. 그건 그렇고, 나도 남자를 사랑해."

내 침대 옆에 또 다른 사람이 있었다.

내 동생 뚱보 맷과 입술을 앙다문 그의 아내였다. 제수가 자기 이름이 테사라고 다시 알려 줬다.

"정신이 들어서 다행이에요." 테사가 이렇게 말했지만 나는 진심이 아니라는 걸 알 수 있었다.

맷은 내 머리 위로 고개를 숙였다.

"팔하고 손을 시트 밖으로 내놔. 안 그러면 튜브가 서로 엉켜."

"이 개새끼." 나에게 더 가까이 몸을 기울이는 뚱보 맷에게 말했다. 맷의 눈이 동그랬다.

"이런 일을 당해서 안됐어. 완전히 깔려 버렸어." 의자를 질질 끌고 오는 소리가 났다. 가장자리로. 내가 있는 곳으로. 침대로. 기계 옆으로. 나는 기계에 튜브로 연결되어 있었다. 맷이 내 손을 잡았다.

나는 라이너를 불렀다. "당신, 사람 사라지게 하는 거 잘하잖아요. 얘보고 꺼지라고 해요. 아니면 뚱뚱한 얼굴을 패 버릴 테니까."

라이너는 동생에게 개인적으로 받아들이지 말라고 했다.

"지금 정신이 오락가락해서 그래요."

나는 눈을 질끈 감았다. 맷을 사라지게 만드는 가장 간단한 마법이었다.

개인적으로 받아들여, 머릿속의 목소리가 우렁우렁한 소리로 말했다. 개인적인 거니까.

다시 눈을 떠 보니 맷의 생기 없는 아내가 맷을 끌고 나가고 있었다.

나는 아버지를 가리켰다.

"저 사람도. 나가라고 해요."

라이너가 우리 아버지를 미스터 애들러라고 부르면서 나한테는 휴식이 필요하다고 말했다.

라이너가 격식을 갖춰 아버지의 성을 부르니 머리가 엄청 무거워졌다. 누군가가 머리 안쪽에서 도청을 하는 것 같았다. **무슨 생각이 떠오릅니까?** 우리 어머니가 금요일 아침마다 굽던 땋은 머리 모양의 부드러운 빵이 생각났다. 참깨가 박힌 황금색 할라 빵. 어릴 때 내가 달걀을 풀고 소금, 설탕, 기름을 넣으면 엄마가 보글보글 거품이 올라온 이스트와 밀가루를 넣어 반죽을 만들었다. 반죽을 따뜻하고 공기가 잘 통하는 선반 위에 몇 시간 놓아두면 내가 가장 좋아하는 일을 할 차례가 되었다. 반죽을 세 덩이로 나누어서 땋는 일이었다. 빵이 다 구워지면 나는 빵을 뒤집고 톡톡 두드려 안이 비어 있나 확인했다. 어머니는 아버지를 위해서 이 빵을 만들었는데 아버지는 관심 없는 척했다. 하지만 어머니가 돌아가신 뒤에 금요일마다 빵집에서 할라를 산 것으로 보아 관심이 없었던 게 아니었다. 아버지한테 내가 할라를 만들 줄 안다고 말했는데 아버지는 관심 없다고 말했다. 나는 라이너가 아버지를 데리고 복도를 따라 걸어가는 걸 보았다. 아버지는 지팡이를 깜박했고 다리를 절며 걸었다.

라이너가 돌아왔다. 라이너의 청진기가 내 가슴 위에 있었다. 내 심장. 차가워. 차가워. 차가운 라이너. 나는 라이너에게 요새도 비트 시인 시집을 읽느냐고 물었다.

"누군지 잘 모르겠는데요."

"하지만 비트 시인 책을 몰래 들여왔었잖아요."

"내가 그랬나요."

"당국에서 그렇게 하라고 허가해 줬겠죠. 그 책을 읽는 사람들의 이름을 알고 싶었을 테니까."

라이너가 내 귀 가까이로 몸을 기울였다.

"지금 어디에 있는 거예요, 솔?"

"독일. 동쪽. 호네커의 개인 호수에서 수영을 했어요."

"그래요. 동독과 서독은 합쳐졌어요. 지금은 2016년이고요. 6월

24일이네요. 어제 영국이 국민투표로 유럽연합 탈퇴를 결정했어요."

"당신은 비열해요, 라이너." 내가 말했다. "슈타지에 포섭됐을 때 몇 살이었어요?"

옆에서 제니퍼가 헛기침하는 소리가 들렸다.

"그들이 발터를 어떻게 한 거예요? 루나는 어떻게 됐어요? 어서 말해요. 대답하라고."

"좋은 징후네요." 라이너가 말했다. "완전한 문장으로 말할 수 있고 가족들보고 나가라고 명령하기도 하니."

"나는 온갖 냄새를 다 맡을 수 있어요. 자극이 너무 과해요. 라이너, 조금 전에 사과 먹었죠."

라이너의 손이 내 배 위에 있었다. 붕대를 살피는 것 같기도 하고 붕대 아래를 들여다보는 것 같기도 했다.

"아, 사과 비슷한 걸 먹었어요. 어머니가 드레스덴에서 말린 사과 링을 보내 줬거든요."

"게바케네 아펠링게.(Gebackene Apfelringe.)" 내가 중얼거렸다.

"와." 라이너가 말했다. "독일어를 아세요?"

내 배뿐 아니라 머리에도 붕대가 감겨 있는 것 같았다. 눈물이 붕대 안으로 흘러 들어가는 게 느껴졌기 때문이다.

"라이너, 발터 때문에 너무 겁나요. 발터한테 연락 좀 해 줄 수 있어요? 발터는 통역사예요. 내 애인이고."

"발터라는 사람을 모르는데요."

"알잖아요. 당신은 일 년에 네 번 서독을 방문할 수 있는 여권

을 받았잖아요. 새 차도 있고. 다른 사람들은 십오 년을 기다려야
새 차를 살 수 있는데."

"정신이 혼란스러운 모양이오." 아버지가 다시 돌아와서 지팡
이를 찾고 있었다. 아버지는 고등어 냄새를 풍기며 웅얼거렸고 늘
그랬듯 아들이 우는 걸 보고 당혹했다.

"내가 아버지를 동독에 묻었어요." 나는 미스터 애들러라고
불리는 유령에게 속삭였다.

"만약 그게 사실이라면, 아비를 산 채로 묻은 거구나."

아무도 아버지가 지팡이 찾는 걸 도와주지 않았다. 아버지가
지팡이를 찾아 헤매는 걸 보니 가슴이 아팠다.

"나를 관에 넣고 못을 박았어?"

"아뇨. 아버지는 성냥갑 안에 들어 있었어요."

아버지가 지팡이를 찾은 것 같았다.

아버지는 라이너에게 아들을 현실로 다시 데려오려고 해야지
아들의 망상에 맞장구를 칠 게 아니라고 낮은 소리로 말했다. 아
버지가 내 담당 의사이자 슈타지 정보원일지도 모르는 사람에게
내가 역사가라고 설명하는 소리가 들렸다. 내가 연구하는 주제가
동유럽 공산주의인데 어째서인지 내가 1988년 스물여덟 살 때 방
문했던 동독으로 돌아가 있는 것 같다고 했다. 거의 삼십 년이 지
난 지금 유니버시티 칼리지 병원에 누워 있으면서 젊은 시절 동독
으로 갔던 때로 돌아가 있는 것 같다고. 아버지는 늘상 나를 현실
로 끌고 오려고 했지만 나는 처음부터 현실이 별로 마음에 안 들
었다. 아버지가 숨을 내쉬며 이를 가는 소리가 들렸다.

라이너가 다시 요령껏 아버지를 밖으로 내보내려고 했다.

"솔이 안정을 취할 수 있게 해야 돼요." 라이너가 말했다.

"내가 내 아들을 보지 못하게 막으려는 거요?"

라이너는 병원 면회 시간이 정해져 있다고 말했다.

"됐고, 당신네 기차가 정시에 간다고 자랑하지만 그 기차가 어디로 가는지는 우리도 다 알아요."

"네. 죄송합니다. 저도 전쟁은 싫어합니다."

라이너가 조금 좋아지기 시작했다. 하지만 라이너는 배신자이기 때문에 좋아하지 않으려고 마음을 다잡았다.

나는 좋아하면 안 되는 사람을 자기도 모르게 점점 좋아하게 되는 문제에 대해 생각에 잠겼다. 간호사가 내 팔에 무언가 차가운 것을 문질렀다. 바늘이 피부를 찔렀다. 눈을 떴다. 내 옆자리 환자를 문병 온 여자가 보였다. 아기를 안고 있었다.

아기를 보니 가슴이 아팠다. 아기를 데리고 가 버렸으면 싶었다. 내 옆에 있던 제니퍼도 아기를 보고 있었다.

나는 라이너를 불렀다. 라이너가 사라지고 없었다.

"뭐 필요한 거 있어?" 제니퍼가 물었다.

"아기 데리고 나가."

"그럴 수는 없어." 제니퍼가 대답했다. "하지만 언젠가는 우리가 미국 이야기를 해야겠지."

나는 여전히 제니퍼를 쳐다볼 수 없었다.

"미국에서 무슨 일이 있었어?"

제니퍼는 말이 없었다.

"제니퍼, 지금 몇 살이야?"

"쉰하나."

"나는 몇 살이야?"

"쉰여섯."

"우리가 어디로 간 거야?"

"난 여기에 있어. 넌 어디 있는데?"

"알렉산더플라츠. 세계 시간 시계 근처. 발터와 같이 서 있어."

"아, 그래. 그건 아주 오래전 일이야." 제니퍼가 말했다.

"넌 나에게 묻지 않았지."

"너에게 뭘 안 물어?"

"내가 싫어하느냐고."

"뭘 싫어해?"

"라이너는 어디 있어?"

"너 말고 다른 환자도 돌봐야 하니까."

"루나가 어떻게 되었는지 알아야 돼."

"루나가 누구야?"

"발터 동생."

"라이너 저기 있다." 제니퍼가 의사에게 손짓을 하며 그에게
로 걸어갔다. 라이너의 손이 제니퍼의 손등을 건드리는 것을 보았
다. 내가 쉰여섯이라는 말은 안 믿었다. 제니퍼가 쉰한 살이라는
것도 믿을 수 없었다. 아직 제니퍼의 얼굴을 똑바로 보지는 않았
지만. 제니퍼는 살이 좀 찐 것 같고 옷이나 신발이 더 고급스러워
보였다. 내 옆 침대에 누운 남자가 제니퍼에게 사인을 해 달라고
부탁했다. 제니퍼는 마치 유명인인 것처럼 남자의 왼발 석고붕대
에 사인을 해 주었다. 하지만 유명인이 아니라도 석고붕대에는 사
인을 하니까. 그런데 제니퍼가 붕대에 염소 비슷한 것을 그려 주

자 남자는 붕대를 떼어 낸 다음에 간직하겠다고 말했다. 제니퍼의 그림이 자기 아파트보다 더 값어치가 있다고 하면서. 제니퍼가 입은 드레스는 전체적으로 자잘한 폴카도트 무늬가 있는 얇은 재질인데 젊을 때의 제니퍼라면 절대 안 입었을 옷이었다.

나중에 옆자리 환자가 제니퍼가 뭐라고 썼는지 보여 주었다.

한 발 넘어가세요.

J. M.

"제니퍼 모로하고는 어떻게 아는 사이예요?"

"여자친구예요."

남자가 웃음을 터뜨렸다가 얼른 삼켰다.

"어떤 남자가 밤마다 당신 침대 옆을 지키고 있어요. 자기 이름이 울프강이라고 하던데. 당신하고 이야기를 하고 싶어 하는데 그 사람이 올 때에는 늘 자고 있더라고요."

3

나는 신음 소리, 속닥이는 소리가 여기저기에서 들려오는 병원에서 긴 밤 동안 깨어 있으면서 동베를린의 높은 건물에 새겨진 우주비행사를 생각했다. 공간과 시간 속에서 행성과 새들과 같이 유영하는 우주비행사.

하지만 이곳 유스턴 로드에서 나는 동독의 시간과 공간이 아니라 미국 어딘가를 떠다니고 있었다. 나는 마르코니 비치라는 해안 모래 비탈에 파도가 부서지는 소리를 들었고 그때 런던 사무 노동자들은 펍에서 맥주를 마시고 영화 제작자들은 타파스 바에 몰려들었다. 환자들이 코를 골거나 도와 달라고 소리칠 때 어스름이 내린 병동으로 바다가 밀려왔다. 건물 밖에서 트럭이 런던 거리의 쓰레기봉투를 치우려고 멈출 때 나는 마르코니 비치에 홀로서 있었다. 바다에 물개가 있었다. 가까이에 등대가 있었다. 고통스러운 공간이었다. 나는 갈매기와 함께, 행성과 함께 다른 곳으로 가고 싶었다. 그리하여 실제로 그 자리를 떠났지만 멀리 가지는 않았다. 해안을 따라 몇 마일 정도. 못이 있고 미늘벽 판잣집과 바닷가재를 파는 판잣집이 있었다. 제니퍼는 웰플릿이라는 뉴잉글랜드 해안 지역 염습지 옆 모랫길을 걷고 있었다. 제니퍼는 갈대 사이에 엎어졌고 어떻게 해도 슬픔을 달랠 수가 없었다. 해 뜰 무렵 제니퍼는 미늘벽 판잣집 문에 기대어 울었다. 제니퍼가 그 문 뒤에 있는 무엇에 온 힘을 다 써 버렸다는 걸 알았다. 마당에 벚나무가 있었다. 바람이 불면 꽃잎이 분홍색 비처럼 온 우주에 쏟아졌다.

오후 어느 때쯤에 나를 차로 친 남자가 비판과 원망이 가득한 유령처럼 내 침대 옆에 서 있는 걸 느꼈다. 남자의 기이하게 떨리는 눈을 알아볼 수 있었다. 나는 남자가 부끄러워하고 있으며 그게 내가 길에서 발견한 물건 때문이라는 걸 알았다.

"가요, 울프강." 내가 속삭였다. "이번에는 브레이크 제때 밟고요."

울프강은 내가 대화할 상태가 아니었는데도 어쨌거나 말을 하고 싶어 했다. 크리스마스에 얽힌 한담까지 늘어놓았다. 자기 부모님이 오스트리아 사람이고 빈 공항에서 차로 구십 분 걸리는 바하우 지역 슈피츠 출신이라고 했다. 포도주가 생산되는 지역이다. 포도 덩굴. 도나우강. 작은 마을. 수도원. 울프강과 그의 남편은 슈피츠에서 함께 크리스마스 장식을 샀다. 키르슈[17]가 든 초콜릿 리큐어는 크리스마스트리에 걸 것이다. 시장에서 밀짚으로 만든 염소를 사서 포도로 장식했는데 포도가 그 상태로 마르면 건포

---

17 체리로 만든 독한 술.

도가 된다. 울프강에게는 입양한 동생이 있는데 부쿠레슈티 출신이고 지금은 취리히에 산다.

"남편이 있다고요?"

"네, 그래요."

그날 아침에 템스강에서 2차 대전 때의 불발탄이 발견된 탓에 시티 공항이 폐쇄되었다고 한다. 울프강은 이제 운전을 할 수가 없어서 기차를 타고 지하철로 갈아타고 여기까지 왔다. 워런 스트리트 지하철역이 병원 바로 옆이었다. 빅토리아 라인에 속하는 역인데 빅토리아 라인은 지하철 노선도에 밝은 파란색 선으로 표시된다. 그 파란색은 나에게는 너무 밝게 느껴지지만 울프강 말고는 아무도 그렇다는 사실을 모른다. 나는 손을 뻗어 미국에서 떨어지는 꽃잎을 잡으려고 했다.

4

아버지와 동생이 나를 보러 올 때마다 라이너가 수호천사 역할을 했다. 라이너가 예의 바르게 그들을 내보내면서 거리를 두는 게 좋겠다고 말했다. 라이너는 그들이 오는 게 회복에 방해된다는 입장이었다. 라이너는 한때 엘베 강가의 피렌체라고 불리던 드레스덴 출신이다. 그러니까 체코 국경 가까운 지역에서 태어난 것이다. 라이너도 발터가 프라하에서 보고 맘에 들었던 작은 관이라는 케이크를 알까?

"아뇨, 작은 관은 본 적 없는 것 같아요."

"그러니까, 라이너, 내가 어릴 때 당신을 알았으면 좋았을 것 같아요." 라이너는 나에게 좀 자라고 했다. 라이너가 가고 몇 분 뒤에 거울이 깨지는 소리가 들렸다. 애비 로드 횡단보도에서 일어난 일의 메아리였다. 나는 울프강의 차 사이드미러에 비친 내 모습을 보았는데 거울이 깨져 반짝이는 유리 조각 무더기가 되었다. 일부는 내 머릿속으로 들어갔다.

밤마다 미국의 유령에 시달렸다. 낮에는 유스턴 로드에 있는 병원에 누워 있으면서도 동독 어딘가에 가 있었다.

동베를린의 우르줄라 아파트에 있는 접착제 냄새를 맡을 수 있었다. 짐승 뼈를 고아 만든 아교풀이었다. 발터가 그걸 가지고 빨간 바퀴가 있는 나무 기차를 수리했다.

"여기 조명이 아주 밝아요." 내가 라이너에게 말했다. "지구의 야간 등인 달빛하고는 달라요."

"맞아요." 라이너가 맞장구를 치듯이 말했다.

"취조실 조명 같아요."

"취조당한 적 있어요, 솔?"

"아뇨. 하지만 발터는 당했고 제 잘못이에요." 나는 땀을 흘리고 있었다. 밤이고 낮이고 땀을 흘렸고 그게 패혈증 때문이 아니라 두려움 때문이라고 믿었다.

"다시 말하는 걸 보니까 좋네요." 라이너가 내 손등으로 들어가는 주사액을 조절했다. "주로 다른 시간의 슬픈 일들 이야기만 하긴 하지만. 당신 친구가 취조당했다는 게 사실이에요?"

"그럴 가능성이 높다고 생각해요."

라이너가 그 말에 동의한다는 듯 고개를 끄덕였기 때문에 나는 더욱 괴로워졌다.

"튼튼해져서 정상적인 삶을 살아야 해요."

"정상적인 삶이 어떤 거예요?"

"의학적인 관점에서는 어느 정도 대답할 수 있죠. 하지만 당신이 나한테 물은 건 그게 아닌 것 같네요."

나는 라이너가 울프강과 이야기를 나눈 적이 있을까 궁금해졌다.

"아주 운이 좋은 거 알아요? 비장이 파열됐고 내출혈이 있었어요. 그런데 이 정도면 괜찮은 거죠."

"비장이 뭐예요?"

"복강 왼쪽 윗부분에 있는 장기예요. 위장 왼쪽에 있죠. 주먹 모양으로 생겼고 길이가 십 센티미터쯤 돼요. 수술한 의사가 비장 일부를 절제했어요. 감염 위험 때문에 절제했는데 그래도 감염이 됐어요."

의사로 위장한 슈타지 요원들이 내 뇌도 스캔했다. 스캔 이미지를 방사선 전문의에게 보냈고 방사선의가 쓴 보고서를 라이너가 읽었다. 내 머릿속 이미지를 자세히 들여다보는 사람들이 있었다. 내가 라이너에게 어쩌다가 밀고자가 되었냐고 다시 묻자 라이너는 의자를 내 침대 옆으로 끌고 오더니 내 오른쪽 귀에 얼굴을 가까이 가져왔다. 내가 가장 잘 들을 수 있는 위치였다. 그러니까 라이너가 내 귓가에 입술을 대고 이상한 자세로 말을 해야 했다는 말이다. 그렇게 수고를 들였다는 게 고마웠다. 라이너는 사실을 명확히 아는 게 중요하다는 걸 납득시키려고 했다. 자기는 의사이고 슈타지 첩자가 아니라는 것. 우리가 2016년 영국에 있다는 것.

"하지만 내가 애비 로드를 건넌 게 언제죠?"

"애비 로드는 수도 없이 건넜지." 제니퍼가 끼어들었다.

가끔 나는 제니퍼가 와 있다는 사실을 잊었다.

"내가 애비 로드를 왜 그렇게 많이 건넜어?"

"나하고 섹스하려고. 당연하잖아."

"그럼 내가 차에 치인 게 언젠데?"

"열흘 전."

"그때하고 지금이 뒤죽박죽이야." 술에 취하기라도 한 것처럼 말이 뭉개져 나왔다.

"내가 사진으로 하는 게 바로 그거야." 제니퍼는 코트를 걸치고 애정을 담은 행동인 양 내 코를 톡톡 두들겼는데, 아팠다.

라이너는 친절하고 믿을 수 있는 사람처럼 보였다. 하지만 라이너를 신뢰해도 된다고 선뜻 생각하게 되지는 않았다. 라이너가 독일 출신인 데다 의학 공부도 독일에서 했기 때문에 더욱 혼란스러웠다. 나는 라이너를 순순히 봐주지는 않을 생각이었다.

"당신 교회 그룹 사람들과 목사도 밀고했어요?"

"아뇨."

"당신만 그런 건 아니에요. 슈타지 요원만 팔만 오천 명이 있었고 비공식 협력자가 육만 명, 정규 정보원이 십일만 명, 파트타임 정보원이 오십만 명이었어요."

라이너는 오페라 공연에 갈채를 보내듯이 박수를 쳤다.

"솔. 뇌가 다시 잘 돌아가는군요." 라이너가 말했다.

그 말은 내 뇌가 잘 안 돌아갔었다는 뜻이었기 때문에 충격적이었다. 나는 내가 역사가라고 설명했다. 학생들이 내가 강의실을 열고 강의하기를 기다리고 있는지 궁금했다.

"동생분이 대학에서 병가를 받으려 하고 있는 걸로 압니다."

"동생이 내 학생들을 가르치지만 않으면 되죠." 내가 웃었던 모양이다. 입꼬리가 올라가는 걸 느끼고 알았다.

라이너는 동독에서 어떤 사람이 맥주를 너무 많이 마시고 교육 정책을 비판한다는 이유로 동료를 밀고했다는 이야기를 들었다고 했다. 사람들이 아는 이야기는 이런 것이다. 어쨌거나 정상적인 삶이 어떤 것이냐는 내 질문이 라이너의 흥미를 끈 모양이었다. 라이너는 의학적인 면은 제쳐 두고 나머지를 생각해 보아야 한다고 했다.

"솔 당신이 말해 봐요. 정상적인 삶은 어떨 것 같아요?"

라이너는 자기가 던진 질문에 스스로 답을 내놓았다. 집. 먹을 것. 직장. 건강.

"루나에게는 그런 것들만으로는 충분하지 않았어요."

나는 울면서 땀을 흘리고 있었다. 그 밖에 뭐가 더 있을까? 두려움 없이 사는 것. 아니, 그건 불가능하다. 덜 두려워하며 사는 것, 나는 루나에게 속삭였다. 더 많은 희망을 갖고 사는 것. 늘 희망 없이 살지 않는 것. 이 많은 눈물이 어디에서 나오는지 알 수 없었다. 산다는 것이 충격이다. 그런데 그 충격이 아주 오래전 우리 어머니의 자동차 사고 때까지로 거슬러 올라가는 것 같았다. 또 미국으로. 동베를린으로. 그리고 앞으로 뒤로 사방으로 발터 뮐러에 대한 그리움으로. 어쩌면 정상적인 삶이란 발터와 같이 펍에 앉아서 맥주를 마시는 삶이 아닐까. 아직도 내가 쉰여섯 살이라는 생각이 안 든다. 사고 이후로 거울에 얼굴을 비춰 보지 않았다. 거울은 내 안에 있었다. 제니퍼가 다시 내 옆에 돌아와 있었다. 제니퍼는 치즈를 먹고 있었다. 짭짤한 염소젖 치즈. 제니퍼가 라이너에게 일부를 준 것 같다. 라이너가 손에 냅킨을 들고 있었다. 의사가 병동에서 점심을 먹나? 나는 라이너가 여전히 미심쩍었다.

잠시 뒤에 나는 두 사람에게 어머니를 다시 만날 수 있으면 좋겠다고 말했다.

"그러면 찾아가는 게 어때." 제니퍼는 라이너에게 줬던 냅킨에 손끝을 닦았다.

"돌아가셨잖아."

나는 손을 내 머리로 가져갔다.

"제니퍼, 내 머리카락 어디 있어?"

"그 생각은 하지 마. 어머니한테 가자."

옛날에 하던 게임이었다. 우리가 서로 사랑할 때 수없이 했었다. 제니퍼는 검은색 실크 셔츠를 입고 있었다. 셔츠 주머니에 연필이 삐죽 나와 있었다. 제니퍼가 가죽 가방에서 노트를 꺼낼 때 가죽 냄새가 풍겼다. 가죽과 실크. 나이가 든 제니퍼다. 염소젖 치즈는 어린 제니퍼에 가깝지만. 채식주의자였고 산비와 같이 고구마 커리를 만들었고 사우나에서 몇 시간이고 무한에 대해 이야기하고 클로디아는 태극권 자세를 연습할 때의 제니퍼.

제니퍼의 손가락에 연필이 쥐여 있었다.

"돌포장길과 성이 보여." 내가 말했다.

"베스널 그린 같지는 않은데."

"하이델베르크야. 숲으로 둘러싸인 언덕 위에 고딕 양식 대학이 있어."

제니퍼의 손이 무릎 위에 놓인 노트 위에서 움직이지 않았다.

"세계에서 가장 오래된 대학 중 하나야."

제니퍼의 손은 부드러워 보였고 꿈쩍하지 않고 멈춰 있었다. 손에 입을 맞추고 싶었지만 제니퍼가 가 버릴까 봐 겁이 났다.

"그림 그리려는 거 아니었어?"

"건물 그리는 거 안 좋아해." 제니퍼가 말했다. "아직 너희 어머니를 못 만났어."

나는 내 머리를 다시 만졌다. 그리고 또다시.

"제니퍼, 지금 내 모습 추해?" 제니퍼는 대답하지 않았고 나는 아직도 제니퍼를 똑바로 보지 못했지만 늘 풍기는 일랑일랑 냄새 때문에 진짜 제니퍼라는 건 알았다. 라이너는 나이 든 낯선 제니퍼 옆 방문객 의자에 앉아 있었다. 제니퍼의 나이 든 손이 연필을 쥐고 내가 무언가 흥미로운 말을 하기를 기다리고 있었다. 나는 제니퍼의 발을 보았다. 제니퍼는 은색 스트랩 세 개가 발 안쪽에 버클로 잠긴 은색 구두를 신었다. 제니퍼의 오른발 발끝이 라이너의 반짝이는 검은색 구두 발끝 위에 얹혀 있었다.

나는 제니퍼의 연필에 대고 말을 하기 시작했다. 제니퍼의 샌들 끝이 라이너의 구두에서 떨어지게 하기 위해 아무 말이나.

나는 하이델베르크의 중앙로 돌길을 걷는다. 어떤 남자가 돌바닥에 담요를 펼쳐 놓았다. 남자가 담요 위에 앉아 기타를 친다. 개 세 마리가 남자의 발치에서 잔다. 기타 소리가 동네 다른 개들도 불러 모으는 것 같다. 개들이 담요를 향해 다가오는 게 보인다. 남자가 코드 세 개만 치는데도 개들은 좋아한다. 개들이 남자의 단순한 노래에 느긋해져 눈을 감는다.

"나도 단순한 노래가 좋아." 제니퍼 목소리가 기분이 좋은 듯 들리는 것으로 보아 내가 따분하지 않게 만든 모양이었다. 제니퍼는 왜 내 곁에 계속 있는 걸까?

나는 기타를 치는 남자에게 말한다. 우리 어머니를 만나려면 어디로 가야 하는지 말해 주실 수 있어요? 남자는 고개를 저으며 작은 목소리로 슬픔을 독일로 가지고 와서 개들을 깨우지 말아 달라고 말한다.

"제니퍼, 내 머리카락 어디 있어?"

제니퍼의 손이 종이 위에서 움직이는 게 보였다. 제니퍼 모로 같은 사람과 사귀는 건 정말 힘든 일이었다. 아파서 누워 있으면서도 제니퍼를 즐겁게 해 줘야 했다.

"그래도 베스널 그린에 있는 정육점은 지나갔네." 제니퍼가 말했다.

제니퍼의 스케치북을 봤다. 제니퍼는 남자와 발치에서 자는 개들을 그렸다. 연필로 이렇게 썼다. "잠든 개들을 눕게 하라." 그런데 그림의 개 한 마리가 눈을 뜨고 있었다.

내 눈도 떠졌다. 제니퍼의 은색 구두 한 짝이 벗겨져 바닥에 떨어져 있었다. 누군가가 스트랩 버클 세 개를 끄른 모양이었다.

라이너가 사라졌다. 라이너는 벽 너머 어딘가에 있는 집무실에 살았다.

"하지만 아직 너희 어머니를 안 만났어." 제니퍼가 스케치북에서 종이를 찢어 냈다.

"이런, 제니퍼, 내가 동베를린에서 돌아왔을 때 네가 임신 중이었던 게 사실이야?"

제니퍼는 검은색 실크 셔츠 주머니에 연필을 다시 꽂았다. "당신이 동독에서 돌아왔을 때 무슨 일이 있었는지 이야기할까?"

"응, 그러고 싶어. 하이델베르크의 잠자는 개를 잊을 수 있게 무슨 얘기라도 해."

5

1989년 1월 말, 제니퍼와 나는 소호 지역 올드 콤튼 스트리트에 있는 폴로라는 저렴한 이탈리아 식당에 앉아 있었다. 길모퉁이를 돌면 있는 세인트 마틴스 미술 학교 학생들이 식당에 늘 바글바글했다. 주머니 사정이 빤한 단골들에게 세 코스짜리 식사를 오 파운드에 제공했기 때문이다. 제니퍼와 처음 만났을 때 제니퍼가 나를 여기로 데려왔었다. 스파게티 봉골레와 펜네 아라비아타를 맛보자 지중해에 발가락 하나를 담근 기분이 들었다. 1월이고 장갑을 껴도 손이 시린 날씨였지만. 제니퍼는 아기를 가졌는데 내아기라고 말했다. 내가 동베를린에서 돌아온 뒤 처음으로 만난 날이었다. 제니퍼는 미술 학교를 최우등 성적으로 졸업하게 되었으나 어쨌든 아기를 낳고 싶다고 했다. 제니퍼는 미국 레지던스 프로그램에 들어가기 위해 영국을 떠날 예정이었다. 임신 사 개월에 배가 그렇게 클 줄은 몰랐다. 제니퍼가 평소에 연필처럼 말랐기 때문에 상대적으로 그렇게 보이는 것일 수도 있었다. 제니퍼는 추운 날씨인데도 두꺼운 카디건 아래 연노란색 홀터넥 원피스를 입고 있었다. 그것 말고는 맞는 옷이 없었기 때문이다. 제니퍼가 채식주의자라고 알고 있었는데 스파게티 볼로네제를 정신없이 먹었다. 제니퍼는 물을 마셨고 나는 레드 와인 한 병을 마시고 한 병을 더 주문했다.

"이런 거야, 솔 애들러. 우리가 헤어졌으니 나는 너 없이 내 아이를 키울 거야."

"이런 거야, 제니퍼 모로. 전통 같은 건 아무래도 좋아. 나는 시인, 이단자, 반대자와 같은 편이야. 네 몸이니까 네가 원하는 대로 해."

나름 충격 요법을 쓴 거였다. 왜냐하면 내가 진정으로 바란 것은 제니퍼와 결혼해서 같이 살면서 함께 아기를 키우는 것이었기 때문이다. 하지만 내가 바라는 바를 입 밖에 내면 제니퍼가 (다시) 거절할 것 같았다. 대신 제니퍼에게 웃옷을 빌려줄까 하고 물었다.

"안 추워."

사실 폴로 안은 따뜻했다. 사람들이 담배를 피우며 소리를 질러 댔고 종업원이 김이 모락모락 나는 파스타를 포마이카 테이블에 탕 하고 내려놓았다. 파란색 모히칸 머리를 한 젊은이가 접시에 담긴 아보카도에 담배를 눌러 껐다. 아보카도 안에 분홍색 무언가가 채워져 있었다.

"쟤가 오토야." 제니퍼가 작은 소리로 말했다. "천재야. 나한테 많이 가르쳐 줬어." 오토는 열다섯 살쯤 되어 보였는데 제니퍼 말로는 스물세 살이라고 했다. 제니퍼가 오토에게 손을 흔들었다. 오토도 손을 흔들더니 경멸스럽다는 듯 새우 칵테일에 손가락질을 했다.

"셰프 불러 줘!" 오토가 소리를 질렀다.

제니퍼는 열흘 뒤에 공항에 갈 때 오토가 가방을 들어 주기로 했다고 말했다.

"가지 마, 제발 가지 마. 정 가야겠다면 내가 가방 들어 줄게. 나한테 미국 주소도 전화번호도 안 알려 줬잖아."

제니퍼는 내 말을 못 들은 것처럼 행동했다.

잠시 뒤에 제니퍼는 동독에서 어땠는지 말해 달라고 했다.

내가 발터 뮐러와 있었던 일을 이야기했으나 제니퍼는 놀라지 않았다. 나는 한참 이야기를 했고 제니퍼는 귀 기울여 들었다. 내가 이야기를 하는 동안, 한 무리의 학생들과 함께 테이블이 비기를 기다리고 있던 여자가 오토가 건넨 와인을 제니퍼의 노란색 홀터넥 드레스에 흘렸다. 그 일 때문에 발터의 단벌 랭글러 청바지에 커피를 쏟은 이야기도 하게 됐다.

"재미있는 사람인 것 같네. 네 청바지가 맞았어?"

"좀 작았어."

"아내와 아이가 있다는 얘기 듣고 어땠어?"

"발터는 이중생활을 할 수밖에 없어."

"너도 이중생활을 해?"

"아니." 나는 냅킨으로 노란 드레스에 묻은 와인 얼룩을 훔쳤다. "너한테 내 섹슈얼리티를 숨긴 적은 없어."

나는 제니퍼에게 루나 이야기는 하지 않았다.

쨍하게 추운 겨울 저녁이었다. 우리는 화가 나고 혼란스러웠지만 그래도 계속 서로 몸을 맞대고 있었다. 프리스 스트리트를 따라 걸으면서 제니퍼의 어깨에 팔을 둘렀는데 잠시 뒤에 보니 제니퍼의 팔이 내 허리를 감고 있었다. 제니퍼는 스물네 살이고 임신 중이었다. 제니퍼의 입술은 부드러웠고 제니퍼는 산비가 떠 준 두툼한 카디건을 입고도 덜덜 떨었다. 이번에는 제니퍼에게 묻지 않고 웃옷을 벗어 어깨에 둘러 주었다.

"알지, 솔, 넌 좋은 아버지가 될 거야." 어느덧 우리는 로니 스콧 재즈바 앞에서 키스를 하고 있었다. 진한 키스였다. 나는 그 키스로 나의 모든 사랑을 전하려고 애썼다. 나는 눈을 떴고 파란 마스카라를 칠한 제니퍼의 눈은 감겨 있었다. 우리가 만나지 않은 몇 달 사이에 제니퍼가 코에 피어싱을 했다는 걸 알아차렸다. 폴로에 있을 때에는 오른쪽 콧구멍에서 반짝이는 작은 금색 고리를 알아차리지 못했다니 믿기지 않는 일이었다.

"꽃처럼 피는구나." 내가 말했다. "머리카락도 반짝이고 눈도 반짝이고 가슴도 더 커졌어."

"내 외모를 나나 다른 사람한테나 절대 묘사하지 말라고 했지."

임신도 했으니 합의사항을 이제는 안 지켜도 되지 않을까 했는데 그런 건 아닌 모양이었다.

우리는 다시 키스를 했다. 내가 아래쪽으로 눈을 돌렸는데 거지가 보였다. 남자가 개를 데리고 보도 위에 앉아 있었다. 서른 살 정도 되어 보였다. 나보다 한 살 위. 우리 눈이 마주쳤고 남자가 엄지손가락을 치켜들었다. 나는 제니퍼의 배 위에 손을 올렸는데 제니퍼가 손을 치웠다. 우리는 계속 키스를 했다.

"난 좋은 아버지가 될 거야." 내가 제니퍼의 차가운 귀에 대고 속삭였다.

"그래. 하지만 넌 끔찍한 남편이 될 거야."

"꼭 결혼할 필요는 없어."

"넌 이미 끔찍한 남자친구잖아."

내가 제니퍼에게 사랑한다, 아기가 태어났을 때 곁에 있고 싶다고 말하자 제니퍼가 갑자기 팔을 들었다.

제니퍼가 나를 거지가 있는 길바닥으로 밀어 버리려는 줄 알았는데, 택시를 잡는 것이었다.

"맞아." 나이 든 제니퍼가 말했다. "너의 사랑으로부터 최대한 빨리 달아나야 한다는 걸 알았지."

제니퍼의 구두가 바닥에 떨어져 있었다.

"우리 둘 다 잘 몰랐다고 생각해."

"그럴 수 있지." 제니퍼가 내 말에 동의하긴 했으나 어느새 제니퍼는 전화를 받고 있었다. 통화를 하는 제니퍼의 목소리는 내가 모르는 낯선 목소리였다. 사랑하는 사람에게 말할 때의 목소리이기 때문일 것이다. "교통카드가 없어졌다면 아마 열쇠랑 같이 있을 거야. 주머니를 잘 뒤져 보렴."

제니퍼가 전화를 끊은 뒤에 나는 제니퍼에게 구두 버클을 채워 줄까 하고 물었다. 제니퍼는 은색 구두를 발에 꿰고 발을 침대 위에 얹었고 나는 버클 채우기라는 일상적인 일을 시도해 보았다. 팔에 수액을 맞으면서 하기에는 무척 어려운 일이었다.

"너의 사랑을 원하지 않았던 건 아냐." 제니퍼가 느닷없이 말했다. "사랑을 느끼지 못했다는 쪽에 가깝지."

"그렇지 않아." 내가 작은 소리로 말했다. "네가 느꼈다는 거 알아."

"그래. 난 너의 사랑 전부를 원했지만 그런 일은 있을 수가 없었다는 게 맞겠지."

나는 제니퍼의 침실 벽에 걸려 있던 내 사진을 기억했다. 내 입술 선을 빨간 사인펜으로 따라 그리고 그 아래에 이런 문구를 적어 놓았던 것.

나한테 키스하지 마.

"네가 내 아들을 데리고 도망갔잖아." 나는 버클의 핀을 가죽의 뚫린 구멍에 끼워 넣으려고 시도했다가 거듭 실패하면서 말했다.

"너는 발터 뮐러를 사랑했잖아."

간호사가 병동을 돌아보고 있었다. 침대 둘레에 비닐 커튼을 치는 소리. 작은 소리로 묻고 답하는 소리. 가끔은 고통스러운 신음 소리나 억눌린 웃음소리가 들렸다.

"이런 거야, 제니퍼 모로. 네가 우리 아들을 데리고 미국으로 가 버렸어."

"이런 거야, 솔 애들러. 거기에 일자리가 있었어. 그게 내 출발점이었어. 갓 졸업했는데 아니면 내가 무슨 수로 애를 부양했겠어?"

"나한테 말했으면 되잖아."

"네가 먼저 말했어야지."

"아기 낳을 때 내가 옆에 있었어?"

"아니."

제니퍼의 오른쪽 구두 버클이 이제야 대충 채워졌다. 은색 스트랩 세 개가 제니퍼의 발목 위에 얹혀 있었다.

"우리 아들 이름이 아이작이지. 맞아?"

"응."

나는 등을 돌리고 누워 하얀 시트를 머리 위로 끌어 올렸다.

제니퍼의 전화가 다시 울렸다. 전화 건 사람이 열쇠는 찾았는데 교통카드는 못 찾았다는 것 같았다. 제니퍼는 웃었지만 목소리에 인내심이 없었다. "얘, 아버지한테 물어보지 그러니?" 무슨 일이 있는 건지 나는 알 수 없었다. 내가 전혀 모르는 그런 종류의 사랑이었다. 나는 제니퍼의 목소리에서 들리는 그 사랑이 들어오지 못하게 닫아 버리려는 듯 내 귀를 만지작거렸다.

6

유스턴 로드로 나를 찾아오는 유령 가운데 루나 뮐러도 있었다. 물리적 형태는 없어도 루나가 가까이에 있다는 게 느껴졌다. 어쩌면 루나는 늑대와 재규어를 무서워하기 때문에 누군가의 옆에 있어야 하는지도 몰랐다. 루나는 늘 살짝 숨이 찬 상태였다. 춤을 추거나 달리고 있는 것처럼. 루나가 결국 리버풀에 갔었다고 말하러 나를 찾아온 걸까? 루나는 페니 레인이 존과 폴이 어린 시절을 보낸 모슬리 힐 구역에 있다는 걸 알아냈을까? 페니 레인이 영국 의회에서 노예무역을 옹호한 상인이자 노예선주인 제임스 페니의 이름을 딴 길이라는 것도? 동독에서 온 루나는 그것에 대해 어떻게 생각했을까?

루나는 대답하지 않았고 나는 루나가 늘 숨이 차 있는 것이 걱정이 됐다. 그렇긴 해도 가끔 루나의 존재를 가까이에서 느끼면 마음이 편해졌다. 우리가 그렇게 헤어지긴 했어도 나는 루나에게 사랑을 느꼈다. 그런 생각을 하고 싶지는 않았는데 그냥 그 생각을 하지 않을 수가 없었다. 나는 소리 내서 말해 보았다. "나는 루나에게 사랑을 느낀다." 그 말을 하는 사람과 나를 일치시켜 보려고 했지만 그게 정말 나 자신인지 확신이 안 섰다. 그래도 다른 유령, 그러니까 울프강이 찾아온 게 아니라서 다행이었다. 울프강이 왔을 때는 나는 너무 피곤해서 눈을 뜰 수가 없었다. 눈앞의 울프강을 보는 것보다 머릿속에 떠오른 다른 이미지가 더 좋았고 특히 탐스러운 머리카락을 머리 위로 틀어 올린 루나를 보는 게 좋았다. 루나는 백조처럼 보였다. 슈프레강의 백조. 내가 만들어 낸 기억 속에서는 루나의 가슴과 엉덩이가 더 커져 있었다.

어느 밤 루나와 같이 있을 때, 울프강에게 마음을 여는 실수를 저지르고 말았다. 울프강의 흰 셔츠는 풀을 먹여 다린 것이었고 칼라에는 장미 모양의 파란 토파즈 한 개가 꽂혀 있었다. 어쩌면 내가 보고 있어서 파란 것일 수도 있었다. 나는 온통 푸르뎅뎅하니까. 내 머리카락은 검고 내 속은 파랬다.

울프강이 루나와 관련된 정보를 알려 주려고 와 있었다. 울프강의 입술은 가늘고 메말랐고 말을 하면서 혀로 입술을 핥았다.

"사람들이 의식을 회복했다고 하던데, 확실히 모르겠네요. 당신 머리가 내 재규어 후드 위의 은색 고양이에 부딪혔어요."

울프강이 가 버렸으면 했다. 루나도 나와 같은 생각이었을 것이다. 루나는 너무 합리적이어서 미친 것처럼 느껴지는 현실로부터 달아나고 싶어 했다. 나의 동생과 아버지는 미치광이처럼 합리적이었다. 남자다운 손으로 비난하듯 손가락질하기를 좋아했다. 특히 나에게. 언제나 자기 생각을 확신하는 듯이. 무엇을 왜 어떻게 하는지를 언제나 안다는 듯이. 언제나 분명하게 말이 나온다는 듯이. 생각이 일그러지는 일은 결코 없다는 듯이. 나를 차로 친 남자가 자기 차 이야기를 하기 시작했다. 그의 차는 1961년 제네바에서 처음 공개된 E-타입 재규어 클래식 카인 모양이었다. 좌석은 대리석 무늬 사슴 가죽으로 씌웠다. 사이드미러는 밀라노에서 샀다. 핸들은 나무를 깎아 만든 것이었다. 그는 특히 점프하는 재규어 모양 후드 장식을 외국에서 구입했다며 자랑스러워했다. 원래 E-타입에는 붙어 있지 않은 것이었다. 그런데 안타깝게 망가져 버리고 말았다.

나는 눈을 감아 그를 보냈다. 그렇지만 나는 내가 원하지 않기 때문에 그가 다시 돌아오리라는 걸 알았다. 밀라노에서 산 그의 사이드미러 유리 조각 일부가 내 안에 들어가 있었다. 나는 재규어와 그렇게 이어져 있었다. 그것은 붕대를 감은 내 머릿속에 들어 있었다.

점심 수레를 밀고 온 여자가 플라스틱 그릇에 담긴 통조림 파인애플을 주었다. 나는 루나에게 주려고 아껴 두었다.

야간 근무를 하는 간호사는 나한테 1988년 동독에서 만난 간호사 이야기를 듣는 게 싫지 않은 것 같았다. 나는 카트린 뮐러가 페니 레인을 직접 보고 싶어 했다고 이야기했다.

"환자분 여자친구였어요?"

"아뇨."

"그런데 그 여자분 이야기를 많이 하네요."

"걱정이 돼요. 탈출할 수 있게 도와주겠다고 한 친구가 있었는데 알고 보니 배신자였어요.”

“그럼 어떻게 되었을까요?”

“모르겠어요. 늑대하고 재규어를 무서워했어요. 루나라는 이름은 루나틱을 줄인 말이에요.” 나는 울기 시작했다. “하루 종일 무서워했어요. 무서움이 언제 끝날지 모르겠다고 했어요.”

내가 아는 줄도 몰랐던 시의 한 구절이 떠올랐다. 나는 야간 근무 간호사에게 시를 들려주었다.

“우리는 죽은 자다. 며칠 전에,

우리는 살았고, 새벽을 느꼈고, 노을이 빛나는 걸 봤고,

사랑했고 사랑을 받았다……”

간호사는 마치 내가 정상적으로 행동하기라도 한 것처럼 고개를 끄덕였다. 그러지 않았는데.

“존 매크레이 시예요.” 내가 말했다. “캐나다에서 의사였는데 1차 대전 때 포병으로 입대했죠.”

야간 간호사는 내가 회복되고 있다고 말했다. 나는 곧 집에 갈 수 있냐고 물었다. 간호사는 자기가 말해 줄 수 있는 부분은 아니지만 자기 생각에 내가 다른 사람 도움 없이 걷고 찻물을 끓일 수 있게 되면 아마 갈 수 있을 거라고 했다. 한번은 야간 간호사가 ‘특별히’ 나한테 차 한 잔을 가져다주면서 제니퍼에 대해 물었다. 나는 그 사람 말씨에 아일랜드 억양이 있다는 걸 그때 처음 알아차렸다. 간호사는 내 입에 체온계를 넣었고 플라스틱 컵에 담긴 차는 침대 옆 테이블 위에서 식어 가고 있었다.

“전 여자친구가 항상 옆에 와 있는 거 알아요? 다들 그 얘기를 해요.”

간호사는 조용히 집중해서 내 맥을 쟀다.

나는 입에서 체온계를 꺼냈다. "전 여자친구가 아니에요."

"아. 그렇다면 미안해요. 하지만 그분이 자기가 예전에 여자친구였다고 했는데."

"우리는 열렬히 사랑하는 사이예요."

"그래요?" 간호사가 체온계를 다시 입에 넣었다. "전 여자친구가 아주 진한 향수를 쓰던데."

나는 체온계를 다시 입에서 꺼냈다. "일랑일랑이에요."

"그러지 말아 줄래요?"

간호사는 내 손에서 체온계를 뺏으며 패혈증이 거의 잡혔다고 말했다. 찻잔 옆에 파인애플이 담긴 그릇이 있었다. 엷은 녹색 곰팡이 막이 파인애플 위에 덮여 있었다.

"저거 치워 줄까요?"

나는 고개를 저었다.

"눈이 정말 파랗네요. 우리 샴고양이 같아요. 잘 자요, 솔."

그렇게 잘 자라는 인사를 하다니. 마치 내일 아침에 나를 다시 만날 거라고 생각하지 않는다는 듯이.

7

나와 같은 대학교에서 일하는 여자 직장 동료 두 명이 유스턴 로드로 나를 만나러 왔다. 나를 보러 동베를린에서 이 먼 곳까지 와 주다니 감동이었다. 다만 아직도 나를 낮게 평가하는 것 같았다. 나는 너무 크게 말하거나 너무 작게 말하거나 너무 빨리 말하거나 아니면 너무 느리게 말했다. 이번에는 내 눈에 바다색 아이라이너를 바르지 않았다.

나는 동료들에게 히틀러 유겐트 문화에 대한 대안으로 라인란트에서 생겨난 청년 운동에 대해 조사하는 걸 도와주어 고맙다고 말했다. 동료들이 자기들은 북서런던 헨던 근처에 있는 대학에서 왔다고 말했다. 북부순환도로와 A41 도로 합류 지점 근처인데 템스링크 철도와 노던 라인을 타면 센트럴 런던까지 삼십 분이면 온다고 했다. 녹색 교통이 학교 방침이라 기차를 타고 왔단다.

내가 가르치는 학생들이 카드에 서명을 하고 돈을 모아 에지웨어 로드에 있는 아스다 슈퍼마켓에서 장미 한 다발을 사서 보냈다. 카드에는 레닌이 커다란 붉은 기를 펼치는 그림이 있었다. 누군가가 레닌의 목둘레에 검은 사인펜으로 진주목걸이를 그려 놓았다. 동료들이 영국 어딘가에 있는 다른 대학에 새로 부총장으로 취임한 사람 이야기를 해 주었다. 그 사람이 자기 집무실로 코카콜라와 스시를 쟁반에 담아 대령할 일군의 직원들을 고용했다고 했다. 쟁반 위에 하얀색 레이스 도일리 세 개를 깔아야 하는데, 하나는 얼음물 잔, 하나는 과일 접시(보통 포도와 배), 하나는 코카콜라 잔을 놓을 자리였다. 오후 네 시 티타임에는 얼그레이 한 주전자에 스코틀랜드 쇼트브레드 비스킷, 이탈리아 헤이즐넛 비스킷, 산딸기 잼을 넣은 영국 비스킷, 아몬드를 넣고 끝에 초콜릿을 묻힌 길쭉한 스펀지케이크, (부총장이 취임하기 전에는 아무도 이런 음식이 있다는 사실을 몰랐는데 이 과자의 이름은 '가젤 혼'이라고 한다.) 브랜디 스냅[18]에 바닐라 크림을 넣은 것을 같이 먹기를 좋아했다. 티타임 메뉴가 금욕적인 점심을 벌충하는 한편 직원들에게 특히 큰 충격을 안겨주었다고 했다. 부총장한테 개인용 헬리콥터가 있고 바스 온천 근처에 러시아 고위층으로부터 산 여름 별장이 있다고 그들은 농담을 했다. 연구직에 있던 사람들 다수가 부총장에게 콜라와 스시를 가져다주는 더 안정적인 보직에 지원했는데, 티타임 준비하는 일에는 급료를 인상해 달라고 요구해야 하는 게 아닌가 고민 중이라고 했다. 그들이 하는 농담은 내가 동독에서 들은 농담과 비슷했다.

동료들이 돌아간 뒤에 장미를 쓰레기통에 버렸다.

---

18 브랜디와 생강을 넣은 얇고 바삭한 비스킷.

누군가가 쓰레기통에서 장미를 꺼내 갔다.

충격적이게도 우리 아버지는 따뜻한 사람인 것 같았다. 내 침대 옆에 작은 선물을 두고 갔다. 수프가 든 보온병. 아버지가 직접 만든 수프였다. 리크와 감자를 너무 숭덩숭덩 썰어 넣어서 보온병 입구가 막혀 국물을 따를 수 없었다. 어느 날에는 '코니시 클로티드 크림'이라는 이름의 퍼지[19] 한 상자를 두고 갔다. 상자를 손에 들자 내가 어릴 때 가장 좋아하던 사탕을 아버지가 기억하고 있었구나 하는 생각이 들었다. 상자를 쥐고 있으니 머리가 어질했다. 나는 정신을 놓으면서 상자를 떨어뜨렸다.

라이너가 나에게 나이 드신 아버지가 병원까지 오기가 쉽지 않을 거라고 말했지만 나는 아버지를 보고 싶지 않았다. 맷도 마찬가지였고. 어쨌거나 라이너가 좀 누그러져서 아버지와 맷이 때때로 문병은 올 수 있게 허락한 모양이었다. 라이너의 치아는 매우 곧고 하얘서 영국 사람 같지 않고 독일 사람에 가까운 것 같았다. 나는 맷에게 하이델베르크로 어머니를 만나러 가려고 시도했다는 말을 할 수 없었는데, 맷은 그런 것을 시도했다는 사실 자체를 비웃을 것이기 때문이었다. 라이너가 아버지에게 기회를 주라고 조언했지만 나는 아버지를 보고 싶지 않았다. 아버지가 시도 때도 없이 병동에서 절뚝거리며 다니도록 라이너가 허락했다는 사실에 배신감을 느꼈다. 라이너는 배신자이지만, 라이너도 너무 따뜻했다. 발터처럼.

---

19 설탕, 버터, 우유 등으로 만든 말랑한 사탕.

나는 베개에 머리를 묻고 남자들의 따스함에 대해 생각했다.

한없이 친절한 남자들이 나를 아기처럼 대하고 있었는데, 내 나이가 예순 가까이 되었다고 한다. 서른 살과 쉰여섯 살 사이에 무슨 일이 있었을까? 모르핀 속에서 그 세월이 사라졌다. 맷이 흑백 사진 한 장을 가져왔다. 베스널 그린에 있는 우리 집 마당 그네 한 쌍에 '우리'가 앉아 있는 사진이었다. 나는 열두 살이고 맷은 열 살이었다. 맷은 금발이고 나는 흑발이었다. 매슈라는 이름은 아버지가 초등학교 때 가장 친했던 친구 이름을 딴 것이었다. 이 친구는 퀘이커 집안 출신이었다. 아버지 말에 따르면 매슈 가족이 자기의 '또 다른' 가족이었는데 그들은 사회적 연대와 인간 존엄이라는 가치를 믿었기 때문이다. 매슈 가족이 아버지의 삶을 풍요롭게 만들어 주었다. 매슈의 어머니가 아버지에게 글을 가르쳐 주었고 특이하게도 레몬 커드[20] 만드는 법도 가르쳐 주었다. 아버지는 또 다른 가족을 통해 얻은 또 다른 성취가 자기를 여유롭게 만들어 준다고 느낀 것 같다. 우리가 어릴 때 아버지는 툭하면 레몬 커드를 만들었다. 우리는 아버지가 감자 깎는 칼로 레몬 껍질 벗기는 모습을 보는 걸 좋아했다. 내 동생 뚱보 맷(어머니는 매티라고 불렀다.)은 이뤄야 할 것이 많았다. 일단 사회적 연대와 인간의 존엄부터. 사진에서는 우리 둘 다 웃고 있지만 둘 다 진심이 아니었다. 어머니가 막 돌아가셨을 때다. 베스널 그린의 우리 집에 유령이 있었다. 부엌에서 썩어 가는 달걀과 닭뼈 사이에 도사리고 있었다.

"형은 예쁜 여자처럼 보여." 맷이 말했다. "긴 속눈썹 좀 봐."

---

20   달걀, 레몬, 버터 등으로 만들어 빵에 발라 먹는 것.

나는 잠에 빠져들려는 참이었는데, 아버지도 와 있다는 걸 알게 됐다.

"아버지가 그네를 만들어 주셨어."

나는 맷이 부끄러운 줄도 모르고 내 눈앞에 들이미는 그네 사진을 다시 흘긋 보았다.

그네가 앞뒤로 흔들리고 있었다. 신발이 바닥에 끌렸다. 베스널 그린의 집 뒷문이 열려 있다. 곧 집 안으로 들어가야 할 것이다. 어머니의 옷이 아직 옷장에 걸려 있다. 어머니 신발 한 켤레가 식탁 밑에 있다. 나는 티셔츠 아래에 어머니의 진주목걸이를 걸고 있었다. 맷이 그네에서 뛰어내렸다. 그러더니 내가 탄 그네를 공중으로 높이 밀었다. 맷은 허공 이 미터 높이로 솟구친 나에게 그네에서 뛰어내리라고 미친 사람처럼 소리를 지르기 시작했다. 나는 뛰어내리지 않을 거였다. 그네에서 내려가지 않을 거였다. 집으로 들어가지 않을 거였다. 뛰어. 뛰어. 뛰어. 맷의 붉은 얼굴. 멍한 눈. 소리 지르는 입. 커다란 손. 뛰어. 뛰어.

아버지가 마당으로 걸어 나왔다. 아버지 어깨가 구부정했다. 머리카락은 헝클어졌다. 손은 마른 회반죽으로 덮여 있었다. 종일 매와 흙손을 들고 일한 참이었다. 맷은 그네가 자기 쪽으로 올 때마다 내 다리 뒤쪽을 걷어찼다. 내 다리는 가늘고 섬세했고 맷은 그걸 싫어했다. 그러면서 그네가 경첩에서 떨어질 정도로 세게 밀었다. 뛰어. 뛰어. 아버지는 그냥 보고만 있었다. 아버지는 나를 걱정해서 지켜보는 게 아니고 제라늄과 수선화 화분 사이에서 수동적으로 공격성을 표출하고 있었다. 아버지는 멍하니 어딘가를 보았고 동생은 나를 발로 차면서 동시에 밀었다. 동독 호수 근처에 서 있던 경비병이 생각났다. 나무 위 단 위에 서 있던 남자. 체제를 지키려고 수동적이면서 공격적으로 감시하던 사람. 뛰어. 뛰어. 그네가 끊어질 것 같았고 살려면 뛰어내리는 수밖에 없을 것 같았다. 결국 이웃에 사는 아줌마가 끼어들었다. 이웃 아줌마는 우리가 어머니를 막 잃었고 아버지는 아내를 막 잃었다는 사실을 알았다. 아줌마가 맷을 그네에서 떼어 놓았다. 맷은 저항했지만 그래도 아줌마가 맷을 제압했고 아버지는 말없이 보고 있었다. 나는 그네에서 내려와 나를 잡아먹으려 하는 사람들로부터, 나의 기괴한 아름다움을 수치스러워하는 남자들로부터 나를 지켜 줄 어머니가 이제는 없는 집으로 달려 들어갔다. 내가 그들과 같은 사람인가 아닌가? 동생은 복수를 나중으로 미뤄야 했다.

나는 맷을 보고 물었다.

"내가 마흔 살 때 난 어디에 있었어?"

맷은 잠시 생각하는 듯했다.

"우리 별로 못 보고 지냈어. 가끔 형이 여행 가서 엽서를 보냈지."

"맞아." 아버지가 숨을 가쁘게 쉬며 말했다. "리스본에서는 페이스트리가 좋았고 파리에서는 박물관이 좋았다고 했어."

맷이 말을 이었다. "클로디아하고 같이 아를에 갔을 때는 반고흐의 별이 빛나는 밤 엽서를 보냈어."

나는 제니퍼가 옆에 있는지 보려고 둘러보았다. 다행스럽게도 하이델베르크의 잠자는 개 그림만 제니퍼가 여기에 있었다는 증거로 남아 있었다. 그런데 개들이 이제는 전부 눈을 뜨고 있었다.

아버지와 동생이 내가 갔던 나라들을 읊었다. 맷은 내가 보낸 엽서에서 우표를 떼어 모았다. 맷에게는 부양해야 할 자식이 둘 있고 번 돈은 집을 수리하는 데 다 들어갔다. 맷은 뭄바이에서 온 우표가 가장 마음에 들었지만 그리스 우표도 좋았다고 했다. 나는 두 사람이 내가 매사추세츠 케이프코드에서 보낸 엽서 이야기를 하지 않으려고 용을 쓰고 있다는 걸 알았다.

"그러다가 아랫배가 좀 나오기 시작했지." 맷이 말했다. "서픽에 있는 오두막에서 주로 지내면서 토마토 두 종을 길렀어."

나는 손가락을 들어 보였다.

"세 종이야."

"그래." 맷이 말했다. "평범한 플럼토마토, 산마르차노 토마토, 또 커다란 거, 그러니까 코스-톨-루토 피오-렌-티노."

아버지가 웃음을 터뜨렸다. "그래, 그랬지. 너는 항상 우리 집안의 부르주아고 맷은 볼셰비키였어."

여전히 케이프코드 이야기를 피하려고 애쓰는 중이었다.

아버지가 자기 틀니를 손가락으로 두드리며 말했다.

"그리고 물론 잭이 있지."

나는 한 팔을 눈 위로 올렸다. 잭은 어디 있지? 내 주위에서 여러 사람들이 나를 이 세상에 붙들어 놓으려 하고 있었다. 그렇게 하는 것에 대해 내 의견은 어떤지 아무도 묻지 않았다는 사실을 잭이라면 알아차릴 텐데.

아버지가 목소리를 낮췄다.

"아들아, 나를 성냥갑에 넣어서 묻었다고 했지." 나는 고개를 끄덕였다.

"네 기억 속에 아주 작은 관이 있는 것 같아."

아버지의 늙은 손이 내 손으로 다가와 손을 꽉 쥐었다.

마침내 우리는 매사추세츠 케이프코드에 도달했다.

잠시 뒤에 동생이 아버지를 데리고 나갔다.

8

나는 이따금 제니퍼를 훔쳐보기는 했지만 아직 제대로 보지는 않았다. 알면 고통스러울 무언가가 분명히 있었는데, 지금도 이미 많은 고통에 시달리고 있었기 때문이다. 나는 일인실로 옮겨졌고 그래서 이제는 늙은 치매 환자들이 고통스럽게 울부짖는 소리가 들리지 않았다. 그래도 내가 울부짖는 소리 때문에 밤에 잠을 잘 수가 없었다. 새로 옮긴 일인실에서 제니퍼가 내 곁에 있었다. 침대 발치에 있는 꽃병에 싱싱하고 줄기가 긴 해바라기 한 다발이 꽂혀 있었다. 나는 이제 내 옷을 입고 있었지만 아직도 거울은 보지 않았다. 제니퍼가 모자를 벗었다. 일랑일랑 냄새가 났는데 나는 제니퍼가 꽃향기를 풍기고 싶은 까닭이 내가 아니라 라이너 때문이라는 걸 알았다. 제니퍼는 내 옆에서 책을 읽고 있었다.

나는 제니퍼를 쳐다보기로 결심했다. 내가 뭘 알고 싶었는지는 모르겠다. 당연하지만 그동안 여자를 몰래 훔쳐본 적도 많고, 우리 어머니는 돌아가셨을 때의 모습으로 내 머릿속에 굳어 있고,

그동안 내가 여자들의 관심도 엄청나게 받았지만, '이제부터 어떤 여자를 쳐다봐야겠다.'라고 생각해 본 적은 한 번도 없었다. 하물며 묘사하는 게 금지된 여자를.

"얼굴을 보여 줘, 제니퍼."

"이게 내 얼굴이야."

마침내 제니퍼를 보았을 때 나는 헉 하고 놀라 시트를 머리 위로 덮어썼다. 제니퍼 얼굴이 달라졌다. 더 슬프고 더 부드러웠다. 눈 아래와 입가에 주름이 있었다. 각졌던 얼굴이 둥그스름해졌다. 턱에 하얀 털 두 가닥이 돋았다.

당신은 제니퍼가 아냐, 나는 베개에 대고 속삭였다. 일랑일랑의 유령이 공기 중에 감돌았다. 나는 내 손을 내 눈앞에 들어 올리고 한참 동안 보았는데, 내 손도 내가 아는 손이 아니라는 걸 알게 됐다. 꿰매고 붕대로 감은 배 위에 손을 올려놓았더니 팽팽했던 배에서 접힌 살이 잡혔다. 배가 불룩했다. 나는 내 몸을 따라잡고 싶었다. 나의 낯선 늙은 손을 파자마 바지 안에 넣어 페니스를 만졌는데 페니스와 불알은 알아볼 수 있는 것 같았다. 음모도 익숙하게 느껴졌다. 손을 가슴으로 가져가 부드럽고 기분 좋은 털을 만졌다. 왼쪽과 오른쪽 젖꼭지도 만졌고, 그다음에 눈을 감았다.

"제니퍼?"

"응?"

"네가 몇 살인지 다시 말해 줄래?"

"쉰하나."

"나는 몇 살이야?"

"쉰여섯."

나는 머리를 덮은 시트를 걷고 이제 더 이상 내가 알던 여자의 눈이 아닌 제니퍼의 눈을 들여다보았다. 묘사하는 게 금지되었던 제니퍼의 아름다움은 전부 공간과 시간 속에서 흩어져 버렸다.

　제니퍼는 계속 책을 읽고 있었다.

　"우리 젊음은 어떻게 됐어, 제니퍼?"

　제니퍼가 책장을 넘기는 소리가 들렸다.

　"좋은 질문이네, 솔. 너는 네가 몇 살이라고 생각해?"

　"스물여덟."

　"우리가 연애할 때의 나이네."

　"그때 난 뭘 하고 있었어?"

　"동베를린에 가려고 준비하고 있었지."

　"제니퍼. 너는 어디에 갔던 거야?"

　"무슨 뜻이야? 미술 학교에 갔고 그다음에는 미국에 갔고 일 때문에 전 세계를 돌아다니다가 집으로 돌아왔어."

　"해밀턴 테라스로?"

　"아니. 거긴 내가 학생일 때 살던 곳이고."

　나는 몸을 부르르 떨었다. "우리가 잃어버린 시간이 너무 많아, 제니퍼."

　"너나 그렇지." 제니퍼가 또 책장을 넘겼다.

　"미국에서 어디에 있었어?"

　"알잖아."

　"우리가 같이 있었어?"

　"아니. 그건 나중 일이야."

　"네가 '우리'가 있었다고 말했어."

"그래. 케이프코드에 우리 아들하고 같이 있었어."

"너 정말 멋있었어, 제니퍼. 자동차 타이어로 만든 샌들을 신었지. 등에 용이 수놓아진 기모노를 입고."

"그래." 제니퍼가 말했다. "샌들하고 기모노 생각나. 너도 그랬어. 긴 검정색 머리카락과 올리브색 피부와 광대뼈와 입술. 우리는 서로를 탐했었지."

나는 나의 낯선 늙은 손을 제니퍼의 낯선 늙은 손을 향해 뻗었다.

"그런데 제니퍼, 내가 청혼했을 때 왜 거절한 거야? 내가 남자한테 끌린다는 걸 알아서 그랬어?"

"아니. 아냐. 네가 나도 좋아한다는 걸 알았으니까."

"그러면 왜?"

"알잖아."

9

내가 제니퍼에게 결혼하자고 말했을 때, 나는 우리가 사랑을 나누는 동안 저절로 열린 침실 문을 통해 방 바깥쪽을 보고 있었다.

제니퍼의 플랫메이트 클로디아가 막 사우나에서 나와 부엌에서 끓는 주전자 불을 껐다. 머리에 두른 분홍색 타월을 제외하고 알몸이었다. 클로디아의 배는 판판하고 햇볕에 그을려 있었다. 나는 제니퍼에게 청혼을 하면서 클로디아를 보았다. 다른 선택지를 닫겠다는 말을 하면서도 모든 선택지가 열려 있기를 바랐다. 제니퍼도 여러 선택지를 열어 두고 싶어 했다. 편지가 있었다. 공식 서신처럼 보이는 미국에서 온 편지가 여권 사이에 끼어 있었다. 제니퍼는 졸업전에 출품하려고 준비 중인 자기 작품이 대단하다는 걸 알았고 그 작품이 자기를 영국에서, 나에게서 먼 곳으로 데려가리라는 걸 알았다. 나는 큰 걸음으로 커리어를 시작하려는 제니퍼를 이렇게 어린 나이에 주저앉히고 싶었던 걸까? 청혼을 해서 내 옆에 붙들어 놓고 싶었던 걸까? 그랬을지도 모른다. 그런데 왜 나는 내가 클로디아를 보고 있다는 걸 제니퍼에게 보여 주려 했을까? 나에게도 눈이 있다고 제니퍼에게 말하고 싶었다. 제니퍼는 항상 카메라 렌즈를 통해 나를 보고 있었다. 가끔 잠에서 깨면 내 입술이 제니퍼의 무릎에 닿아 있기도 했는데 제니퍼가 카메라를 손에 쥐고 비뚜름하게 누워 있었기 때문이다. 가끔은 자는 척하다가 갑자기 눈을 떠서 나를 찍는 제니퍼를 잡기도 했다. 제니퍼는 '보는 것'을 통해 경력을 쌓아 나가고 있었다. 나를 보는 것을 통해서.

"너만 본 게 아냐." 나이 든 제니퍼가 말했다. "난 주로 내 친구 산비를 봤어. 미국에 갈 수 있게 된 건 산비 사진 덕이었어. 그때 내가 무슨 카메라를 썼는지 안 궁금해?"

"말해 줘."

"라이카 M2였어. 당시에는 최고의 카메라였지. 우리 아버지 거였어."

"왜 여기 내 옆에 있는 거야, 제니퍼?"

"왜라고 생각해, 솔?"

"정말로 모르겠어."

"알잖아."

"다시 말해 줘."

"네가 내 아들의 아빠니까. 아이작은 네 살 때 미국에서 죽었어."

"알아. 죽었다는 거 알아. 어떻게 그렇게 됐어?"

"수막염에 걸렸는데 아무도 몰랐어. 의사도 모르고. 나도. 아주 빨리 진행됐어. 우리가 같이 아들을 묻었어."

"아, 제니퍼. 이리 와."

나는 제니퍼의 손을 잡았다. 손에 입을 맞췄다. 그러고 제니퍼의 손을 내 셔츠 안 가슴 위에 올려놓고 내 손을 그 위에 얹었다. "난 정말로 네가 원하는 사람이 되려면 어떻게 해야 하는지 몰랐어. 이제야 조금 느낄 수 있는 것 같은데 난 올해가 몇 년인지조차 몰라." 나의 낯선 늙은 손가락으로 제니퍼의 낯선 늙은 손가락에 깍지를 꼈다. 미친 듯 뛰는 내 심장을 우리 둘 다 느꼈다. 우리는 밤새도록 그러고 있었다. 제니퍼의 손이 내 심장 위에 있고, 내 손은 제니퍼의 손 위에 있고, 제니퍼의 은색 머리카락이 내 얼굴 위로 쏟아졌다. 밤에 유령들과 같이 홀로 남겨지지 않으니 얼마나 마음이 편안하던지.

"네가 우리 아들을 미국으로 데려갔어." 나는 갑자기 소리를 질렀다. "내 아들을 납치한 거나 다름없다고."

유스턴 로드 위에 해가 떠오르고 있었다. 블라인드 사이로 주황색 하늘의 띠가 보였다.

"이런 거야, 제니퍼 모로." 내 목소리가 놀랄 정도로 우렁찼다. "난 너를 용서 안 했어."

"나도 너를 용서 안 했어, 솔 애들러."

우리는 여전히 손깍지를 끼고 있었다. 나는 그때 그 자리에서 죽을 수도 있을 것 같았다.

"아이작에 대한 기억이 없어. 아이작의 얼굴이 안 보여."

"돌아올 거야."

"견딜 수 있을 것 같지 않아."

"그래도 살아남을 거야."

나는 제니퍼의 눈을 들여다보았다. 한참 동안. 제니퍼도 살아

남았다는 걸 알았다. 그러나 제니퍼는 달라져 있었다.

"일랑일랑 이야기해 줘."

"일랑일랑은 꽃이야. 향우울제나 최음제로도 쓰지. 인도네시아와 자바의 열대우림에서 자라."

우리가 잠시 잠이 든 모양이었다. 정말로 아들의 얼굴이 돌아왔다. 내가 아들의 모습을 묘사하자 제니퍼가 말했다. "그래. 맞아. 미국 얘기 계속할까?"

나는 예순 살이 거의 다 된 나의 낯선 늙은 머리로 끄덕였다.

"가 버리지 않을 거라고 약속해?"

"약속해." 제니퍼가 말했다. "너는 가 버릴 수가 없으니 그러면 공평하지 않겠지."

10

제니퍼는 스물여덟 살이고 나는 서른세 살이다. 우리 아들이 아프다. 1993년이다. 실은 살 날이 며칠 안 남았는데, 우리는 그걸 몰랐다. 나는 보스턴으로 가는 첫 비행기를 타고 건너와서 페리를 타고 케이프코드에 도착했다. 프로빈스타운 항구에서 차가 기다리고 있다. 나는 케이프코드 웰플릿에 있는 미늘벽 판잣집에서 아픈 아들을 다섯 시간째 안고 있다. 늦은 오후인데 제니퍼가 나에게 마당에 나가 바람 좀 쐬라고 한다. 나는 케이프코드에 있는 집 마당 벚나무 아래에 눕는다. 옆집 마당에 스물여섯 살쯤 된 여자가 있다. 여자는 나무 데크 위에서 첼로를 켠다. 같은 곡을 계속 반복해서. 그 곡의 언어를 익히려고 애쓰는 것을 들으니 기분이 좋다. 음악이 삶과 희망으로 진동한다. 여자는 커다란 악기에서 고개를 들어 손에 활을 쥐고 허리를 꼿꼿이 편 채로 나무 밑에 누운 나를 본다. 나는 손을 흔든다. 아주 힘없는 손짓으로. 나는 만으로 수영하러 갈 생각이라고 말한다. 물이 들어왔다고. 같이 수영하러 갈까?

좋아, 그러겠단다. 나하고 같이 수영하고 싶다 한다. 여자는 일어서고, 손을 첼로 위에 가볍게 올린다. 여자의 몸과 분리된 첼로가 문득 쓸쓸해 보인다.

나는 여자가 다시 집 밖으로 나오기를 기다린다. 나올 거라고 기대하지 않는데, 나온다. 구릿빛 머리카락이 햇빛에 반짝이고 녹색 눈도 반짝인다. 캄캄한 밤에 빛을 내는 반딧불이나 이끼처럼 인광성인 것 같다. 나는 피곤해서 정신이 혼미하고 두렵기도 하다. 내 아들에게 무슨 문제가 있는지 아무도 모르는 모양이다. 여자는 산울타리의 아치문 사이로 우리 마당에 들어오다가 움찔하며 걸음을 멈춘다. 나는 몸을 돌려 여자가 보는 쪽을 본다. 제니퍼가 내 뒤쪽 벚나무 아래에 서 있다. 바람이 분다. 꽃잎이 분홍색 비처럼 흩날린다.

"그랬어." 나이 든 제니퍼가 말했다. "둘이서 만으로 가는 걸 봤어."

"내가 제정신이 아니었어." 나는 유스턴 로드의 침대에서 속삭였다.

인광성의 구릿빛 머리카락 여자가 내 손을 잡았고 우리는 작은 게와 바다풀이 있는 얕은 만으로 첨벙첨벙 들어갔다. 여자는 나에게 자기에 대해 온갖 이야기를 했다. 나는 아무 말도 하지 않았다. 아픈 나의 아들 이야기를 하지 않으니 좋았다. 여자는 지금 방학인데 옆집을 빌렸다. 하버드에서 문학 공부를 하고 오케스트라에서 첼로를 연주했다. 마당에서 내가 들은 그 곡을 완성하는 게 이번 여름의 목표였다. 몇 주 뒤에 보스턴에서 콘서트가 있었다. 개방적이고 재미있는 사람이고 남자가 옆에 있어 주고 자기 이야기에 귀 기울여 주는 걸 고마워했다. 그 남자는 시간이 얼마든지 있어 언제까지라도 따뜻하고 얕은 바다에서 헤엄치고 조개껍데기 줍고 물장구치고 있을 것처럼 느긋했다. 햇빛이 여자의 밝은 구릿빛 머리카락 위에서 반짝였다. 우리는 물 위에 배를 대고 누워 어깨를 맞대고 모래언덕, 하얀 갈대, 피크닉을 하는 가족들을 구경했다. 마치 사악한 뱀처럼, 눈이 반짝이고 다리는 길고 햇볕에 탔고 손은 부드럽지만 기만적으로 아귀힘이 센 여자가 드넓은 미국 하늘 아래에서 나에게 손을 뻗는 것 같았다. 여자는 케이프코드 웰플릿에 온 지 얼마 안 되었고 내 아들 아이작에 대해 아무것도 몰랐다. 병에 걸렸고 살아남지 못할 아이. 다만 그때는 나도 몰랐지만. 나는 여자가 책과 음악과 방학과 콘서트에 대한 기대 등등 나와 다른 종류의 현실에 산다는 게 좋았다.

나의 현실과는 너무나 달랐다. 왜냐하면 곧, 아주 곧, 우리는 우리 아들의 장례식을 치르게 될 것이기 때문이었다.

"아냐." 나이 든 제니퍼가 내 옆에 앉아서 말했다. "그런 게 아니야. 그 여자는 뱀이 아니야. 네가 한 일을 남한테 덮어씌우지 마. 네가 갈밭의 뱀이었어. 너는 내가 너를 가장 필요로 할 때 가 버렸어."

"너는 누굴 필요로 하지를 않아." 내가 냉랭하게 말했다. "너는 그런 사람이잖아. 너는 내가 필요 없었어."

"너한테 의지해 봐야 아무 소용 없으니까." 제니퍼가 내 손에서 손을 뺐다. "너는 처음부터 의지라는 것과는 상극이었어."

"이런 거야, 제니퍼 모로. 그래서 네가 나한테 끌렸던 거잖아."

제니퍼는 은빛 머리카락 한 가닥을 어깨 뒤로 넘겼다. 어둠 속에서 제니퍼의 아름다움과 침착함과 우아함이 보였다.

"이런 거야, 솔 애들러. 나는 스물네 살 때 아기를 낳았어. 나는 날마다 아이작을 데리고 일을 했어. 우린 행복했어. 서로 사랑했어. 다른 사람들도 아이작을 사랑했어. 아이작은 내 품에서 죽었고 너는 십 분 거리에 있었지만 내 곁에는 없었어."

제니퍼의 전화가 울렸다. "전화 받지 마." 나는 단호하게 말했다. "이제 막 이야기 시작했잖아. 재밌어지려고 하는데."

나는 제니퍼의 손에서 전화기를 낚아챘다.

"네가 우리 아들을 미국으로 데려갔어." 나는 다시 소리를 질렀다.

제니퍼가 일어서서 밖으로 나갔다. 문이 열려 있어서 제니퍼가 길고 으스스한 복도를 따라 출구 쪽으로 가는 모습이 보였다. 제니퍼의 구두가 또각거렸다. "네가 내 아들을 납치한 거나 다름없어." 내가 문에 대고 소리쳤다. "우린 함께여야 돼, 그래야 한다는 거 너도 알잖아."

제니퍼는 계속 걸어갔다.

"우린 연결돼 있어." 내 목소리 크기에 나도 놀랐다.

제니퍼가 갑자기 몸을 돌려 엄청난 기세로 내 쪽으로 달려와서 너무 무서웠다.

"너는," 제니퍼가 말했다. "아무것도 몰라. 아무것도. 아무것도. 나에 대해서도 너 자신에 대해서도 아무것도 몰라."

제니퍼는 흐느껴 울면서 몸을 앞으로 숙였고 내 손을 쳐서 자기 전화기를 바닥에 떨어뜨렸다. 제니퍼가 몸을 굽혀 전화기를 집을 때 나는 감당하기 너무 힘들어지면 으레 그러듯 잠에 빠져들려 하고 있었는데, 그 순간 울프강이 내 일인실 비용을 댔다는 걸 알았다. 무언가 전화기와 상관이 있었다.

라이너가 병원 어딘가에 있는 거처에서 나타났다. 라이너가 제니퍼를 내 침대에서 떼어 냈고 내 세계 밖으로 데려갔다. 제니퍼는 복도의 으스스한 불빛 아래에서 전화 통화를 하고 있었다. 제니퍼가 말하는 동안 손목에서 팔찌가 짤랑거리는 소리가 들렸다. 제니퍼는 십 대 아이한테 말하는 것 같은 말투로 말했다.

"현금카드를 잃어버렸으면 여권을 가지고 은행에 가서 돈을 찾아야지."

구릿빛 머리카락의 여자와 만에서 물장구를 치고 난 뒤에 여자가 자신이 콘서트에서 연주하려고 연습 중인 노래 이야기를 했다. 스코틀랜드 민요인데 그 노래의 니나 시몬 버전을 첼로로 피아노와 합주한다고 했다. 갈밭을 헤치며 돌아오는 길에 여자가 그 노래를 불러 주었다. 노래의 첫 소절이 "내 진정한 사랑의 머리카락은 검은색"이었다. 그날, 내가 벚나무 아래에서 제니퍼를 배신했을 때 나는 나에게 무시무시한 잔인성이 있다는 걸 알게 되었다. 나는 제니퍼가 복도 벽에 기대 서 있고 제니퍼 팔에서 팔찌가 반짝이는 것을 보았다.

"아니, 그러지 마." 제니퍼가 전화에 대고 조용히 말했다. "아버지한테 해결될 때까지만 돈을 좀 달라고 해."

11

울프강이 나와 이야기를 하려고 아직도 기다리고 있었다. 해
바라기 꽃병 뒤에서 한숨을 쉬고 있는 그를 아는 척해야 한다는
걸 나도 알았다. 울프강의 은빛 늑대 같은 머리카락을 보면 루나
는 기겁을 했을 것이다. 울프강이 내 침대 옆에 서 있었다. 카멜 코
트를 어깨에 걸쳤고 눈꺼풀을 파르르 떨면서 내 이름을 불렀다.

소얼. 소얼. 소얼.

울프강은 초조해했고 그의 약한 모습을 보자 나는 더 대범해
졌다.

"그래요, 우리 만난 적 있죠. 당신이 에리히 호네커의 호수에
서 수영을 하고 있었어요."

나는 그가 배영을 좋아하며 후설과 하이데거와 함께 현상학
을 발명하느라 지친 상태라는 걸 알았다.

"대학 학장 자리에서 은퇴했어요?"

"대학 학장이었던 적이 없는데. 난 헤지펀드를 운용해요."

울프강은 입을 다물었고 한숨을 쉬었다.

울프강의 재규어가 애비 로드에서 부서져 내 머리로 들어갔고 나와 같이 동베를린까지 갔지만, 루나의 머릿속에는 이미 들어가 있었다. 재규어가 거기에, 루나의 머릿속에 있기를 체제가 원했다. 밤이 되면 재규어가 루나를 끌고 가서 루나의 사상을 처벌하겠다고 위협했다. 나는 루나의 숨소리를 아주 가까이에서 느낄 수 있었다. 루나가 내 옆 어딘가에 있었다. 나는 루나를 어떻게 달래야 할지 안다고 생각했기 때문에 루나를 달래고 싶었지만 루나는 듣지 않으려 했다. 루나는 슈프레강을 리버풀의 머지강과 바꾸고 싶었고 그러기 위해서 무슨 짓이라도 하려고 했다. **뱅. 사랑해. 로큰롤. 넌 이제 내 남자친구야. 네가 춤을 출 줄 알면 파 드 되, '두 사람의 춤'을 같이 췄을 텐데.** 다른 사람이 받쳐 주었다면 루나는 혼자서는 할 수 없는 것들을 할 수 있었을 것이다.

나는 귀 기울여 듣지를 않았다.

울프강이 오른손으로 주머니를 뒤졌다. 찾던 것을 찾았다. 손수건이었다. 깔끔한 정사각형 모양으로 접힌 파란색과 흰색 체크 무늬 손수건이었다. 울프강이 손수건을 나에게 건넸는데 나는 왜인지 영문을 몰랐다. 저 사람은 비밀이 있어, 나는 분명히 가까운 곳 어딘가에 있는 루나에게 속삭였다. 나는 울프강의 손수건으로 눈을 훔쳤고 울프강은 생각을 가다듬었다. 무거운 생각이었다. 너무 무거운지 울프강이 은빛 머리를 숙였다.

"하지만, 소얼."

내 모르핀 갖고 있는 간호사는 어디에 있지?

울프강이 머리를 들었다.

"당신이 그 길을 어떻게 건넜는지 말하고 싶어요. 변명을 하려는 것도 당신을 나무라는 것도 아니에요. 다른 이야기예요."

나는 그에게 손수건을 돌려주었다. 잠시 뒤에 그가 손수건을 집어넣었는데 고통스러울 정도로 느린 동작이었다. 울프강은 자기 신발을 흘긋 보더니 고개를 들어 나를 마주 보았다.

"알아요, 울프강. 내가 경솔했다고 말하려는 거죠."

어둠 속에서 울프강의 눈이 반짝이는 게 보였다.

"아니. 당신이 분명히 의도적으로 한 행동이라는 거요. 전혀 경솔하지 않았어요. 사실 그날 당신은 차에 치이려고 확고히 결심하고 행동했어요."

나는 보험회사에서 차 망가진 것은 고쳐 주지 않냐고 냉랭하게 말했다.

"하지만 내가 입은 상처는요?"

울프강이 오른팔을 들어 어깨에 걸쳐진 코트 아래 왼팔을 가리켰다.

울프강의 왼팔이 어깨까지 석고붕대로 덮여 있었다. 울프강은 내가 더 잘 볼 수 있게 몸을 숙였다. 울프강의 눈이 떨리는 것은 눈꺼풀 위쪽 작은 상처를 꿰맸기 때문이었다. 그것 말고도 새로 생긴 흉터들이 보였다.

발터가 호수에서 볼프의 팔을 펴 주던 게 생각났다. 볼프가 우리를 집에 데려다줄 때 한 손만 핸들 위에 얹었던 것도. 나는 자는 척하고 두 사람은 속삭였던 것도.

자기 목숨을 아낄 줄 모르고 다른 사람 목숨에 대해서도 마찬가지 예요.

울프강이 내 일인실의 반짝이는 마룻바닥 위에 아주 조용히 서 있었다.

제니퍼가 전화 통화를 하는 소리가 아직도 들렸다. 내 진정한 사랑의 머리카락은 검은색이야. 내가 바닷가에서 미늘벽 판잣집 으로 걸어올 때 들은 그 노래를 제니퍼도 들은 모양이었다.

"그렇게 길을 건넜어요. 거의 성공할 뻔했죠. 누군가가 피를 준 덕에 살았지만."

내 몸에 치명적인 홍조가 번지기 시작했다. 아드레날린과 모 르는 사람의 피 덕에 내 몸이 붉게 달아올랐다. 내 뺨에서 혈관이 확장되어 내가 깊은 수치심을 느낀다는 사실을 울프강에게 알려 주었다. 나는 숨을 쉬려고 애썼다. 입안에 구리 같은 맛이 감돌았 다. 어머니의 사고와 내 사고가 머릿속에서 흐릿하게 섞였고 내가 여전히 느끼지 못하는 아이작의 죽음도 겹쳐졌다. 나는 부끄러움 때문에 죽고 싶었지만 모두들 나를 살려 놓으려고 했다. 나는 살 수밖에 없었다. 울프강과 같이 있는 이 순간을 살아야만 했다. 아 이작이 죽은 뒤에, 혹은 발터 뮐러와 발터의 가족을 만난 이후에 나는 정상적인 삶을 산 것 같지가 않다. 그날 길을 건넜을 때 나는 조각난 남자였다.

내가 그 말을 소리 내어서 한 모양이었다.

"나는 조각난 남자였어."

"알아요." 울프강이 말했다. "나 그 사진 갖고 있어요."

12

아이작이 죽고 제니퍼와 내가 완전히 갈라서고 삼 년 뒤에, 나는 뉴욕 첼시에서 열린 제니퍼의 첫 번째 단독 전시회를 보러 갔다. 전시회 개막일이었는데 나는 초대를 못 받았다. 잭이 신문에서 오려 보낸 전시회 기사를 보고 비공개 전시를 하는 첫날에 초대장 없이 무작정 들어가기로 했다. 잭이 같이 가 주겠다고 했지만 내가 거절했다.

만약 제니퍼 모로와 내가 서로를 죽인다면 잭이 내 공범으로 몰릴 위험이 있으니 안 가는 게 좋겠다고 잭을 설득했다.

제니퍼는 길고 하얀 드레스를 입었다. 제니퍼는 서른한 살이고 나는 서른여섯 살이었다. 내 머리카락은 아직 검었는데 제니퍼의 머리카락은 은색이었다. 그날 제니퍼는 행복했다. 제니퍼는 스물여덟 살 때의 나를 찍은 거대한 흑백 사진 오른쪽에 서 있었다. 그 남자의 사진이 벽 한 면을 다 차지했다. 입술이 살짝 벌어져 있었다. 얼굴은 무표정하고 냉담하고 무심했다. 가는 허리와 음모가 돌기 시작하는 부분 언저리에서 사진이 잘려 있었다. 왼쪽 벽에 있는 세 폭짜리 사진의 제목은 「조각난 남자」였다. 그의 겨드랑이, 젖꼭지, 손가락, 페니스, 발, 입술, 귀. 공간과 시간 속에서 떠다녔다. 나는 갤러리 구석에서 제니퍼가 인사말을 하는 것을 들었다. 제니퍼는 한 번도 내 이름을 언급하지 않았고 내가 자신에게 시각적으로 취조를 당했다는 사실도 밝히지 않았다. 조각난 남자는 죽은 눈을 가지고 있었다. 큐레이터도 한마디 했다. 세 폭 사진의 흐릿한 효과, 옆얼굴 사진, 긴 노출 시간과 셔터 속도, 화면의 가장자리에 피사체를 배치해 시선을 그쪽으로 유도한다는 등의 이야기를 했다. 나에게는 그 사람의 말이 흐릿하게 들렸다. 외로움, 사랑, 젊음, 아름다움에 대해 무어라고 하는 것 같았다. 제니퍼가 유화를 전공하는 학생일 때 제니퍼는 늘 빛이 잘 들어오는 화실을 찾아다녔다. 카메라로 전공을 바꾼 다음에는 종일 암실에서 살았다. 제니퍼는 암실에서 사진을 현상하는 게 그림을 그리는 것과 비슷하다는 사실을 알게 되었다.

모든 사진 안에 유령이 들어 있어.

세련된 차림새의 남자와 여자들이 제니퍼 주위에 모여 있었다. 키 큰 남자가 제니퍼 옆에서 얼쩡거렸다. 머리끝에서 발끝까지 검은색으로 차려입은 남자는 이따금 제니퍼의 귀에 무어라 속삭였고 샴페인 잔을 가져다주기도 했다. 남자가 제니퍼의 가방을 들고 있는 게 눈에 들어왔다. 제니퍼가 사람들에게 끌려 갤러리 다른 쪽으로 가고 남자는 혼자 남겨졌는데 남자는 제니퍼의 손짓에 잔을 들어서 화답했다. 나는 내가 그 남자가 아니라서 다행이라고 생각했다.

나는 사진을 감상하는 사람들을 구경했고, 초대받지 않은 불청객이지만 해밀턴 테라스의 아파트에서 자고 있는 젊은 나의 모습을 자기를 묘사하는 것을 금지한 제니퍼가 재현한 이미지도 감상했다.

나는 아주 조용했다. 누군가가 나를 알아보기를 기다리고 있었다. 하지만 아무도 나에게 말을 걸지 않았다. 아무도 "저거 당신이에요?"라고 묻지 않았다.

그러다가 은색 쟁반에서 샴페인 세 잔을 집어 오 초 만에 전부 마셔 버렸다. 아무도 내 존재를 알아차리지 않았다. 잠시 뒤에 사람들에게서 벗어나 남자 화장실로 피신했다. 청바지를 발목까지 내리고 변기에 앉았는데 주머니에서 볼펜이 떨어졌다. 나는 볼펜을 집어 화장실 벽에 조그맣게 글자를 썼다. 내가 쓴 글을 보고 내가 취했다는 걸 알았다.

조각 남자가 여ㄱ 왔다

나는 비틀거리면서 다시 전시장으로 돌아갔다. 아무도 전시장에서 돌아다니는 술 취한 유령에 눈길을 주지 않았다. 나는 갤러리에 오기 전에 이미 근처 아일랜드 펍에서 기네스 두 파인트를 마셨다. 내가 이렇게 주목받지 못하는 존재면서 동시에 제니퍼 전시회의 주제라는 걸 받아들이기 힘들었다. 그러면서도 대체 내가 어떤 주목을 받고 싶은지 알 수가 없었다. 나는 제니퍼의 가방을 든 남자가 되고 싶지는 않았다. 내가 단순히 예술가의 모델일 뿐이라면, 대체 왜 나는 관심을 받기를, 심지어 칭찬과 감사마저 받기를 기대하나? 하지만 우리는 연인이었다. 친밀하고 비극적으로 연결되어 있었다. 왜 나는 여기 혼자 있나? 그래서 잭이 나에게 그렇게 물었던 것이다. "왜 혼자 가려고 해?" 잭이 옆에 있어 주겠다고 했는데 나는 거절했다. 그래도 초대도 받지 않고 와서 질투와 분노에 휩싸여 있는 내 모습을 잭이 못 보아서 다행이었다. 내 모습이 사방 벽 위에 있었지만 내 이름은 초대 손님 명단에 없었다.

그때 제니퍼가 나를 봤다. 세상이 느리고 이상해졌다. 제니퍼의 심장이 뛰는 걸 느낄 수 있었고 제니퍼도 내 심장이 뛰는 걸 느낀다는 걸 알았다. 하얀 드레스를 입은 제니퍼가 나를 향해 걸어왔다. 제니퍼가 내 쪽으로 걸어오자 사람들이 홍해처럼 갈라졌다. 제니퍼는 유한하고 나도 유한하고 아이작도 유한하지만 (아 하느님) 제니퍼의 예술은 영원하고 방의 모든 벽을 다 채우고 있었다. 나는 제니퍼가 예술이 나보다, 그리고 자기 자신보다 더 크다고 생각한다는 건 알았지만, 나는 예술에 제니퍼만큼 큰 관심이 없었다. 제니퍼가 나를 마주 보고 서자 사방이 조용하고 불편하고 고요했다. 나는 제니퍼가 숨을 들이마시고 내쉬는 소리를 들었고 나를 자기 아파트에서 밀어 내고 문가에 서서 카메라를 들고 있던 제니퍼의 모습을 (다시) 보았다. **잘 가, 솔. 언제까지나 넌 나의 뮤즈일 거야.**

온몸이 덜덜 떨렸다.

"안녕, 솔. 여기서 뭐 하는 거야?"

"내가 이미 여기 와 있어, 제니퍼." 나는 벽에 걸린 사진을 가리켰다.

고개를 들었더니 또 다른 이미지가 보였다. 내가 스물여덟 살때 애비 로드를 건너가는 사진이었다.

"저건 루나의 사진인데."

"흠, 네가 루나한테 한 장을 줬는지 몰라도 저 사진을 찍은 건나야." 제니퍼가 내 얼굴에 대고 웃음을 터뜨렸다. "내가 사다리를들고 애비 로드까지 일 마일을 걸어가서 사진을 찍었다고."

아까 연설을 했던 여자 큐레이터가 갑자기 제니퍼 옆에 나타났다.

큐레이터는 제니퍼의 보호자이고 경비견이었다. 이 전시회에걸린 돈이 상당한 모양이었다.

큐레이터가 제니퍼의 팔을 잡더니 나더러 벽을 다시 보라고했다. 이번에는 다른 사진도 눈에 들어왔다.

수없이 많은 사진.

미늘벽 판잣집 문간에 서 있는 임신한 제니퍼의 벌거벗은 옆모습, 웰플릿 만의 모래밭에 앉아 모래에 작은 발을 묻은 아이작, 사진을 찍는 엄마 그림자 안에, 마치 자궁으로 돌아간 것 같은 웅크린 모양새로 잠든 아이작, 우리 아들이 화가 나서 어리지만 오래된 주먹을 귓가로 치켜 올린 모습, 꽃이 가득 핀 벚나무, 그 아래장난감 나무 기차, 데크 위에 덩그마니 남겨진 첼로, 웰플릿 만에서 주운 조개껍데기로 장식한 조그만 신발. 자세히 들여다보니 조개껍데기가 아이작 이름의 첫 글자 'I'를 이루고 있는 게 보였고, 바닷가 모래밭에도 조약돌로 'I'가 쓰여 있었다. 밀물이 들어와 글자 'I'를 바다로 쓸어 가고 있었다. 마르코니 비치 모래언덕에도 나뭇가지로 'I'가 만들어져 있고 그 글자를 갈매기가 쪼고 있었다. 갈매기는 글자 아래 모래 속에 벌레가 도사리고 있다는 걸 알았던 걸까.

제니퍼 모로가 벽 쪽으로 손짓을 했다.

"이건 너에 대한 게 아냐. 나에 대한 거지."

13

울프강이 안절부절못하고 동요하는 것처럼 보였다. 상처 입은 눈꺼풀이 파르르 떨렸다. 울프강에게서 향수 냄새, 가죽 냄새가 났다. 이제 멸종한 재규어의 대리석 무늬 사슴 가죽 시트 냄새일까.

"나 그 사진 갖고 있어요." 울프강이 절제된 상류층 목소리로 재차 말했다. "내가 가장 아끼는 매입품 중 하나죠."

"제니퍼는 한 번도 묻지 않았어요." 온몸에 통증이 돌아오는 게 느껴졌다. "줄곧 나를 거부하면서도 날 소유하고 싶어 했죠."

아일랜드인 간호사가 나에게 모르핀을 먹이는 동안 울프강은 인내심 있게 기다렸다.

"당신을 애비 로드에서 보기 전에 이미 봤어요." 울프강이 석고로 싸지 않은 쪽 손으로 자기 목을 만졌다. "내가 제니퍼 모로 작품을 한 점 갖고 있어요."

새로 옮긴 일인실에서 나는 모르핀을 달가이 마셨고 간호사는 벽을 쳐다보는 척하고 있었다. 나는 간호사가 나를 보고 있다는 걸 알았다. 내가 동독에 도착한 날 발터에게 콜리플라워를 줬던 여자처럼, 다른 데를 보는 척하면서도 나에게 집중하고 있었다.

"저 일주일 안으로 퇴원할 수 있다면서요?"

간호사가 멍하게 고개를 끄덕였다.

울프강이 점점 초조해했다. 반짝이는 은행가 구두로 이리저리 걸어 다니며 한숨을 쉬고 이를 바드득 갈았다.

"울프, 뭐 물어봐도 돼요?"

"그래요, 소얼."

"우리 같이 토마토 심은 적 있어요?"

울프강이 고개를 저었다. "심고 가꾸는 타입이 아니라."

"그 사람도 심고 가꾸는 타입이 아니에요."

"'그 사람'이 누군데요?"

"모르겠어요. 오지를 않아요. 멀리 있어요."

모르핀이 몸에 퍼지면서 몸의 통증은 사라졌다. 그런데도 나는 울고 있었다.

울프강이 다른 질문을 던졌다.

"가족이 있어요?"

"네. 남동생이요."

그 말에 울프강이 동요하는 게 보였다. 내가 죽을 수도 있다고 생각해서 그러는구나 싶었다. 나는 침대 시트로 눈을 훔쳤다. 울프강이 다시 손수건을 나에게 내밀었지만 나는 거부했다. 잠시 뒤에 울프강에게 동생이 나의 최근친이라고 말했다.

"그놈은 깡패예요." 내가 말했다. "그놈이 당신 집과 주식과 매입품을 차지하려 들 거예요.”

나는 우리 아버지가 동생과 나를 사회주의 정신으로 길렀다는 말은 하지 않았다. 우리는 고결한 원칙을 지켜야 했고 우리에게 다른 사람을 착취해서 부를 얻는 것은 용납할 수 없는 일이었다.

울프강이 고개를 들어 천장을 쳐다보았다.

“당신이 길을 건넜을 때 나는 절망의 순간을 본 것 같아요.”

“그랬겠죠.”

나를 차로 쳤을 때 그가 전화 통화를 하고 있었다는 사실을 우리 둘 다 알았다. 울프강은 내가 그 사실을 지적하기를 기다리는 것 같았다. 그는 부상당한 은빛 짐승처럼 말없이 서서 내가 눈물 흘리는 것을 보면서 우리 가족이 자기를 고소할까 봐 두려워했다. 이제 울프강은 나의 절망을 나의 침묵과 교환하려 하고 있었다. 결국 울프강이 내민 손수건을 받아 들면서 나는 다른 사람을 쉽게 비난하지 않는다고 말했다. 울프강은 안심하는 듯했고 나한테 손수건을 가지라고 말했다. 아니 됐어요. 갖고 싶지 않았다. 나는 울프강에게 소유물과 매입품을 잘 지키라고 말했다. 무엇보다도 울프강의 재규어가 내 머릿속에 있었다. 울프강이 길을 건너는 조각난 남자를 사이드미러로 보았고 그 거울이 산산조각이 났다. 천 개 하고도 한 개의 유리 조각이 내 머릿속에서 떠다니고 있었다.

나는 울프강의 사이드미러에 반사된 내 모습을 보았고 반사된 내 모습이 내 안에 박혔다. 라이너가 신경 쓰는 것은 파열된 비장만이 아니었다. 그날 오후 내 콧구멍에 관을 삽입하고 영양을 공급할 거라고 했다. 내가 저 해바라기 한 개를 먹어도 될까? 내 친구 잭에게 묻고 싶은 질문이었다. 잭은 늘 배고파했고 특히 마당에서 종일 일하고 나면 더욱 그랬다. 나는 가끔 야간 근무 간호사뿐 아니라 라이너도 내일 아침에 나를 볼 거라고 기대하지 않는 건 아닐까 겁이 났다. 내가 여기에 없다면 어디에 있을 거라고 생각하는 걸까? 잭에게 수고에 대한 보답으로 키스를 동전처럼 안기고 있을 거라고?

14

사고 이후 처음으로 거울을 들여다봤다. **꺼져 꼴 보기 싫어**, 나를 빤히 보고 있는 중년 남자에게 말했다. 남자의 머리카락이 바싹 깎여 있었다. 해골 같은 모습이었다. 창백한 얼굴에 충격적일 정도로 파란 눈. 튀어나온 광대뼈. 뺨과 입술 위의 흉터. 눈썹은 은색이었다. 어디로 간 겁니까, 솔? 아름다움이라고는 남김없이 전부 산산조각이 나 버렸다. 당신은 누구였습니까? 어떤 언어로 말을 합니까? 당신은 아들이고 형이고 아버지입니까? 당신은 매입품입니까? 여자 동료들과 사이좋게 지냅니까? 당신이 보기에 그 사람들은 어떤 쓸모가 있습니까? 그들이 보기에 당신은 어떤 쓸모가 있습니까? 당신은 그들에게 무언가를 해 주기 위해 존재합니까? 아니면 그들이 당신에게 무언가를 해 주기 위해 존재합니까? 그들이 당신의 야망을 돋보이게 하는 배경입니까? 아니면 당신이 그들의 야망을 돋보이게 하는 배경입니까? 어떻게 서로 좌절시키고 반대하고 방해하고 지원합니까? 어디에 투표합니까? 당신은 좋은 역사가입니까? 축구를 한 적 있습니까? 크리켓은? 탁구는? 다른 사람들에게 호기심을 느낍니까? 아니면 무심하게 거리를 두고 삶의 가장자리를 따라 걸으면서 인간이 서로에 대해 품는 애정에 염증을 느낍니까? 다른 남자들이 당신을 질투합니까? 당신은 사랑합니까? 사랑을 받은 적이 있습니까? 그래, 나는 사랑받고 사랑하고 있어, 나는 거울 속의 남자에게 말했다. 나는 나인 모든 것이고 나는 발터 뮐러가 어떻게 되었는지 알아야 해.

"발터 뮐러가 어떻게 됐는지 알잖아."

제니퍼가 내 옆에서 책을 읽고 있었다. 빛 아래에서 제니퍼의 머리가 푸른 기가 도는 검은색으로 바뀌었다. 제니퍼는 현미경 아래 세포처럼 둥둥 떠다니면서 둥그런 가슴 위에 책을 대고 눌렀다. "너의 서른 번째 생일날에 너는 그를 만났어."

15

서베를린에서 튀르키예 이발사가 내 얼굴을 면도하고 있다. 1990년 1월이고 눈이 내린다. 나라를 둘로 나누었던 장벽은 이제 조각조각 깨져 관광객들에게 기념품으로 팔린다. 이발사는 내 어깨에 수건을 걸치고 내 고개를 뒤로 젖히고 거품솔로 뺨, 턱, 목에 거품을 바른다. 귓속에도 거품이 들어간다. 이발사는 면도기를 집어 날을 빼내고 은빛으로 빛나는 날카로운 날을 새로 끼워 넣는다. 이발사는 내 머리에 손을 얹고 면도날을 내 귀 언저리에 대고 뺨을 따라 훑으며 내려가고 내 고개를 살짝 돌리고 면도날로 턱 아래를 깎고 날에 묻은 거품을 자기 손목에 닦는다. 윗입술을 면도할 때에는 손가락으로 내 콧구멍을 잡는다. 나는 입을 벌린다. 발터는 내 전화에도 편지에도 답하지 않았고, 발터의 어머니도 대학의 동료들도 마찬가지였다. 그러니 이제 와서 발터가 나에게 연락을 했다는 게 놀랍다. 라디오가 켜져 있다. 이발사가 내 머리를 잡고 세면대 안으로 누른다. 샴푸로 머리를 감겨 주고 샤워기로 헹궈 주고 머리통을 들어 올리고 수건으로 감싼다. 이마를 마사지한다. 빗과 가위를 들고 눈썹을 다듬는다. 손바닥에 크림을 문지르더니 내 얼굴에 촉촉하게 바른다. 이렇게 나는 발터 뮐러와의 점심 데이트를 준비한다. 면도를 마치고도 아직 두 시간이나 남았다.

시간을 보내려고 나는 미테에 있는 고층 건물로 걸어가 「인간이 공간과 시간을 정복하다」라는 제목의 우주비행사 동판 부조를 다시 봤다. 우주비행사는 젊고 고결하고 확신이 있었다. 우주비행사는 마음만 먹으면 중력장을 벗어나 지구 주위를 돌 수도 있지만 고정되어 있고 과거에 붙박혔다. 시간이 아주 천천히 흘렀다. 시간이 기어갔다. 갓 면도한 얼굴에 차가운 공기가 닿아 쓰라렸다. 나는 길가 손수레에서 수프를 사서 먹는 노인과 이야기를 나눴다. 노인은 거의 평생을 동독에서 살았다고 했다. 통일이 된 뒤에는 각자도생이었다. 식구들이 일자리를 잃었지만 아무도 신경 써 주지 않았다. 노인은 돈이 없어서 여행을 갈 수도 없었고 물건이 넘쳐나는 서독 상점에서 쇼핑을 할 수도 없었다. 노인은 자기 마음대로 할 수 있는 일이라면 자기는 장벽을 다시 세울 거라고 했다. 이번에는 십이 미터 더 높여서. 나는 손목시계를 봤다. 마침내 시간이 비틀거리며 앞으로 갔다. 나는 고기와 절인 채소가 든 수프를 먹는 노인을 눈 속에 남겨 둔 채 택시를 잡아타고 쿠어퓌르스텐슈트라세 58번지로 갔다. 거기에 있는 오래된 빈 스타일 커피하우스 겸 식당 카페 아인슈타인에서 발터를 만나기로 했다.

드디어 발터가 약속 시간을 이십 분 넘겨 카페 아인슈타인의 문으로 들어왔는데 이 년 전 역에서 만났을 때 입었던 회색 코트 차림이었다. 머리를 짧게 잘랐고 더 여위었고 미소를 띠었고 시간에 쫓기는 듯 보였다. 발터는 미안한 듯한 표정으로 젖은 장갑을 더듬더듬 벗었다. 나는 자리에서 일어섰고 발터는 내 입술에, 가볍게 스치듯이, 이날이 여름날이고 눈이 내리고 있지 않다는 듯이 키스했다. 발터는 정신이 딴 데 팔린 것 같았고 자리에 앉지도 않으려 했다.

"머리가 그대로네." 발터가 영어로 말했다.

발터는 이 테이블을 내가 삼 주 전에 예약했다는 걸 알았다. 발터는 초조해 보였고 계속 시계를 봤다.

"좀 앉아, 발터. 커피 마실래? 아니면 맥주? 점심?"

"아니, 됐어. 금방 가야 돼."

나는 가슴이 아팠고 실망도 컸다. 웨이터가 우리 테이블 옆을 지나갈 때 나는 에스프레소 두 잔을 주문했다. 발터가 마침내 의자에 앉았다.

나는 국경이 열린 뒤에 살기가 어떤지 물었다.

"파티 하던 게 그리워." 발터가 말했다. "동독에서 파티를 엄청 많이 했거든. 그래도 대체로 살기 나은 편이지."

발터는 커피에 각설탕 두 개를 넣고 조그만 은색 티스푼으로 아주 오래오래 저었다. 숟가락이 도자기 컵 바닥을 긁고 또 긁었다. 발터가 마침내 컵을 들어 입으로 가져갈 때까지 흐른 시간 동안 미테에 있는 부조의 우주비행사는 목성에서 화성까지 갔을 것이다.

발터는 날마다 공황을 일으킬 것 같은 느낌이라고 말했다. 통역사로 일하면서 전에는 안 내던 집세와 세금을 내며 생계를 꾸리려니 힘들다고 했다. 발터는 안경을 쓰더니 이제야 내 눈을 똑바로 보았다. 커피를 마시고 나니 좀 기운이 나는 모양이었다. 내 연구 주제가 동유럽 공산국가인데 나는 동유럽 언어를 할 줄 몰랐다. 발터는 동유럽 언어 전부를 알았다. 발터는 똑똑하고 탁월한 사람인데 스스로는 그렇게 생각하지 않았다. 나는 웨이터를 손짓해 부르고 발터에게 커피 한 잔을 더 시켜 주었다. 발터는 각설탕이 든 은색 단지의 흰색과 연한 금색이 좋다고 말했다. 나는 그걸 폴란드어와 체코어로 말해 달라고 했다.

"뭘 말해?"

"각설탕, 흰색과 연한 금색."

발터가 단어들을 찾아내는 동안 바깥쪽에 주차된 택시 지붕 위에 눈이 내려앉았다. 발터는 아직 베를린 지리에 익숙하지 않아 길을 물어 찾아야 한다고 했다. 긴 머리카락이 없는 발터는 더 슬퍼 보였다.

나는 발터에게 런던으로 와서 내 학생들에게 동독에서 보낸 어린 시절 이야기를 해 달라고 했다.

발터는 관심이 있는 것도 아니고 없는 것도 아닌 듯 보였다. 발터가 나를 역사가로, 아니 친구로라도 인정하는지 알 수 없었다. 발터는 웨이터가 어깨 위로 치켜들고 옆 테이블로 배달하는 쟁반을 흘깃 보았다. 슈니첼과 감자 샐러드, 봄날 수선화 색의 샴페인 두 잔이 담겨 있었다.

"우리도 저거 주문하면 돼. 같이 점심 먹자." 내가 말하며 발터의 손을 잡았다. 발터는 언제나 손길을 잘 받아 주었는데, 이때도 그랬다. 약간의 친밀감이 나의 용기를 북돋워 주었다.

"발터, 알렉산더플라츠에서 우리가 헤어진 다음에 무슨 일이 있었는지 말해 줘."

나는 밴이 발터가 서 있는 자리 옆에 멈추는 장면의 잔상에 이 년 동안 시달렸다. 내가 계속 연락을 하는데도 발터가 응답이 없자 나는 굳은 표정의 회색 남자들이 결국 발터를 밴에 밀어 넣은 것이라고 결론을 내렸다. 그들이 총과 몽둥이로 발터를 위협했을 것이다. 내가 밀고자인 라이너에게 발터를 탈출시키라고 상당한 돈을 주었기 때문에 발터는 심문을 당했을 것이다. 그렇지만 나는 발터에게 떠나고 싶은지 한 번도 묻지 않았다.

"우리가 헤어진 뒤에 국경이 열렸어." 발터가 말했다. "어쨌거나 그날 오후에는, 아주 맛있는 소시지를 먹었던 것 같은데."

발터는 웃음기 없는 얼굴로 말했다. 잘 웃는 발터였는데. 그 섹시한 웃음. 테이블 아래에서 우리 무릎이 맞닿자 발터는 다시 시계를 보았다.

"그날 오후에 소시지를 먹었을 것 같지는 않아." 내가 말했다. "네가 여기에 좋은 일자리가 있지만 에티오피아나 다른 나라로 가서 사회주의 사회를 건설하려는 사람들에게 영어를 가르치기로 되어 있다고 말했어."

"맞아. 소시지가 아니었어. 만두였지."

나는 발터에게 연락하는 데 왜 이렇게 오래 걸렸냐고 물었다.

"다른 아파트로 이사를 가야 했어." 발터가 그걸로 모든 게 설명이 된다는 듯이 말했다.

어떤 여자가 유아차를 밀고 세 살쯤 되어 보이는 여자아이의 손을 잡고 카페 아인슈타인으로 들어왔다. 종업원이 유아차는 밖에 두라고 하자 그때 발터가 자리에서 일어나 여자에게 다가갔다. 발터는 유아차에서 자고 있는 아기를 안아 올리더니 내가 있는 쪽을 손으로 가리켰다. 여자와 딸이 내 테이블로 다가왔다. 여자는 삼십 대이고 짧고 단정한 금발 머리였고 딸도 마찬가지였다. 두 사람의 머리 모양이 똑같았다. 뒤쪽과 옆쪽은 짧고 앞머리는 길었다. 코트 위에 쌓인 눈이 녹기 시작했다. 사람들이 길을 막고 있었다. 두 사람이 지나가기 위해 의자를 옮기고 테이블을 치우고 대화를 중단해야 했다. 여자는 딸을 안아 올려 돼지고기를 먹는 손님들 머리 위로 넘겼다. 여자의 작은 갈색 눈이 반짝였다. 입술 위에 점이 있었다.

"할로." 여자가 말했다. "발터 아내 헬가예요. 애는 우리 딸 한나고요."

내가 예약한 테이블은 이인용이었지만 발터가 아기를 어깨에 엎고 붐비는 레스토랑에서 사람들 사이를 헤치며 오고 있었기 때문에 네 명 자리가 필요했다. 웨이터가 우리를 더 큰 테이블로 옮겨 주었다. 발터는 헬가에게 아기를 맡기고 코트를 걸어 두러 갔다. 그들은 한 가족이었다. 발터의 아내는 폴로넥 스웨터와 청바지에 운동화를 신었다. 카페 안의 다른 여자들은 캐시미어 가디건과 가죽 부츠 차림이었다.

"애는 우리 아들 카를 토마스예요." 헬가가 한나에게 앉으라고 손짓하며 말했다.

"나는 솔이야." 나는 발터의 딸에게 말했다. "아기는 몇 살이야?"

한나는 독일어로 칠 개월이라고 대답했다.

발터가 돌아와서 나는 맥주 세 잔과 핫초콜릿 한 잔을 주문했다. 카를 토마스는 발터의 품으로 돌아가 손가락을 빨았다. 한나가 장갑을 벗었다. 발터는 토마스의 방한복 단추 세 개를 끄르는데 몰두했다. 헬가는 한나에게 줄 장난감을 찾으려고 가방을 뒤졌다. 이 모든 일이 나에게는 상당히 지루했다. 발터와 헬가는 아기를 먹이는 문제를 의논했다. 발터는 냅킨으로 우유병의 젖꼭지를 닦았다. 아들을 달래 입에 우유병을 물리는 발터의 손길이 부드러웠다. 한나가 포크와 나이프를 바닥에 던졌다. 헬가는 침착하게 주우라고 말했다. 한나는 말을 안 들었다. 이 가족과 함께 있기란 정말 따분한 일이었다. 헬가는 한나에게 소리를 질렀고 한나는 울기 시작했다. 헬가는 가방에서 크레용과 종이를 찾아냈고 한나에게 자기 무릎에 앉으라고 했다. 한나는 고개를 젓고 테이블 아래로 기어 들어갔다. 대화가 중단됐다. 그 후 이 분 동안 마치 이 가족이 하나의 유기체여서 살아남기 위해 서로에게 의존하고 있는 듯한 느낌이 들었다. 그들은 따분해하지도 행복해하지도 불행해하지도 않았다. 헬가가 한나를 달래서 테이블 아래에서 나오게 만들었다. 이 작은 승리에 다들 기분이 좋아진 것 같았다.

"여동생은 어떻게 지내?" 내가 발터에게 물었다.

나의 동독인 연인에게 물어야 할 가장 힘든 질문 중 두 번째 질문이었다. 우리가 시골집에서 보낸 밤의 일을 루나가 오빠한테 말했는지 안 했는지 나는 아직 몰랐다.

발터는 카를 토마스에게 우유를 먹이면서 아기의 눈을 들여다보았다. 꿀딱꿀딱 우유를 삼키는 아기를 보면서 발터가 웃었다. 내 질문에는 헬가가 대신 대답했다.

"우린 루나가 죽었는지 살았는지 몰라요."

헬가는 한나를 무릎 위로 끌어 올려 안고 녹색 크레용으로 고양이를 그렸다.

"루나한테 무슨 일이 있었어요?"

"국경이 열리기 한 달 전에 탈출했어요."

그들의 눈이 나를 보고 있었다. 여섯 쌍의 눈. 커피를 너무 많이 마셔서 입맛이 썼다.

"그 뒤로 연락이 없었어요?"

"아무 소식도 못 들었어요."

헬가는 이제 고양이의 수염을 그리고 있었다. 한나는 주황색 크레용을 손에 쥐고 길고 구부러진 꼬리를 그렸다. 맥주와 핫초콜릿이 나왔다.

"발터, 따로 얘기 좀 해."

"알겠어." 발터가 말했다. "맥주가 간절했는데."

발터는 아기를 헬가에게 넘겼고 그래서 한나가 무릎에서 내려와야 했다. 한나는 울음을 터뜨렸고 나는 발터를 발터의 아내와 맥주와 아이들에게서 멀리 몰고 갔다.

우리는 눈이 내리는 카페 아인슈타인의 계단 위에 앉았다. 발터가 나에게 담배 한 대를 건넸지만 나는 담배보다 먼저 해야 할 말이 있었다. 내 지포 라이터로 발터의 담배에 불을 붙여 주었다.

"정말 미안해, 발터. 라이너가 어떤 사람인지 모르고 어리석은 짓을 했어."

"그래, 경솔했어." 발터가 대답했다.

새로 면도한 얼굴이 화끈거렸다. 눈 속에서 불이 타오르는 느낌이었다.

"나도 후회할 일을 했어." 발터가 말했다.

"어떤 일?"

발터는 전과 다른 상표의 담배를 피웠는데 담배 끝이 타는 걸 하염없이 보면서 아무 말도 하지 않았다.

"발터, 루나를 찾아야 돼. 루나가 서독으로 갔을까?"

"지금으로서는 모르는 채로 사는 수밖에 없어."

"힘들겠다."

"응. 특히 어머니가 힘드시지."

발터가 달아오르는 내 얼굴을 흘긋 봤다.

"네가 끼어들지 않았더라도 어쨌거나 루나는 갔을 거야. 라이너는 루나가 떠나고 싶어 한다는 걸 알았고."

우리는 담배를 피우며 쏟아지는 눈을 보았다.

"루나는 리버풀에 있을 거야." 나는 열렬하고 확고하게 말했다. "리버풀에 가기를 절실하게 원했으니까, 틀림없이 거기 있을 거야."

발터의 안경 위에 눈 결정이 덮였다.

"루나가 우리한테 연락을 할 수밖에 없는 이유가 있어." 발터가 말했다.

"그게 뭔데?"

"카를 토마스."

발터는 카를 토마스가 루나의 아들이라고 말했다. 아기가 네 달 되었을 때 어느 날 루나가 엄마에게 아기를 맡기고는 돌아오지 않았다.

　루나는 루나틱의 준말이지, 라고 나는 생각했지만 그 말을 입 밖에 내지는 않았다. 자기 자식을 그렇게 버리고 가는 여자가 어디 있나? 아이는 날마다 엄마를 그리워할 거고 무얼 보든 엄마를 떠올릴 거고 자기가 뭘 잘못했길래 엄마가 가 버렸을까, 내 잘못인 걸까, 엄마가 나를 사랑하지 않아서 떠난 걸까 하고 생각할 거다. 나는 루나에게 화가 났고 그래서 라이너의 안부를 물었다.

　"라이너도 어떻게 됐는지 아무도 몰라. 동독을 떠나고 싶은 사람한테 필요한 정보나 연락처를 아는 사람이 라이너였지. 그런데 그때 라이너도 루나와 동시에 사라졌어."

　홍조가 가슴과 목까지 퍼지는 게 느껴졌다.

　발터가 눈치채고는 웃었다.

　"내가 너한테 아내와 딸 이야기를 안 했지." 발터는 떨어지는 눈 속에서 눈을 감았다.

　"난 괜찮아. 너도 나름의 방도를 마련해야 했겠지."

　이번에는 발터가 내민 담배를 내가 받아 들었다.

　"발터, 나도 아버지야. 아들이 있어."

　발터는 정말 놀라고 당황한 것 같았다. 오른손을 들어 자기 머리카락을 빗질하듯 쓸어 넘기더니 부츠에서 눈을 털어 냈다.

　"이름이 뭔데?"

　"아이작."

　"지금 어디 있고?"

　"미국에서 엄마랑 같이 살아."

　"왜 그 얘기를 먼저 안 했어? 다른 얘기 다 하고 나서 이제야?"

"아이 엄마하고 헤어졌어. 아들을 데리고 떠나 버렸어."

"안됐구나." 발터가 손으로 내 허벅지를 탁 쳤다.

갑자기 허기가 졌다. 아침도 점심도 건너뛰었다. 머리가 떵하고 몸이 뜨거웠고 눈을 맞아 추웠다.

"발터, 이제 마음대로 여행할 수 있잖아. 내가 서퍽에 오두막을 샀는데 8월에 그리로 와. 우리 집 마당에서 벌을 치면 되잖아? 나는 외롭고 너도 외로우니까."

발터가 다시 웃었다. 옛 독일의 예전의 발터로 돌아간 것 같았다. 용기가 좀 더 나서 우리가 같이 사는 삶에 대해 더 구체적으로 이야기했다.

발터는 내 어깨 위에 가볍게 팔을 얹었다.

"내가 8월에 서퍽이라는 데에 있으면 우리 애들은 어디에 있고?"

"헬가와 같이 있지."

"헬가는 기술자야. 헬가가 일을 해서 우리 식구가 먹고살아."

"여행 비용은 내가 댈게." 나는 계속 우겼다.

"아이작도 서퍽의 집에 너하고 같이 있을 거야?"

나는 아이작은 미국에서 제니퍼와 같이 살고 있으며 여름방학 때 아이작을 보러 갈 거라고 설명했다.

"8월이 여름방학이잖아. 벌은 아들하고 같이 치지 그래."

발터가 예전의 활기가 돌아온 것처럼 계단에서 벌떡 일어섰다. 빨리 맥주 있는 데로 돌아가고 싶은 것 같았다. 나도 발터를 따라 들어갔다. 헬가는 맥주잔을 다 비웠고 내 것도 절반쯤 마셨다. 한나는 줄에 꿴 빨간색 단추 여섯 개를 가지고 놀고 있었다. 카를 토마스는 헬가의 품에서 잠들었다. 누군가가 내 어깨를 쳤다. 돌아보니 웨이터가 계산서를 내밀었다. 발터 가족이 외투와 모자와 장갑을 챙기는 와중에 헬가가 내 팔을 쿡 찔렀다.

"생각 있으면 카를 토마스 키우는 데 드는 돈을 좀 보태든가요."

헬가는 나의 파란색 리넨 셔츠를 흘긋 보았다. 내가 아무 말도 하지 않자 헬가가 팔로 기이한 동작을 했다. 팔을 등 뒤로 돌리더니 두 손을 기도할 때처럼 손끝이 천장 샹들리에를 향하게 맞댔다.

"새로 배운 요가 자세예요." 헬가가 말했다.

발터는 좀 창피해하는 것 같은 기색으로 한나의 외투 지퍼를 채웠다. 이 남자가 숲에서 나뭇가지 아래에 쭈그리고 앉아 나와 키스했던 남자라니, 나를 슈냅스에 취하게 하고 벌거벗은 채로 웃으며 은근한 눈길을 보내면서 요리를 하던 남자라니, 도무지 믿기지 않았다.

"여어, 솔, 이거 네 거야." 발터가 갈색 봉투를 내 손에 얹었다. "어머니 아파트에서 찾았어."

봉투에 제니퍼 글씨체로 내 주소가 적혀 있고 오른쪽 위에 영국 우표가 줄줄이 붙어 있었다. 그들은 떠났다. 헬가는 손의 위치를 어떻게 했든 간에 결국 빈손으로 떠났다. 혼자 남겨지자 어떤 면에서는 안도감이 들었다.

나는 빈자리 세 개가 있는 테이블에 다시 앉아 봉투를 열었다. 안에 내가 루나에게 준, 1988년에 흰 양복을 입고 애비 로드를 건너는 내 사진이 있었다. 사진이 반으로 쫙 찢어져 있었다. 내가 루나의 소중한 「애비 로드」 앨범을 밟아서 깨뜨린 것에 대한 보복인 것 같았다. 충분히 그럴 만한 일이었지만 그래도 내가 조각나 있는 모습을 보니 충격이었다. 튀르키예 이발사의 날카로운 면도날이 훑고 간 뺨이 아직 아릿했다.

사진 조각을 다시 넣으려고 보니 봉투 안에 다른 무언가가 보였다. 얇은 종이 한 장이 반으로 접혀 있었다. 종이에 타자기로 친 단어가 빼곡한데 몇 단어는 지워져 있었다. 얼핏 보니 발터와 다른 누군가의 면담 기록 같았다. 대화 주제는 내가 동독에서 발터에게 사랑을 고백하며 보낸 편지였다.

자, 헤어 뮐러, 당신의 영국인 친구 자울 아들러에 대해 알고 싶습니다. 협조하겠습니까?

네.

이 부분이 무슨 뜻입니까? 그 사람이 당신한테 쓴 편지에서요.

그 부분은 손바닥이나 손끝을 편지를 받는 사람의 배 위에 올려놓아 상대의 감정을 더 잘 이해한다는 뜻입니다.

그 감정이 무엇입니까?

우정입니다.

왜 남자가 다른 남자의 감정을 더 잘 이해하기 위해 배 위에 손을 올려놓습니까?

알려면 손을 심문해야 할 것입니다.

영국인 친구 자울 아들러와 성관계를 가졌습니까?

나에게 동독을 떠나 다른 곳에 살려는 계획이 있냐는 질문이라면, 그런 계획은 없습니다.

여기 겨울의 발트해를 언급하는 문장은 무슨 뜻입니까?

편지의 필자가 겨울에 발트해를 보고 싶다는 의미입니다.

이 맥락에서 발트해는 다른 무언가의 암호입니까?

알려면 발트해를 심문해야 할 것입니다.

아니요, 우리는 대신 당신 여동생을 심문할 겁니다. 동생이 헤르 아들러의 아이를 가진 것으로 보이는데 당신도 그렇게 알고 있습니까?

알려면 그의 페니스를 심문해야 할 것입니다.

나는 하얀 리넨 식탁보와 은색 식사 도구가 놓인 테이블에 혼자 앉아 창밖 베를린에 눈이 내리는 것을 보았다. 나는 무엇보다도 지구를 떠나고 싶었고 달의 표면 위를 걸으러 떠난 우주비행사들을 따라가고 싶은 생각이 간절했다.

나이 든 제니퍼는 약속한 대로 내 곁에 남아 있었다.
"그래서 그다음에 어떻게 했어?"
"카페 아인슈타인에서 나와서 케밥을 샀어."

16

그날 밤 따스한 바람이 매사추세츠에 있는 벚꽃 잎을 실어 와 런던 애비 로드 위에 흩뿌렸다.

나는 루나가 분홍색 빗속에서 「페니 레인」을 부르는 것을 들었다.

17

초라한 행색, 평범한 외모의 여자가 내 일인실에 들어와 침대 옆에 앉아 있었다. 여자는 플라스틱 통에 든 체리맛 요거트를 먹고 있었다.

"안녕하세요, 헬가." 내가 말했다. "베를린에서 요가 수업 잘 들었어요?"

"난 헬가가 아니라 테사예요." 여자가 대꾸했다. "당신 제수요. 맷의 아내."

"아뇨, 당신은 발터의 가짜 아내예요."

"아닌데요. 난 당신 동생의 진짜 아내예요."

"아, 또다시 시작이네." 나는 손짓으로 사람을 세상에서 사라지게 하는 마법이라도 부리듯 손을 흔들었지만 여자는 그 자리에서 꿈쩍도 하지 않았다.

"오늘 버밍엄 뉴 스트리트 역에서 여기까지 왔다고요. 거기에 내가 학생들을 가르치는 학교가 있어요."

"이제 자유롭게 여행할 수 있다니 다행이에요, 헬가."

"난 테사라고요. 그리고 자유롭긴요, 기찻삯을 내야 되는데. 나는 특별한 도움이 필요한 아이들을 가르쳐요."

"누구나 그래요, 특별한 도움이 필요해요." 내가 말했다.

"어떤 면에서는 그렇죠."

여자는 못생긴 회색 배낭 지퍼를 열고 오렌지를 한 개 꺼냈다.

"쿠바에서 온 거예요?"

"뭐가 쿠바에서 와요?"

"오렌지요."

"발렌시아에서 온 것 같은데요." 여자는 오렌지 껍질 위에 붙어 있는 조그만 스티커를 가리켰다.

"오렌지 사려고 한참 줄을 서야 했어요?"

"아뇨. 내 앞에 두 사람 있었는데."

"인터샵에서 샀겠죠." 내가 웃으면서 말했다. "내가 발터한테 준 서독 마르크로 샀겠네요."

"테스코 슈퍼마켓에서 샀어요."

"정말 잘됐네요."

"나는 오렌지를 밥 먹듯 먹어요." 그러면서 여자는 껍질을 벗기기 시작했다. 손톱이 짧게 물어뜯겨 있어 껍질을 까는 데 시간이 좀 걸렸다.

"아, 깜박했네요." 내가 말했다. "장벽이 무너졌어요. 국경이 개방됐어요."

여자는 살색 타이츠에 갈색 인조가죽 플랫 슈즈를 신었고 다리를 꼬고 앉았다. 발레 슈즈 비슷한 낡은 신발이 발에서 벗겨질 것 같았다.

"부유한 서독 사람들과 어우러져 살려니 힘들겠어요." 나는 친절한 말투로 말했다.

"당신 때문에 아버지하고 동생이 속상해해요."

"그래요, 난 평생 아버지와 동생 성미를 거슬렀죠."

"병원에서 두 사람이 해충이라도 되는 듯이 접근 금지를 시켰어요."

"그래서 테사 당신이 대신 나를 괴롭히려고 온 건가요?"

"그래도 이제 내 이름은 제대로 말하네요." 테사가 오렌지 한 조각을 떼어 입에 넣었다. 즙이 턱으로 흘러내렸다. 테사는 어금니 두 개가 없었다.

"봐요." 나는 베개에 기댄 채로 말했다. "당신도 보고 싶지 않아요. 테이블 위의 요거트 통 좀 치워 줘요. 가 봐요. 패혈증과 모르핀과 해바라기만 남기고 가요."

테사가 몸을 숙여 얼굴을 내 얼굴 가까이 들이댔다.

"쓰레기구만. 당신 동생이 당신 때문에 어쩌고 있는지 알아요? 대학에서 병가 수당을 받으려고 이리 뛰고 저리 뛴다고요. 날마다 당신네 노조하고 이야기하는데 이미 두 손 들 지경이래요. 대학에서는 당신이 나이가 많아서 월급을 많이 줘야 하는 데다 계속 일을 할 수 있는 건강 상태도 아니라고 합디다."

라이너가 어디 갔는지 궁금했다. 라이너가 있었으면 테사를 쫓아내 줄 텐데. 내가 좀 회복되었기 때문인지 요새는 다른 의사가 회진을 했다. 아니면 더 악화되었기 때문이거나. 한동안 라이너를 못 봤다.

"난 남성 독재자의 심리라는 주제로 박사학위를 받았어요." 나는 해바라기의 황금색 꽃잎 사이로 테사를 바라보았다. "스탈린의 아버지 베사리온 이바네스 제 주가슈빌리, 베소부터 시작해서요. 베소는 꽤 이름난 제화공이었어요. 그루지야 신발 전문이었는데 안타깝게도 그때 유럽 스타일 구두가 유행하기 시작했죠."

테사는 안경을 벗더니 배낭 안에 넣었다.

"동생이 당신 병원비 댄다는 거나 알아 둬요."

"그래도 보고 싶지 않아요."

테사가 일어섰다. 지치고 화난 모습이었다.

"매슈한테 전할 말 있어요?"

나는 내 머리를 건드리며 눈을 감았다.

"좋아요. 고맙다고 했다고 전하죠." 테사가 말했다.

낡아 빠진 신발을 끌며 걷는 소리가 한참 동안 내 귓가에 남아 있었다. 나는 다른 세계로 가야만 했다. 발터에게로. 춤을 춰서 두려움을 쫓으려 하는 루나에게로. 첼로와 인광성 여자에게로. 월면차를 몰고 달의 표면 위를 달리는 우주비행사에게로.

유스턴 로드에 동이 틀 무렵 나는 눈을 떴고 내 눈에 처음으로 들어온 것은 테사가 테이블 위에 두고 간 체리 요거트 통이었다. 유통기한이 지나 할인 스티커가 붙어 있었다. 요거트 통 밑에 종이 한 장이 끼여 있었는데 나의 대학 퇴직 서류였다.

라이너가 내 침대 옆에 서 있었다.

"영국에 돌아온 걸 환영해요. 아니면 아직도 에리히 호네커의 호수에서 헤엄치고 있어요?"

"확실히 영국에 있어요." 내가 대답했지만 내 입술이 움직이는 걸 느낄 수 없었다. "다음 주에 집에 갈 수 있다는 거 사실이에요, 라이너?"

"누가 그랬어요?"

"야간 근무 간호사요."

나는 손을 뻗어 해바라기에서 꽃잎 한 장을 뜯어 손끝으로 누런 곤죽이 될 때까지 문질렀다. 라이너는 놀란 듯했지만 내 말을 반박하지는 않았다. 라이너가 내 심장에 청진기를 가져다 대자 라이너의 모습이 흐릿해지더니 동독의 라이너와 겹쳐졌다.

"그래요. 사실 우리한테는 적이 많아요. 야간 근무 간호사도 그래서 툭하면 방해공작을 하려고 하죠." 라이너가 전혀 다른 사람이 된 것 같은 말투로 말했다. 하지만 나는 사실 라이너를 잘 모르는데 내가 어떻게 그런 걸 아는 걸까? 라이너가 내 심장이 맥없이 우물거리는 소리에 귀를 기울일 때 나는 라이너의 귀가 그의 머리에 설치된 도청장치라는 걸 알게 됐다.

18

무슨 일이 일어나길 기다리며 침대에 누워서 속으로 비는 소원이 있냐고 제니퍼가 나한테 물었다. 우리 두 사람 사이에서 고요하고 슬픈 물소리가 들렸고 내 숨소리와 발가락 마디가 뚝 꺾이는 소리가 들렸다.

"베이컨롤을 먹고 싶어. 목욕도 하고. 내 셔츠를 다리고 싶어."

제니퍼가 놀란 표정을 지었다. "뭔가 이 세상을 위한 큰 소원을 빌 줄 알았는데."

"다시 걷고 싶고 조카들을 만나고 싶고 잭도 보고 싶은 것 같아. 하지만 라이너가 일주일 안에 집에 갈 수 있다고 했으니까."

제니퍼가 아무 대꾸도 하지 않길래 나는 제니퍼가 스케치북을 꺼내 나에게 상상으로 잭과 조카들에게 가고 목욕을 하고 셔츠를 다리라고 말하고 연필로 내 상상을 그릴 줄 알았다.

내 얼굴 위에서 제니퍼의 손가락이 느껴졌다.

"여기 공기가 건조하네." 제니퍼는 크림 같은 걸 내 입술에 바르면서 말했다.

사실 입술이 터서 쓰라렸다.

"그래. 입술을 이렇게 문질러 봐." 제니퍼가 작은 목소리로 말했다.

제니퍼가 내 쪽으로 몸을 숙였고 우리는 서로의 눈을 마주 보았다.

내가 사는 모든 시간대에서 셔츠를 다리는 게 케이프코드에서 아이작을 묻은 뒤 제니퍼와 같이 호수에서 수영을 하던 때로 돌아가기보다는 차라리 나았다.

"나 너에 대해 아무것도 몰라, 제니퍼. 우리가 헤어진 뒤에 네가 어떻게 살았는지."

"그래."

나는 제니퍼가 자기 생활에 대해 이야기해 주기를 기다렸다. 한참을 기다렸다.

"흠, 물어볼 게 있으면 물어봐." 제니퍼가 마침내 말했다.

제니퍼가 전화로 다정하게 부르던 사람이 누군지, 제니퍼는 지금 어디에 살고 어떻게 사는지 알고 싶었던 것 같다. 하지만 알고 싶지만 알고 싶지 않기도 했다. 나는 제니퍼의 생각과 감정 속으로 들어갈 수 없었다. 내 생각과 감정 속으로도. 들어갈 수가 없었다.

"제니퍼, 아직도 나는 네 몸을 묘사하면 안 돼?"

"나에 대해서 그거 말고는 관심이 없어?"

제니퍼의 손가락이 내 입술에서 내 오른쪽 광대뼈 아래 어딘가로 움직였다. 나는 눈을 감았다. 내 얼굴에 크림을 문지르는 제니퍼의 손길이 부드러웠다. 하지만 제니퍼는 한 번도 부드러웠던 적이 없었다. 나에게는.

"이런 거야, 솔 애들러."

"뭐가 이런 거야, 제니퍼 모로?"

"네가 날 잘 보게 하는 게 내 삶에서 가장 중요한 일은 아니라는 거지. 나한테는 다른 할 일이 있어."

"네가 가장 좋아하는 색은 노란색이야." 나는 엄청난 확신을 담아 말했다.

제니퍼가 누군지 모를 사람에게 프랑스어로 말하는 소리가 들렸다. 아버지가 프랑스인이라 제니퍼가 프랑스어를 유창하게 한다는 사실을 잊고 있었다. 제니퍼와 이야기하는 사람은 프랑스인이 아니었다. 영국식 억양이 섞여 있었다. 어쩌면 잭 목소리와 비슷하기도 했다. 두 사람이 내가 자기들이 하는 말을 못 알아듣게 하려고 프랑스어로 이야기하는 건가 하는 생각이 들었다. 그래도 나는 알아들었다. 제니퍼는 비행기보다 기차로 여행하는 게 더 좋은 까닭을 설명했다. 카메라 등의 장비를 운송하려면 그 편이 편하다고 했다. 제니퍼 옆에 있는 사람이 또 다른 질문을 했다. "그럼. 딸들 보고 싶지. 특히 겨울에 팬케이크를 만들 때는."

나는 베개에서 고개를 들었다. "제니퍼, 너한테 딸이 있어?"

"응. 둘 다 대학에 있어."

나는 눈을 떴고 제니퍼는 눈을 감았고 제니퍼의 속눈썹에는 파란 마스카라가 발려 있었다.

"알지, 솔, 넌 좋은 아버지가 될 거야." 어느덧 우리는 키스를 하고 있었다. 진한 키스였다. 나는 그 키스로 나의 모든 사랑을 전하려고 애썼다.

"꽃처럼 피는구나." 내가 말했다. "머리카락도 반짝이고 눈도 반짝이고 가슴도 더 커졌어." 내가 제니퍼의 배 위에 손을 올리자 제니퍼가 손을 치웠다.

"난 좋은 아버지가 될 거야." 내가 제니퍼의 차가운 귀에 대고 속삭였다.

"그래. 하지만 넌 끔찍한 남편이 될 거야."

"꼭 결혼할 필요는 없어."

"넌 이미 끔찍한 남자친구잖아."

아기가 태어났을 때 곁에 있고 싶다고 말하자 제니퍼가 갑자기 팔을 치켜들었다.

"난 아버지 없이 자랐어." 제니퍼가 말했다. "아버지 밑에서 자라는 건 어때?"

"끔찍해." 내가 대답했다.

내가 '끔찍해'라는 단어를 소리 내어 말한 모양이었다. 나이 든 제니퍼가 옆에 있는 누군가에게 프랑스어로 속삭이는 소리가 들렸다. "그가 아직 우리 곁에 있긴 하지만, 정말 우리 곁에 있었던 적이 있나?"

아이작을 묻고 난 뒤에 나는 진짜로 제니퍼의 곁에 있었다. 우리는 케이프코드 못에서 사람 없고 한적한 곳으로 가 수영 장비를 벗어 던졌다. 우리 둘 다 벌거벗은 연약한 몸으로 긴 못의 양쪽 끝

에서 각각 선헤엄을 쳤다. 그러고 나서 서로를 향해 다가갔고 그
때 거북이가 우리 다리 사이로 지나가는 것을 보았다. 마침내 우
리는 서로에게 닿았고 머리를 맞대고 팔로 끌어안고 발끝으로 모
래를 디뎠고 햇빛은 우리 어깨 위에 사정없이 내리쪼였다. 나는
물 건너 물가를 봤다. 누군가가 커다란 뉴잉글랜드 나무 아래에
서서 제니퍼에게 손짓을 했다. 키가 컸고 손에 타월을 들고 있었
다. 제니퍼는 그 남자를 향해 헤엄쳐 가기 시작했는데 처음에는
팔다리를 움직이는 것이 고통스러운 듯 천천히 가다가 곧 속도를
높여 거품이 일도록 발차기를 하면서 남자가 타월을 들고 기다리
는 곳을 향해 갔다. 제니퍼의 다리에 맞아 박살이 날 수도 있을 거
북이도 목숨을 부지하기 위해 죽어라고 헤엄치고 있으리라는 걸
우리 둘 다 알았다.

19

맷이 이번에는, 현실로 나를 고문하겠다는 비밀 음모를 갖고 찾아왔던 아내를 떼어 놓고 혼자 왔다. 맷은 아무 선물도 없이 빈손이었다. 퇴근하고 바로 온 길이니 아마 지금이 저녁 일곱 시쯤 되었을 것이다. 맷은 파란색 작업복을 입고 있었다. 라이너의 근무 시간이 끝났다는 걸 확인하고 왔겠지. 맷은 기어이 나를 만나 상처를 주려고 찾아왔다. 맷의 작업화 코 끝은 납으로 되어 있었다. 연장 가방도 들고 왔다. 맷에게서 땀 냄새와 벽돌 냄새가 났다. 이마가 분홍색이었다. 햇볕에 타서 그런 것일지 몰랐다. 지금이 여름이라는 걸 이제는 나도 알게 됐다. 맷의 굵은 손가락에 검댕 얼룩이 있었다.

나는 맷에게 가까이 오지 말라고 손짓했다.

맷이 두 걸음 뒤로 물러섰다.

"다치게 하려는 거 아냐." 맷이 큰 손을 들어 올려 분홍색 얼굴 위에 얹었다. 그러더니 옆에 있는 세면대로 가서 항균 비누를 몇 방울 짜서 손을 씻었다.

"세면대에서 말해. 가까이 오지 마. 거기 있어."

맷이 고개를 끄덕였다.

"솥뚜껑 같은 손은 작업복 주머니에 넣어."

맷은 젖은 손을 주머니에 넣고는 말했다.

"어젯밤에 아버지가 돌아가셨어."

나는 정신이 아득해지기 시작했는데 단 몇 초 만에 돌아왔다. 눈을 떠 보니 맷이 내가 서 있으라고 한 세면대 옆에 그대로 서 있었다. 연장 가방은 맷의 발치에 있었다.

"아버지한테 신문을 가져다주는 이웃 사람이 오늘 아침에 발견했대."

맷이 냉혹한 파란 눈을 감았다.

우리 둘은 사십 년 동안 말없이 있었다.

"손자들이 슬퍼해." 그가 말했다.

"무슨 손자?"

"우리 아들들."

맷의 눈이 손목시계로 갔다. 맷의 가족이 맷이 돌아오기를 기다리고 있었다.

"애들이 할아버지를 좋아했어?"

"그럼, 그랬지."

우리는 또 십오 년 동안 말이 없었다.

"애들 방에 있는 가구 전부 할아버지가 만들어 주셨어. 이층 침대까지. 아이작한테는 나무 기차를 만들어 줬지."

우리 사이에서 수십 년이 더 흘렀다. 나는 첨탑과 오래된 석조 건물이 있는 대학 도시에 있었다. 나는 캠강에 띄운 작은 배 위에 누워 책을 읽었다. 내가 누릴 자격이 없는 삶이었다. 나에게 그런 걸 원할 자격이 있나? 나는 대학에서 검정색 졸업 가운을 입고 긴 나무 테이블에서 식사를 하고 있었다. 내 이전의 학생들은 졸업을 하고 저명한 철학자, 작곡가, 물리학자, 사제, 주교, 기업가, 학장, 생화학자, 정치이론가, 크리켓 선수가 됐다. 나는 무얼 이루려 하나? 무얼 원하나? 나한테 그런 자격이 있나? 나는 녹색 잔디밭 광장이 내다보이는 연구실에서 개인 지도를 받으며 읽지 않은 책에 대해 떠들고 있었다. 내 지도교수는 창밖을 보았다. 나는 특별히 멍청하지도 똑똑하지도 않았지만 나의 신체적 아름다움이 무게감을 좀 더해 주었다. 내 친구 앤서니의 아버지가 앤서니를 보러 왔다. 앤서니 아버지는 은행가이고 보수당원이었다. 우리 아버지는 건설노동자고 공산주의자였다. 우리는 잘 지냈다. 나는 다른 세상에서 왔지만 다시 집으로 돌아가고 싶지 않았다. 앤서니의 아버지는 내가 어떤 고등학교를 나왔는지 궁금해했다. 내 동생은 어느 학교를 다녔는지도. 그리고 아버지는 어느 학교를 다녔는지. "우리 가족은 다 이튼 스쿨 출신입니다." 내가 엄숙하게 말했고 가문의 인장이 새겨진 반지를 침대 밑 코카인 상자에 넣어 두는 앤서니는 터져 나오는 웃음을 희고 부드러운 손으로 가렸다. 나더러 와인을 고르라고 했다. 우리 집에서는 보나마나 맥주를 마실 테니 내가 와인에 대해서는 아무것도 모른다는 걸 앤서니도 아버지도 알았다. 우리는 고급 레스토랑에서 내장 요리를 먹었고 날씨와 도로 상황에 대한 대화를 나눴다. 베스널 그린에 있는 우리 집에 내가 마지막으로 갔을 때에는 리버풀 톡스테스 폭동에 대해 이야기했는데.

"비둘기." 맷이 말했다. "아버지를 위해 비둘기를 날리려고."

"아버지는 매를 좋아했어."

"비둘기." 맷이 다시 말했다.

"비둘기 따위는 매가 갈기갈기 찢을 수 있어."

내가 앤서니에게 잘 하던 농담인데 맷은 못 알아들었다.[21]

우리 사이에서 몇 달이 흘렀다.

다시 눈을 떴을 때, 맷은 아직도 내 침대 옆에 있었다.

나는 아버지가 테이블 위에 두고 간 퍼지 상자를 가리켰다.

맷이 상자를 열었다. 맷이 네모난 사탕을 내 입술 위에서 흔들었다.

"아니." 내가 말했다. "그거 먹으면 미칠 거야."

"이미 미쳤잖아. 퍼지 한 개 먹는다고 달라질 것 같지 않은데."

나는 눈을 감고 내 검은 머리카락을 만지려 했다. 머리카락이 잡히지 않아 대신 오른쪽 귓불을 만졌다.

우리 사이에서 하루가 지나갔다. 우리 아버지가 그날 언젠가 돌아가셨다. 맷이 아직 있었지만 외투를 걸치는 중이었다.

"형. 미안해."

동생이 늘 그러듯 뭐라고 한마디를 하려고 했다.

"나도 어머니 돌아가시고 정상이 아니었어. 내가 괴물같이 굴었지."

"그 말은 괴물에 대한 모욕이야." 내가 슈프레강 위의 괴물 백

---

21 강경파와 온건파를 각각 매파와 비둘기파라고 부르기도 한다.

조처럼 쏘아붙였다. "네가 정신적으로 불안했다는 말이지."

"그래."

"미친 쪽은 나라고 생각했는데."

"형은 똑똑하고 잘생긴 쪽이었지." 맷이 말했다. "내가 미친 데다 못생기고 멍청한 쪽이고."

"옳은 말인 것 같다."

무언가가 잘못됐다. 나는 동생의 촉촉한 파란 눈을 들여다보았다. 일단 그 말을 뱉었으니 이제 다시 조용히 몰래 아무 일 없었다는 듯 주워 담기는 어려웠다. 맷은 미친 데다 못생기고 멍청한 쪽이었다. **옳은 말인 것 같다.** 반짝이는 마룻바닥. 내 동생의 먼지투성이 작업화.

'옳은 건 아무것도 없어.' 나는 머릿속으로 맷에게 말했다. '우리 형제 사이는 옳지 않아.'

"뭐라고 하는 거야." 맷이 한 걸음 다가왔다. 내가 하는 말에 맷이 귀를 기울였다. "아니네, 노래를 하네." 맷이 말했다. "「페니 레인」을 부르는군." 내 몸에서 흘러나오는 가늘고 갈라진 목소리가 들렸다. 모든 게 다 시끄러웠다. 내 목소리만 빼고. 유스턴 로드에 있는 병원 벽에서 똑딱거리는 시끄러운 벽시계. 독일민주공화국의 시골집에서 똑딱거리는 시계. 루나가 시골집 의자 위에 서서 팔을 쭉 뻗고 자기에게는 아무 희망이 없다고 말하려 했다. 케이 프코드의 미늘벽 판잣집 안에서 똑딱거리는 세상에서 가장 슬픈 시계. 돌아가신 아버지의 손목에서 아직도 똑딱거리는 시계. 나는 내 동생의 촉촉한 파란 눈을 위해 노래했다.

잠시 뒤에 동생이 세면대로 돌아갔다.

"장례식에서 형 대신 해 줬으면 하는 말 있어?"

"내가 직접 말할 거야. 일주일 안에 퇴원해."

"누가 그래?"

"야간 근무 간호사가. 라이너도 그럴 거라고 했어."

맷이 외투 지퍼를 잠갔다. 맷이 지퍼를 채우는 데 시간이 한참 걸렸고 거기에 온 정신을 쏟아야 했다. 지퍼가 중간에 낀 채로 십 년 정도가 흘렀다. 지퍼의 이 하나가 나갔다.

"그럼 너는. 너는 뭐라고 말할 건데?"

"몇 마디 하지."

"뭐라고?"

천장에 붙은 기다란 형광등이 맷의 크고 슬픈 얼굴을 비추었다. 맷은 거대한 대머리 천사처럼 보였다.

"아버지 생애에 대해 간단히 얘기할 거야." 맷이 말했다. "아버지, 당신은 아들들을 혼자 키우셨습니다. 이스트런던에서 성장했고……."

"다소 곤궁한 환경에서." 내가 거들었다. "사실 어느 정도였냐면, 어릴 때 너무 가난해서 기르던 개를 시장에서 팔았습니다."

맷이 씩 웃었다.

"진짜야. 이스트엔드에 진짜 돈이 없는 사람들이 애완동물을 파는 시장이 있어."

침대에 누운 채로 내가 말을 이었다.

"아버지, 전쟁이 끝난 뒤에 아버지는 죽은 말에서 고기를 베어 내 가난한 사람들에게 주었습니다."

"그런 일은 없었어."

맷의 지퍼가 아직도 걸린 채였다. 맷은 말을 이으면서 계속 지퍼를 잡아당겼다.

"아버지는 한 시간도 쉬지 않고 일하셨습니다. 겨울에는 집이 따뜻했습니다. 우리는 부족한 게 없었습니다. 어머니가 없다는 것만 빼면요. 아버지는 열네 살 때 카를 마르크스를 읽었습니다."

맷이 말을 멈췄다. "그 부분 좀 도와줄래? 나는 『공산당 선언』을 안 읽어 봐서. 아버지는 왜 그걸 그렇게 대단하게 생각하셨지?"

맷이 주머니에서 펜을 하나 꺼냈다. 맷의 새끼손가락만 한 크기의 조그만 볼펜에 주택금융조합 이름이 인쇄되어 있었다.

나는 헛기침을 했다. 꽃병에서 해바라기가 시들어 갔다.

"『공산당 선언』을 썼을 때 마르크스는 스물아홉 살이고 엥겔스는 스물일곱 살이었어. 이십 대 후반에 우리는 뭐 했지, 맷?"

"그 이야기는 안 하는 게 좋겠다." 맷이 볼펜을 다시 주머니에 넣었다.

그러고 맷은 가 버렸다. 나는 내 동생을 소리쳐 불렀다. 옆 병동에서 누군가가 울고 있었다.

아일랜드인 간호사가 울음소리가 들리는 곳을 향해 달려갔다.

20

울음소리는 내 안에서 나오고 있었다. 나는 물리치료실 바깥쪽 의자에 앉아 숨을 골랐다. 물리치료를 막 마쳤고 내가 똑바로도 지그재그로도 걸을 수 있고 뒤로 갈 수도 빙빙 돌 수도 앞으로 갈 수도 있다는 걸 알게 됐다. 나는 일자리를 잃었다. 이제 나는 공식적으로 소장 역사학자가 아니었다. 어쩌면 이제 내가 역사일 것이다. 나는 여러 방향을 향해 허우적거리며 갔고 때로는 동시에 모든 방향으로 갔다. 의자에 앉아 내 발을 내려다보며 쉬면서 울다가 옆에 다른 사람의 발이 있다는 걸 알아차렸다. 검정색 운동화인데 오른쪽 운동화 끈이 풀려 있었다. 고개를 들어 보니 내 친구 잭이 나를 내려다보고 있었다. 잭은 은빛 머리카락을 머리 위에 말아 올려 트레머리를 하고 있었다. 치노 팬츠에 늘 입는 리넨 재킷을 입었고 손은 재킷 주머니에 꽂고 가슴 주머니에는 만년필이 꽂혀 있었다. 그때 차를 배달하는 부인이 카트를 밀고 물리치료실 바깥쪽 의자 사이를 지나갔다. 부인이 나에게 차를 마시고 싶으냐고 물었다. 나는 고개를 저었지만 잭이 끼어들었다.

"두 잔 주세요, 감사합니다."

잭은 카트 위에 쌓여 있는 머핀과 스콘에 눈길을 주었다.

"빵 두 개도 부탁합니다."

잭이 차 두 잔과 스콘을 받아 들고 내 옆 플라스틱 의자에 앉았다.

"이런, 솔!" 잭은 건포도 스콘을 베어 물고 차를 마셨다.

우리는 말없이 앉아 있었고 나는 울었다.

내가 잭을 마지막으로 보았을 때가 프랑스 식당에서 잭이 내 홍합을 거의 다 먹고 추가로 주문한 빵 값을 나더러 내라고 했을 때였다.

"아냐." 잭이 말했다. "그게 마지막이 아냐."

잠시 뒤에 잭은 찻잔을 내려놓고 내 손을 잡았다. 차가 든 플라스틱 컵을 들고 있었기 때문인지 손이 이상하게 따뜻했다.

"내가 아버지가 됐어." 내가 말했다.

"그래. 그런 슬픈 일이 있었다는 거 알아. 아주 오래전에 일어난 일이야."

"정말이야?"

"너도 알잖아."

잭이 스콘을 우물거리면서 내 스콘을 나에게 건넸다.

나는 유스턴 로드의 병원에 누워 보내는 기나긴 밤에 아이작의 얼굴이 계속 떠오르곤 했다는 말은 하지 않았다. 밤이 흐르고 흘러서 전후 동독으로, 20세기 매사추세츠로, 베스널 그린에 있는 집으로, 1979년 서베를린에서 아버지 드리려고 『공산당 선언』 초기 판본을 샀던 때로 돌아갔다. 학자금 대출받은 돈을 탈탈 털어서 샀다. 그러고 나니 돈이 하나도 없었다. 학기가 끝났을 때 동생이 케임브리지에서 집까지 오는 기찻삯을 보내 주었다.

내 스콘을 잭에게 내밀었다. "내 것도 먹어. 난 모르핀을 먹고 살아."

"난 됐어." 잭이 왼손을 들어 자기 배를 살짝 두드렸고 오른손으로는 내 손을 쥐고 놓지 않았다.

"사실 예전 동독 지역에 갔다가 막 돌아왔어. 츠비카우에. 예전에 트라반트 공장이 있던 곳이야. 자동차 박람회를 취재하러 갔어. 트라반트 여러 대를 전시했더라고."

"그래." 내가 고개를 끄덕였다. "트라반트가 동독의 국민차지."

"음, 전에는 그랬지. 거기 있는 동안 1950년대 말에 할아버지가 산 트라반트를 아직까지 가지고 있는 젊은 여자하고 인터뷰를 했어. 자기한테 가장 소중한 물건이래."

"그 여자 이름이 뭐였어?"

"생각이 안 나는데. 왜 알고 싶은데?"

"이름이 루나였어?"

"어, 그런 이름이었으면 기억했을 것 같은데. 대화가 잘 통했어."

잭이 자동차 박람회에 전시된 트라반트 이야기를 좀 더 했다.

잭은 디자인이 전혀 바뀌지 않았다면서 우습다는 듯이 말했다.

"그걸 알아야 돼." 나는 이제 식어서 위쪽에 우유 기름막이 뜬 찻잔에 손을 뻗으면서 말했다. "서구에서 독일민주공화국에 강철을 수출하지 못하게 막았고 동독에서는 철이 생산되지 않았어. 트라반트는 독창적인 차야. 재활용 원료로 만든 최초의 자동차지."

"이럴 때면 영락없이 너희 아버지 아들이라니까." 잭이 내 손을 꽉 쥐었다. "어떻게 지내, 친구?"

이야기할 기분이 아니었다. 차 카트 고무바퀴가 리놀륨 바닥에서 달달거리는 구슬픈 소리는 세상의 종말에 어울리는 배경음악이었다. 카트를 미는 부인이 어쩌다 카트를 놓치면 카트가 벽에, 침대에 부딪혔다. 그 소리가 나의 끔찍한 세상에서는 폭포 소리, 앵무새 소리였다.

"트라반트로 차를 배달하는 것도 괜찮겠는데." 잭이 내 귓가에 속삭였다. "거긴 적어도 운전대는 있으니까."

나는 고개를 뒤로 젖혀 벽에 기댔다. "우리가 마지막으로 만났을 때 네가 내 점심을 먹고 추가로 시킨 빵 값을 나더러 내라 했지."

"그게 마지막이 아니야. 하지만 그날이 모든 게 시작된 날인 건 맞지. 우리가 집에 돌아온 다음에 어떻게 됐는지 생각나?"

"아니."

"내가 열리지 않은 홍합을 먹은 탓에 집에 와서 토했어."

"그러고 나서 내가 네 침대에 같이 누웠지."

"응."

"난 네가 애정이 없다고 생각했어." 내가 대꾸했다.

"그때는 그랬던 것 같아."

"지금 만나는 사람 있어?"

차 카트가 다시 벽에 쿵 부딪혔다. 그리고 다시.

"응. 있지. 너는, 솔?"

"계속 섹스를 하긴 하는데 이게 삼십 년 전에 한 섹스인지 세

달 전에 한 섹스인지 모르겠어. 내 섹스의 역사를 모든 시간대로 확장한 것 같긴 한데 어쨌든 베를린 장벽이 무너지기 전에는 섹스를 많이 했어. 그 뒤 일은 기억이 흐릿하지만 어쨌든 사회민주주의 체제에서는 권위주의 체제에서보다 섹스를 덜 한 것 같아."

"여어. 빨리 나아서 섹스를 더 해." 잭이 말했다.

잠시 뒤에 잭은 두 번째 스콘을 재킷 주머니에 넣었다.

"실은 아버지 돌아가셨다는 이야기 들었어. 안타깝다."

나는 안타까워하지 말라고, 우리 아버지는 전에도 여러 번 돌아가셨다고 말했다. 처음 돌아가신 게 삼십 년쯤 전이었다. 나는 아버지가 죽었다가 다시 살아났다가 또 죽는 것에 익숙해 있었다. 잭이 무슨 말이냐고 물었다.

"무의식적인 사상 범죄지." 내가 말했다. "스탈린은 그런 사상을 가진 사람을 암살하고 싶어 했어. 그러니까 모든 사람을."

"그래, 너희 아버지는 확실히 돌아가셨어, 솔. 아버지가 계셨으면 우리 나무에서 사과를 따셨을 텐데 안타깝다."

제니퍼가 복도에서 전화 통화하는 소리가 들렸다. 제니퍼는 파란 스웨이드 샌들과 어울리는 파란색 바지 정장 차림이었다. 제니퍼는 아버지 장례식 준비 때문에 맷과 통화했다고 말했다. 나는 제니퍼에게 우리 아버지는 돌아가시기 전에 여러 번 죽었다고 (다시) 말했다. 사실 삼십 년쯤 전 아버지가 처음으로 돌아가셨을 때 제니퍼가 바로 그 파란 바지 정장을 입었었다고.

"그래." 제니퍼는 별 관심이 없는 듯한 말투였다.

"안녕하세요, 잭."

"안녕하세요, 제니퍼."

두 사람은 내가 그 자리에 없는 것처럼 속닥거리기 시작했다.

잭은 말이 안 되는 엉뚱한 소리를 했다.

"자기가 걸을 수 있다고 생각해요."

제니퍼 눈에 눈물이 그렁해 보였다. 나는 제니퍼의 아버지가 제니퍼가 열두 살 때 돌아가셨다는 사실을 떠올렸다. 그 점에 대해서 뭐라 말하고 싶었지만 어떻게 말을 꺼내야 할지 몰랐다. 우리는 평생을 서로에 대한 사랑으로부터 도망치면서 보냈다. 대신 나는 제니퍼에게 작품 활동에 대해 물었다.

"졸업 전시회 다음에 뭘 했는지 [다시] 말해 줘."

"아주 오래전 일이야."

"그래?"

"그래." 잭이 끼어들었다. "거의 삼십 년 전이지."

"졸업 무렵에 나는 남성의 아름다움에 골몰했지." 제니퍼가 말했다. "너 때문이었어. 지금은 잘 생각이 안 나. 육상 선수와 신상(神像)과 전사(戰士)와 양성구유를 관찰했어. 남자나 소년의 육감적인 입술, 가는 허리, 조그만 페니스, 기름 바른 머리카락. 섬세한 발가락 같은 것. 그러다가 도나텔로의 다비드 상을 보았고 남자를 남자로 만드는 게 페니스인 건가 고민했지."

"너는 내 페니스를 좋아했는데."

제니퍼가 웃었다. "맞아."

라이너가 우리 옆에 서 있었다.

"아버지 일은 유감입니다." 라이너가 말했다.

"지금 내 페니스 얘기 하고 있었어요, 라이너." 먼지가 낀 병원 창문을 통해 눈부신 햇빛이 들어왔다. 라이너가 웃기 시작했다. 제니퍼도 웃었다. 잭도 웃었다. 다들 나보다 훨씬 행복한 것 같았다.

제니퍼가 내 맨발을 내려다보았다. 내 발가락 길이를 보고 조화롭고 고르게 배열되어 있는지 연구하고 싶은 걸까?

"내가 하려던 말은," 제니퍼가 말했다. "네 조카들이 왔다고."

교복을 입은 십 대 남자아이 둘이 우리가 앉은 곳에서 몇 자리 떨어진 곳에 앉아 카드를 하고 있었다. 제니퍼와 라이너는 벽 뒤로 사라졌다.

나는 눈을 감고 머리카락을 만지려고 손으로 더듬었다. 찾을 수가 없자 나는 대신 내 무릎을 만지고 눈을 떴다. 잭의 입이 내 귓가에 다가와 정보를 주었다.

"이름이 데이비드와 일라이자야."

"할로, 카를 토마스." 나는 어려 보이는 쪽에게 독일어로 말했다.

"전 카를 토마스가 아닌데요. 일라이자예요. 맷이 저희 아버지고요."

나는 말을 다시 영어로 바꿨지만 내가 있는 곳은 영국이 아니었다.

"학교에 가야 하지 않니?"

"맞아요." 큰아이가 고개를 끄덕였다. 열일곱 살쯤 되어 보였다.

"아버지가 가서 뵈라고 시켰어요."

"그래, 카를 토마스." 내가 몸을 숙였더니 그 애가 손에 에이스를 들고 있는 게 보였다. "새로운 사회주의적 인간의 십계명을 익혔니?"

"그게 뭔데요?"

"청년단에 안 들어갔어? 청년개척자단이나 자유독일청년단 같은 거?"

"전 영국인인데요." 그가 말했다. "이름은 일라이자고요."

"청년단에서 낡은 아파트 부지를 청소하는 봉사를 하니? 지붕 위에 올라가 지붕을 수리했겠구나."

"아버지가 지붕을 수리하는데요."

큰애가 고개를 끄덕였다. 머리카락을 녹색으로 물들였고 손톱은 파란색과 보라색 계열의 여러 다른 색으로 칠했다.

"전 데이비드예요. 어떤 계명을 배워야 해요?"

"'인간이 인간을 착취하는 것을 철폐하려고 애쓴다.'"

"나쁘진 않네요."

나는 에이스를 언제 쓸까 고민 중인 동생 쪽을 보았다.

"일라이자, 너 자신보다 더 큰 무언가에 속해 있는 소속감을 느끼면 좋지 않겠니?"

"저 학교에서 연극해요."

내 조카가 에이스를 의자 위에 올려놓았고 게임은 끝이 났다.

녹색 머리의 데이비드가 오후에는 아버지와 같이 비둘기 문제를 알아보러 간다고 말했다.

"무슨 비둘기?"

"할아버지 장례식에서 날릴 거요."

"나도 아들이 있었어. 이름이 아이작이야."

"알아요."

아이들은 예의 바르게 굴려고 애쓰고 있었다. 카드를 모아 정리하고 나서 인내심 있게 몇 분 더 의자에 앉아 있었다. 큰애는 왼쪽 손목에 별과 깃털 문신을 했다.

"더 나은 사회를 이루려면 어떻게 해야 할지 생각해 봤니, 데이비드?"

"나가는 문을 찾을 수가 없어요." 일라이자가 대답했다.

"너희들이 한창 나이일 때 영국이 유럽에서 탈퇴한다는 것에 대해 어떻게 생각하니?"

잭이 의자 뒤쪽 엘리베이터를 가리켰다. "저 엘리베이터 타면 나가는 길이 나와."

"내 친구 잭이란다."

아이들이 잭에게 고개를 끄덕였다. 잭은 오래전부터 알고 지낸 사이인 것처럼 손을 흔들었다.

나는 조카들을 엘리베이터까지 바래다주었다.

"머리 염색하고 손톱 칠한 거 아버지가 뭐라고 안 해?"

"네." 데이비드가 녹색 곱슬머리를 흔들었다. "삼촌 때문에 익숙해졌대요."

데이비드가 파란색으로 칠한 손톱으로 버튼을 눌러 엘리베이터를 불렀다.

조카들을 봐서 무척 기분이 좋았다. 조카들이 나를 봐서 기분 좋은 것보다 훨씬 훨씬 더. "언젠가 같이 카드 게임 하자꾸나. 어머니한테 안부 전하고."

녹색 머리카락의 데이비드가 녹색으로 염색하지 않은 눈썹을 치켜올렸다. "네, 봐서요."

"엘리베이터가 도착했습니다." 나는 흡사 리무진이 도착했다고 알릴 때처럼 격식을 갖춰 말했다.

나는 조카들을 보내고 내 스콘을 먹고 있는 친구에게 걸어 돌아왔다.

"타이 있어, 잭?"

"양복과 타이라고 할 때 타이?"

"가족 사이의 끈 같은 거. 너도 형이거나 삼촌이거나 그래?"

"응."

"너 나한테 가족 얘기 한 적 없지."

"너도 그랬어."

"그래. 끈을 다 풀고 싶었거든."

나는 잭의 어깨에 머리를 기댔다. 잭이 내 팔을 쓰다듬으며 차를 마셨다. 다정한 잭과 같이 있으니 편안해졌다. 잭은 장식이 있는 터키석 은반지를 끼고 있었다. 은반지가 차가워서 잭이 내 팔을 쓰다듬을 때마다 몸이 덜덜 떨렸다. 잭의 손톱이 짧게 물어뜯겨 있었다. 잠시 뒤에 잭은 반지를 빼고 내 팔을 쓰다듬었다. 잭의 머리카락에서 탄 나무 냄새가 났다. 잭의 어깨에 기대어 잠들고 싶었지만 잠에서 깨었을 때 잭이 가고 없을까 봐 겁이 났다.

"스물여덟 살 때 독일민주공화국에서 남자를 사랑하게 됐어."

"알아. 우리 발터 얘기 자주 했어. 그건 그렇고 네 서픽 집 마당에 내가 사과나무 두 그루 더 심었어."

나는 더 최근의 역사로 이야기를 끌고 가려는 잭의 시도를 무시하고 말을 이었다.

"발터 뮐러는 유행에 한참 뒤처진 운동화를 신었어. 회갈색 머리카락이 어깨까지 내려왔지. 연한 푸른색 눈이 나를 빈틈없이 보고 있었어. 감시가 사람들이 숨 쉬는 공기 같았어. 발터는 늘 나를 지켜봤고 나를 지켜보는 데 여러 가지 이유가 있었지만 욕망과 정치가 가장 중요한 이유였지. 제니퍼의 카메라도 늘 나를 보고 있었어. 내가 잘 때조차도. 내가 잘 때 특히 더. 하지만 발터는 맨눈으로 나를 봤고 내 안에 있는 모든 것을 봤어."

쟀의 전과 달리 부드러운 손가락이 계속 내 팔을 쓸었다. 잠시 뒤에는 쟀이 발터에 대한 이야기를 이어 갔고 나는 귀를 기울였다.

"발터가 프리드리히슈트라세 역에서 널 처음 봤을 때, 너처럼 미칠 듯이 아름다운 사람은 본 적이 없었지. 네가 실재하는 사람이라는 게 믿기지 않았어. 거기 네가 눈앞에 서 있었어, 「블레이드 러너」에 나오는 푸른 눈과 부드러운 입술이. 너는 영국 기차에 대해 불평을 했지."

"맞아, 그랬어."

"넌 거기서 끈으로 묶인 것처럼 붙들렸어." 쟀이 말했다.

"동독에서는 타이를 꼭 맸어." 내가 기억을 더듬었다. "작년에 베를린으로 발터를 만나러 갔을 때에도 타이를 맸어. 영국이 유럽과의 끈을 풀려고 하기 전에."

"그래. 내가 널 공항까지 태워 줬어. 2015년 3월이었지. 알렉산더플라츠에서 발터를 두 번째로 만나고 난 다음에 넌 좀 달라진 것 같았어. 집에 돌아왔을 때 더 행복해했어."

21

나는 오후 두 시에 알렉산더플라츠의 세계 시계 옆에 발터와 함께 서 있었다.

발터가 냉랭하거나 그런 건 아니었지만 나의 중년의 우울을 받아 줄 분위기도 아니어서 나는 기분이 좋지 않았다. 나는 아무 지장 없이 일생생활을 한다고 말했다. 펍에서 친구들과 대화를 하고 조리 있게 논쟁도 하고 도시에서 걸어 다닐 수 있고 점잖은 사람으로 보일 수 있다고. 옷도 깔끔했고 셔츠에 단추도 다 붙어 있어서 내가 예순 살이 될 때까지 살고 싶은 생각이 없다는 걸 아무도 몰랐다. 지금은 동유럽 공산주의 몰락 이후에 대해 강의를 한다. 내가 가르치는 학생들은 걷잡을 수 없이 오르는 월세를 감당하지 못해 늙어 가는 부모와 함께 살았다. 발터는 머리숱이 좀 줄었다. 머리카락을 바싹 깎았고 얼굴은 더 야위었고 가벼운 알루미늄 테 안경을 꼈다.

나는 발터의 안경 너머 옅푸른 눈 안에서 젊은 발터의 유령을

언뜻 보았다. 자기 시골집 근처 숲에서 버섯 따자고 나를 데려가면서 펠트 모자를 썼던 젊은이. 발터는 늙으신 어머니가 공장에서 낚싯바늘 만들던 때가 좋았다고 말씀하신다고 했다. 어머니는 지금은 일주일에 이틀 네일숍에서 카운터를 봤다. 베트남에서 온 젊은 여자 두 명이 네일숍 사장인데 발터 어머니를 좋아했다. 우르줄라는 아크릴과 라인스톤을 손톱 끝에 붙이고 셸락 매니큐어를 바르려고 기다리는 손님들에게 손님이 원한다면 마르크스와 레닌에 대해 강의를 할 수 있었고 실제로 듣고 싶어 하는 사람도 있었다.

나는 여전히 발터를 갈망했다. 발터의 배를 만지고 발터가 떠는 것을 다시 느끼고 싶었다. 하지만 나이 든 발터는 떠는 사람이 아니었다. 떠는 사람은 나였다.

이번에는 발터가 1988년 신호등 앞에서 밴이 멈췄을 때 어떤 일이 있었는지를 말해 주었다. 내가 상상했던 일이 사실이었다.

너무 수치스러웠다. 삶이란 무슨 일이 있더라도 견뎌야 하는 거라고 생각하는 시민들이 나를 구해 줄 위험만 없었다면 알렉산더플라츠를 지나는 트램이나 애비 로드를 지나는 자동차에 내 몸을 던졌을 것이다. 그들이 이틀 만에 발터를 풀어 주었다. 발터보다 루나에게 더 관심이 있었기 때문이다. 부족한 자원을 의료 훈련에 투자했으니 루나가 떠나게 둘 수는 없었다.

발터가 나를 포옹했을 때 (나는 늘 그러듯 울고 있었다.) 발터의 몸짓에는 욕망이 없었다. 그보다는 어머니, 아버지, 어쩌면 형제 같은 몸짓이었다. 비만이고 중년이 된 나에 대한 공감과 동정을 담은 포옹이었다.

"네가 아니었더라도 루나를 잡으러 왔을 거야." 발터가 단호하게 말했다. "루나가 어떻게든 떠나려고 하는 걸 그들도 알았으니까."

발터는 칼라에 털이 달린 두꺼운 코트를 입었고 코트 안에는 세련된 재킷을 입었다. 잠시 뒤에 나는 독일민주공화국에서는 발터가 옷을 입고 있게 할 수 없었다는 이야기를 했다.

"계속 벌거벗고 있었지. 호수에서 수영할 때도, 커피를 끓일 때도, 테이블을 수리할 때도, 감자를 볶을 때도."

"독일 사람들은 나신을 부끄러워하지 않아. 하지만 넌 부끄러워했지."

"그래, 맞아." 나는 발터 셔츠의 가장 위쪽 단추를 건드렸다. "늘 부끄러웠어. 하지만 외모가 망가진 지금은 덜 부끄러워. 그 반대여야 할 것 같은데 그러네. 이건 그냥 이거니까. 그러니까 그냥 내 몸이라고. 그런데 발터 너는 외모가 더 나아진 것 같아. 날씬하고. 어떻게 된 거야?"

"몸에 좋은 걸 먹어." 발터가 미소를 지었는데 치아가 더욱 고르고 하얘 보였다. "맥주를 거의 끊었고 대신 물을 마셔."

나는 발터에게 애인이 있냐고 물었다.

발터는 내 뱃살을 흘긋 보았다.

"있어. 헬가도 마찬가지고. 우린 그냥 아이들 부모로 남기로 했어. 그렇게 좋은 관계로 지내. 너랑 애인은 어때?"

"붙었다 떨어졌다 해."

"둘 중 누가 더 붙는 쪽이야?"

"잭."

우리는 한동안 말이 없었다.

"지내기는 괜찮아, 발터?"

"응. 물어 줘서 고맙다." 발터는 주머니에 손을 넣더니 관광 기념품점에서 파는 독일민주공화국 감시탑 플라스틱 모형을 꺼냈다.

"제니퍼한테 줘야겠다." 내가 말했다. "늘 나를 감시했으니까."

나는 발터의 눈을 들여다보았고 발터는 눈길을 피했다.

"그래, 나도 알아, 발터. 알고말고. 나는 누굴 비난하는 데 관심 없어. 내 경솔함의 긍정적인 면이지."

발터가 어깨를 으쓱했다. "원한다면 너를 사찰한 파일을 보여 줄게."

사실 더 자세히 알고 싶기도 했다. 나는 발터에게 파일에 뭐라고 썼냐고 물었다.

"넌 슈타지보다도 더 과민했지." 발터가 안경을 벗어 주머니에 넣었다. "상상력이 풍부했어. 손으로 우리 어머니 아파트 벽을 두드려 보더라. 무언가를 찾고 있는데 그게 뭔지는 모르겠다고 말했어. 벽 안이 비어 있나 아니면 차 있나? 너는 그런 행동을 하면 중요한 사람이 된 것 같은 느낌이 든다고 말했고, 그러고 나서는 그렇다면 다른 때에는 자신이 보잘것없다고 느끼는 걸까 고민했지."

"맞아, 나 자신이 하찮다고 생각해."

발터는 옛 독일에서처럼, 세금을 내기 위해 하루 종일 일하지 않아도 되었고 콜리플라워를 구하면 운 좋은 날이라고 생각했던 때처럼 웃었다.

"나의 영국인 친구." 발터가 말했다. "스스로 의미 있다고 여겨야 중요해지는 거야."

발터가 잿빛 하늘을 올려다보았다. 나도 발터의 시선을 따라갔다. 하늘에 볼 게 아무것도 없었다. 비행기의 항적도, 흘러가는 구름도, 날아가는 새도 없었다.

"아무튼 그 보고서 쓸 때 내가 내린 결론이 뭐였는지 말해 줄게. 헤어 아들러에게 여러 심리적 문제가 있지만 다른 사람에게 해를 입히지는 않는다고 썼어."

발터는 아직도 하늘을 보고 있었다.

"내가 내린 결론의 문제는, 그게 사실이 아니라는 거야." 발터가 딱딱하게 말했다.

"어느 부분이?"

"네가 무해하다는 부분."

발터가 세계 시계 아래에서 몸을 굽혀 나에게 연인처럼 키스했고 스케이트보드를 타는 사람들이 우리 옆으로 지나갔다.

"입술은 그대로야." 발터는 여전히 나에 대한 기록을 작성하는 듯이 말했다. "너는 우리의 경제적 기적에 대한 보고서 썼어?"

"응, 썼어. 독일민주공화국의 실제 삶을 지지하는 글을 썼어."

발터는 특유의 멋진 웃음을 터뜨렸다. 고개를 젖혀 치아를 드러내고 웃었다. 아주 호방하고 섹시했다.

"여전히 제정신이 아니구나."

"그래. 그리고 못생겨졌어."

"아니야. 나이 든 네 안에서 젊은 미치광이의 모습이 보여. 나이 든 베를린에서도 미치광이 장벽의 일부를 볼 수 있지."

나는 곧 21세기의 알렉산더플라츠를 떠날 것이다. 커리부어스트[22] 가게와 패스트푸드점과 마약상과 길거리 연주자들을 지나서 걸어갈 것이다. 어떤 남자가 기타를 발전기에 꽂고 두들겼다. 그는 비가 오고 나니 더 또렷이 보인다는 노래를 불렀다. 나는 과연 내가 무엇이든 간에 더 또렷이 볼 수 있는지, 더 또렷이 느낄 수 있는지 확신할 수 없었다. 이를테면 살해당한 유대인, 살해당한 집시, 살해당한 동성애자를 추도하려고 세웠다는 기념비 같은 것을.

발터에게 나도 줄 게 있다고 말했다. 얼마 전에 잭에게 받은 가방 안을 뒤지는 나를 발터가 보고 있었다. 황마 같은 천연섬유로 만든 가방이었다. 나는 가방에서 파인애플 통조림을 꺼내 발터에게 주었다.

발터는 통조림을 햇빛에 비춰 성분표를 읽었다. 발터가 알디나 리들 같은 슈퍼마켓에 가서 파인애플 통조림을 얼마든지 살 수 있다는 사실을 발터도 알고 나도 알았다.

"사실, 요즘은 설탕을 되도록 안 먹으려고 해."

나는 세계 시계를 보면서 통일 이후에 거기 추가된 나라들이 몇 개인지 헤아렸다.

"발터, 루나 소식 들은 적 있어?"

발터가 고개를 저었다.

"왜 아들을 안 데려간 거야?"

"까딱하면 죽을 수도 있으니까. 루나는 우리가 카를 토마스를 친자식처럼 돌보리라는 걸 알았지."

"내 아들이야?"

---

22 소시지 위에 케첩과 카레를 뿌린 길거리 음식.

발터가 다시 웃었다. 그 질문이 아무 의미도 없는 질문이라는 듯이. 십 분쯤 전부터 발터의 기분이 많이 좋아진 것 같았다.

"루나는 병원 방사선사 헤르만하고 가까운 사이였어. 어쩌면 네가 오기 전에 루나가 임신했을 수도 있다고 생각해. 계속 파인애플 통조림이 먹고 싶다고 했으니까."

우리는 넓은 베를린 하늘 아래에 서서 일본 라멘 집을, 트램을, 일곱 살하고 아홉 살 정도로 보이는 여자아이 둘이 자전거를 타는 모습을 보았다. 한 아이는 자기 발에 비해 두 사이즈쯤 커 보이는 운동화를 신어서 자꾸 페달에서 발이 미끄러졌다. 다른 아이는 몸에 지나치게 끼는 작은 외투를 입고 불편해했다. 소매가 팔꿈치 언저리까지밖에 안 왔다. 외투 단추 세 개가 없었다. 얻은 옷처럼 보이는 옷을 입은 것으로 보아 난민인 것 같았다. "맞아." 발터가 말했다. "저 아이들도 자기 옷을 입고 자기 자전거를 타고 부모님과 같이 살고 싶겠지만 전쟁은 전쟁이니까." 발터가 내 팔을 툭 치더니 멀리서 우리 쪽으로 걸어오는 누군가를 가리켰다.

청바지와 티셔츠 차림이고 이십 대 중반쯤 되어 보이는 젊은 이가 조그맣고 까만 개를 안은 채 사람들 사이를 헤치고 왔다. 비가 오는데 선글라스를 썼다. 우리는 젊은이가 평온하게 우리를 향해 걸어오는 모습을 봤다. 귀에 헤드폰을 낀 채 자기에게 아버지가 되어 주었던 삼촌에게 손을 흔들었다.

내가 뭐라고 말해야 헤드폰을 귀에서 벗는 수고가 아깝지 않을까? 집중해, 카를 토마스. 전쟁이 네 삶을 파괴하는 일은 없을 거야. 넌 항상 네 옷을 입을 거고 늘 발에 맞는 신발을 신을 거고 난민수용소에서 자야 할 일도 없을 거야. 새로운 유럽이 탄생했어. 1945년의 폐허에 널린 시체, 무너져 내린 건물의 잔해, 깨진 유리창, 집과 식량을 찾아 헤매는 사람들, 실종자들, 그러나 그 누구도 자기가 인종 학살과 관련 있다고 인정하지 않는 등의 일은 결코 다시는 일어나지 않을 거야. 이 말은 거짓일까, 진실일까? 진실과 거짓이 섞인 것일까? 진실보다 거짓이 더 많으면 어떡하지? 아니면 완전한 진실이라면?

나는 내 아들일 수도 있고 아닐 수도 있는 카를 토마스가 나에게 뭐라고 말을 하든 내가 자초한 일이라고 생각했다.

머릿속에서 내가 간곡히 비는 소리가 들렸다. 제발, 부탁이야 카를 토마스, '우리 어머니 아시죠.'라고 말하지는 마.

카를 토마스는 내가 처음 독일민주공화국에 갔을 때의 나이와 비슷한 나이였다. 그때 동독은 시한부의 삶을 살고 있었고 카를 토마스가 태어나고 몇 달 뒤에 무너져 내렸다. 루나가 몇 주만 더 기다렸다면, 1989년 11월 9일 밤을 카메라로 기록하는 기자들의 조명과 플래시 세례 속에 장벽 위에서 춤을 추었을 것이다. 루나는 아들과 재결합할 수 있을 거라고 생각했겠지만, 그렇게 되지 못했다. 대신 카를 토마스는 재결합한 독일에서, 엄마와 떨어져서 자랐다. 나는 카를 토마스에게 루나가 그날 밤 시골집에서 자유를 위해 노래하고 춤을 추었던 이야기를 하고 싶었지만 나에게는 그런 이야기를 할 자격이 없는 것 같았다. 그의 삶에서 아무 역할도 하지 않은 내가 그의 역사에 나를 끼워 넣으려 하는 것이나 다름없을 것 같았다. 낡고 얼룩진 기억을 굳이 뭐하러 전해 주나? 그게 선물일까, 고통일까? 아이작이 부모와 말다툼하고 우리 자존심에 상처를 입히고 우리가 죄책감을 느끼게 만들 수 있도록 계속 자랐다면 아이작과 카를 토마스는 같은 나이였을 것이다. 내가 어떻게 이 낯선 젊은이에게 1988년 9월 한 달 동안 내가 나와 같이하는 삶을 원하지 않는 한 여자를, 어쩌면 두 여자를 임신시켰다는 이야기를 할 수 있겠는가? 그러면 대체 내가 어떻게 되어 먹은 인간이라고 생각하겠는가? 그리고 정말 나는 대체 어떻게 되어 먹은 인간인 걸까?

카를 토마스가 헤드폰을 벗었다. 왼손은 까만 개 위에 얹혀 있었다. 카를 토마스가 인사를 했다.

나는 손을 뻗어 카를 토마스 품 안의 개를 쓰다듬었다. 우리는 그 상태로 있었다. 알렉산더플라츠 세계 시계 위에 떠 있는 태양계 위에 비가 내리는 동안 셋이서 개를 쓰다듬었다.

아이작. 카를 토마스. 그 애의 머리카락이 예전 내 머리카락처럼 검었다. 곱슬거리며 어깨까지 내려왔다. 우리 아버지도 젊을 때에는 머리가 새카맸지만 절대로 어깨에 닿도록 기르지 않았다. 무덤에 들어갈 때까지 아버지 머리는 앞쪽도 옆쪽도 짧았다.

마침내 카를 토마스가 선글라스를 벗었는데 카를 토마스의 눈은 뱀에게 물렸을 때처럼 충격적인 밝고 맑은 파란색이었다. 카를 토마스가 늘 유용하기도 하고 늘 짐이기도 하고 때로는 끔찍한 자신의 극단적 아름다움을 어떻게 쓸까 궁금했다.

내가 막 그에게 말을 걸려고 하는데, 어떻게 지내는지 어떤 친구가 있는지 어디에 사는지 물으려는데 내 어깨 위에 손이 올라왔다.

"우리 영화 보기로 했는데 늦어서." 발터가 말했다. "지금 가야 앞부분 안 놓치겠다."

"제발 가지 마." 내가 빌었다. "두 사람하고 같이 있으니까 세상이 크고 새로워져." 하지만 두 사람은 이미 계획이 있었고 영화를 보려면 카를 토마스가 집에 개를 데려다 놓아야 했다. 발터는 지금 바로 출발하면 영화에 늦지 않겠다고 했다. 두 사람은 인파와 자동차 사이를 헤치며 함께 멀어져 갔고 개도 발맞춰 따라갔다.

22

"그래." 잭이 말했다. "너와 나는 자유롭지."

나는 잭의 어깨에 계속 머리를 기대고 있었다. "맞아. 우리는 끈에 매이지 않았어."

잭이 차를 한 모금 마셨다. 내 뺨이 잭의 목에 닿아 있었다.

나는 잭이 내 옆에 있기를 바랐고 또 잭이 가 버리기를 바랐다. "역사가들은 피임을 안 하나?"

자유롭다는 사실을, 그리고 그것에 수반하는 모든 것들을 어떻게 견뎌야 할지 알 수 없었다.

"옛날에, 우리가 사귈 때 제니퍼는 내가 역사가라기보다는 록 스타처럼 보인다고 했어."

"맞아." 잭이 웃으며 말했다. "하지만 넌 록 스타가 아니었지. 록 스타처럼 생기기만 한 거지. 록 스타로 사는 건 힘든 일일 거야."

"록 스타도 끈은 있어."

나는 고개를 들고 입을 벌렸고 간호사가 차가운 모르핀을 입에 넣어 주었다. 잭은 두 번째 스콘을 먹었다. 잠시 뒤에 잭에게 내가 카페 아인슈타인 바깥 계단에서 발터에게 서퍽에서 같이 살자고 빌었던 일을 이야기했다. 우리가 같이 어떤 삶을 살 수 있을 거라고 묘사했을 때 발터가 어떻게 웃었는지.

잭은 흘러내린 머리카락 한 가닥을 집어 트레머리에 쑤셔 넣었다.

"전에 다 들었어."

"그랬어?"

"응." 잭은 전과 다른 다정한 손길로 아직도 내 팔을 쓰다듬고 있었다. "우리는 안락의자에 같이 앉아 《뉴요커》를 읽을 거야. 함께 눈을 뜨고 교대로 토스트를 만들고. 우리 마당에는 꽃이 피어나. 블랙베리가 익어 가고."

모르핀이 내 혀를 딱딱하게 덮은 것처럼 혀가 제멋대로 움직였다. 나는 익어 가는 과일을 씹어 그걸 진실로 만들려고 혀를 따라갔지만 이미 너무 늦은 일이었다.

"누구든 다른 사람으로 대체할 수 있지." 내가 말했다. "하지만 내가 원한 사랑은 너의 사랑은 아니었어."

잭은 스테인리스스틸 엘리베이터 쪽을 보고 있었다. 잠시 뒤에 잭이 자리에서 일어섰고 나는 잭을 엘리베이터까지 배웅했다.

"이걸 타면 네 잔인함으로부터 탈출할 수 있겠구나." 잭이 말했다.

잭이 엘리베이터 안으로 들어가는데 엘리베이터 바닥이 낙엽으로 덮여 있는 게 눈에 들어왔다. 잭의 검정색 운동화 아래에서 갈잎이 바스라졌고 잭이 잎을 발로 걷어찼다. 애비 로드 양옆 가로수에서 떨어진 잎을 쓸어 두 무더기로 모아 놓았고 몇 개는 횡단보도 위로 날리던 게 떠올랐다. 엘리베이터 문에 문제가 있었다. 문이 닫혔다가 다시 열리고 닫혔다가 또다시 열렸다. 잭이 손목시계를 흘긋 봤다. 나는 잭이 모든 시간대에서 외로우며 나도 그렇다는 생각을 했다.

23

정신을 멍하게 만드는 모르핀 빗속에서 비행기가 빙빙 원을 그리며 돌았다.

무료 급식소와 노숙자들 머리 위 영국의 하늘에서 빙빙 돌았다.

아버지가 조종사였는데 나에게 발아래 경관을 보여 주었다.

24

제니퍼는 내 곁을 떠나지 않았다. 제니퍼는 가방을 뒤져 탱글 티저라고 부르는 작은 머리빗을 찾았다. 나는 빗을 받아 들고 제니퍼의 머리카락을 빗기기 시작했다. 마음이 차분해졌다. 제니퍼는 내 침대에 나에게 등을 돌리고 앉았다. 은빛 머리카락이 허리까지 내려왔다. 한번 끝까지 빗겨 내리는 데 한참 걸렸다. 제니퍼의 머리를 빗기는 내 손 그림자가 벽 위에서 춤을 췄다. 그림자가 내 맥없는 손가락보다 힘차 보였는데 그게 어쩐지 용기를 줬다.

나는 제니퍼에게 네 존재 전체에서 아름다움이 나온다고 말했고 너의 재능이 내 질투보다 더 크다고도 했다.

제니퍼는 녹색 레인코트를 입고 있었다.

제니퍼는 대답하지 않았지만 나는 제니퍼가 듣고 있다는 걸 알았다. 잠시 뒤에, 나는 내가 애비 로드를 건너는 사진을 다시 찍어 보면 어떻겠냐고 말했다. 그러면 1988년 사진 하나, 2016년 사진 하나 이렇게 두 장이 생길 테니까. 역사를 길게 늘여 놓은 게 될 거다.

"그게 네 마지막 소원이라면, 찍을게."

"나의 첫 번째 소원이야." 내가 대답했다.

"이런 거야, 솔 애들러. 방금 잭하고 이야기했어. 잭이 기차 타고 입스위치로 돌아가지 않기로 했대. 너 가까이 있으려고 유스턴 로드 근처 호텔에 묵겠대."

"일주일 안으로 집에 간다고 전해 줘."

나는 계속해서 빗으로 제니퍼의 머리를 빗겼지만 이제는 단조로운 리듬도 마음을 편안하게 해 주질 않았다.

"이런 거야, 제니퍼 모로. 우리는 젊고 어리석고 경솔했지만, 그래도 난 한순간도 너를 사랑하지 않은 적이 없어."

"이런 거야, 솔 애들러." 제니퍼는 여전히 나에게 등을 돌리고 있었다. "너는 너무 무심하고 다른 데에 가 있곤 해서, 나로서는 너에게 가닿는 유일한 길이 카메라를 통하는 것이었어."

손에서 빗이 떨어졌다. 나는 두려웠다. 모든 것이. 내가 느끼는 모든 것이. 내 품에 안긴 내 아들이 내가 파란 서쪽 하늘 아래에서 「페니 레인」을 불러 주었을 때 손을 들어 올리던 것이. 그래, 아이작, 노래에 간호사가 나와. 은행가와 이발사와 소방관도 나오고. 사람들이 사진을 들여다보지. 너의 엄마처럼, 너의 젊은 엄마, 내가 널 안고 있는 동안 엄마 눈 좀 붙이게 하자, 엄마는 나처럼 가버리지 않을 거야. 나는 아이작의 손가락이 노래하는 내 입술을 끌어당기는 것에 겁이 났다. 과거의 모든 일이 그리고 이다음에 일어날 모든 일이 두려웠다. 가까이에서 잭의 목소리가 들렸다. 잭의 은색 머리카락이 어깨까지 내려왔다. 잭이 턱수염을 길렀다.

"모든 일에 대해 널 용서해. 사랑해, 솔."

잭은 자기가 우리 마당에 심은 사과나무를 나는 영영 보지 못할 거라고 눈으로 말했다. 가을이면 과일이 떨어질 텐데 나는 과일을 거두지 못할 거다. 나는 잭의 진솔한 사랑에 깊은 고마움을 느꼈다. 그게 나를 유스턴 로드에서 애비 로드로 데려갔다. 하지만 나는 애비 로드에 왔는데도 여전히 내 침대에 누워 있었다.

25

제니퍼와 라이너가 애비 로드 EMI 스튜디오 근처에 있는 횡단보도에서 나를 기다리고 있었다. 검은색과 흰색 줄무늬로 되어 있고 보행자가 길을 건널 수 있도록 모든 차량이 일단 멈춰야 하는 곳이다. 나는 하얀 양복을 입고 하얀 구두를 신었다. 내 어릴 적 우상 존 레넌은 이미 세상을 떠나고 없다는 걸 나도 의식하고 있었다. 그걸 생각하면 속이 상해서 이거고 저거고 다 그만두고 싶었지만, 제니퍼는 원본 사진의 세부 사항에 주의를 기울여야 한다고 주장했다. 나는 제니퍼에게 왜 발판사다리를 가져왔냐고 물었다.

"알잖아."

제니퍼는 1969년 8월에 원본 사진을 어떻게 찍었는지 다시 이야기해 주었다. 사진사가 발판사다리를 횡단보도 옆쪽에 놓았고 경찰 한 명이 돈을 받고 차량을 통제했다. 나는 유명인이 아니라 경찰에게 그런 부탁을 할 수는 없었고 그래서 얼른 사진을 찍어야 했다. 사실 원본 사진도 십 분 안에 찍은 것이었다. 제니퍼가 내가 스물여덟 살이고 제니퍼는 스물세 살일 때와 똑같이 사다리를 설치했고 사다리 위에 올라가 카메라를 들었다.

이번에는 필름을 계속 갈아 끼울 필요가 없었다.

"좋아." 제니퍼가 소리쳤다. "손을 재킷 주머니에 넣고 똑바로 앞을 보고, 이제 걸어."

차 두 대가 서서 기다리고 있었다. 라이너가 손을 들어 차가 오지 못하게 막았다.

나는 횡단보도 위에서 앞으로 한 걸음을 내디뎠다가 다시 물러섰다. 라이너와 제니퍼가 나에게 앞으로 나아가라고 소리쳤다. 나는 군인처럼 부상당한 몸이었지만 운이 좋게도 전쟁에 나간 적은 없었다. 검은색과 흰색 줄무늬를 가로질러 발을 내디딜 때 나는 내가 깊은 시간을 가로질러 걸어서 나 자신을 다시 짜 맞추려 하는 것임을 알았다. 제니퍼가 청바지와 주머니에 연필이 하나 꽂힌 검은 실크 셔츠를 입고 가죽 부츠를 신은 채 사다리 위에 안정감 있게 균형을 잡고 서서 디지털 카메라 렌즈를 들여다보았다. 제니퍼가 나에게 길을 건너는 데 집중하라고 소리쳤지만 주위에서 너무 많은 일들이 벌어지고 있었다.

나는 케이프코드의 활기 넘치는 첼로 소리가 삶으로, 더 많은 삶으로 진동하는 것을 들었고, 독일민주공화국에서 발터가 목숨을 부지하기 위해 아름답다 생각했고 욕망을 느꼈던 사람에 대한 보고서를 작성해야만 했다는 사실을 소리로 각인시키는 타이프라이터 두들기는 소리를 들었다.

"길을 건너, 솔."

나는 어머니의 사랑을 가까이에서 느낄 수 있었다. 비록 어머니의 죽음으로 버림받은 느낌이긴 했으나 그래도 그 사랑이 나를 앞으로 나아가게 했다. 한 걸음을 더 내디뎠다. 동베를린 트램에서 울리는 종소리, 웨스트런던에서 빵빵거리는 자동차 소리, 유럽의 넓은 가로수길에서 미국의 현관 포치에서 영국의 소파에서 개가 나지막하게 으르렁거리는 소리를 들었다.

"길을 건너." 제니퍼의 입술이 내 귓가에 있었다.

나는 한 걸음을 더 뗐고 계속해서 걸었다. EMI 스튜디오 앞 인도에서 루나가 기다리고 있었기 때문이다.

루나가 웃으며 손을 흔들었다. 루나는 캔버스백을 메고 있었고 1988년하고 똑같은 모습이었다.

"안녕, 솔. 잘 지내?"

"길을 건너려 하고 있어." 내가 대답했다.

"그래." 루나가 말했다. "삼십 년 동안 그 길을 건너려고 했는데 계속 일이 있었지."

제니퍼와 라이너가 내 곁에서 숨을 쉬었다. 매슈도 거기 있었고 내 조카들과 잭과 발터와 카를 토마스도 있었다.

"동독하고 서독이 이제 합쳐졌어." 내가 루나에게 속삭였다.

"그래." 루나가 웃으며 말했다. "나도 들었어. 독일민주공화국이 망했어."

"오래전 일이야."

"맞아." 루나가 말했다. "난 역사를 따라가지 못했지만 피가 기억보다 더 빨리 마르니까. 결국 리버풀에는 못 갔지만 네가 내「애비 로드」를 부숴 버렸기 때문에 내 눈으로 직접 보려고 왔어."

나는 계속 걸었고 건너편에 아주 가까워졌을 때 손을 뻗어 루나의 손을 잡았다.

모든 것을 본 남자

1판 1쇄 찍음 2024년 2월 1일
1판 1쇄 펴냄 2024년 2월 7일

지은이 데버라 리비
옮긴이 홍한별
발행인 박근섭, 박상준
펴낸곳 (주)민음사

출판등록 1966. 5. 19. 제16-490호
주소   서울특별시 강남구 도산대로1길 62(신사동)
               강남출판문화센터 5층 (우편번호 06027)
대표전화 02-515-2000 | 팩시밀리 02-515-2007
홈페이지 www.minumsa.com

ISBN 978-89-374-5625-1 (03840)